CATHERINE DUVAL

MORD AN DER LOIRE

EIN FALL FÜR BARON PHILIPPE

CATHERINE DUVAL

MORD AN DER LOIRE

EIN FALL FÜR BARON PHILIPPE

GMEINER

Personen und Handlung sind frei erfunden.
Ähnlichkeiten mit lebenden oder toten Personen
sind rein zufällig und nicht beabsichtigt.

MIX
Papier | Fördert
gute Waldnutzung
FSC® C083411
FSC
www.fsc.org

Besuchen Sie uns im Internet:
www.gmeiner-verlag.de

Im Ehnried 5, 88605 Meßkirch
Telefon 07575/2095-0
info@gmeiner-verlag.de

1. Auflage 2024

Herstellung: Mirjam Hecht
Umschlaggestaltung: U.O.R.G. Lutz Eberle, Stuttgart
unter Verwendung eines Fotos von: © JérémyElain / stock.adobe.com
Druck: CPI books GmbH, Leck
Printed in Germany
ISBN 978-3-8392-0555-6

»Ist es geschehen?«

»Wie Ihr es befohlen habt, Sire.«

»Wie viele Karren?«

»Achtzehn, Sire.«

»Unsere Brüder in Cotignac?«

»Alles ist bereitet, wie Ihr es befohlen habt, Sire.«

»So legen wir unser Schicksal in die Hände des Herrn. Non nobis Domine, non nobis, sed nomini tuo da gloriam. Nicht uns, sondern deinem Namen sei Ehre, oh Herr.«

KAPITEL 1

Zu kalt. Er schlug den Kragen seines Tweedjacketts hoch. Zu hell. Philippe fummelte die Sonnenbrille aus der Brusttasche. Der Himmel über der Rue Colbert hatte sich noch nicht für eine Farbe entscheiden können. Und eindeutig zu früh. Der letzte Drink gestern im »Alexandra« war wohl einer zu viel gewesen. Mechanisch lenkten seine Schritte ihn in Richtung Place Plumereau. Das Telefon hatte ihn aus seinem ersten tiefen Schlaf gerissen. Nur Daniel konnte ihm helfen.

»So früh heute?«

Daniel stand hinter seinem Tresen und nahm eine Tasse von der fauchenden, beeindruckend großen Kaffeemaschine. Mit Schwung klopfte er den Siebträger auf die Holzkante der Bar, die an dieser Stelle bereits eine tiefe Einbuchtung hatte. Sekunden später klemmte frisches Kaffeepulver in dem chromblitzenden Gerät.

»Tante Aude«, seufzte Philippe und griff hinter den Plexiglasschutz. Er angelte nach einem goldgelben Croissant. »Von Robert?«

Daniel nickte.

»Von wem sonst, Chéri?« Butter. Eine schmeichelweiche Masse. Die Croissants au beurre aus Roberts Boulangerie waren legendär. Die langen Warteschlangen vor seinem Bäckerladen gehörten zu Recht zum Stadtbild. Das zarte Gebäck war innerhalb weniger Sekunden verschlungen. Philippe merkte, wie sich seine Mundwinkel zu einem Lächeln verzogen. Zum ersten Mal an diesem Morgen, der so unsanft begonnen hatte.

»Voilà, Monsieur. Nachschub. Mit dem Extraschuss Milch für die deutsch-französische Freundschaft. Hilft auch gegen alte Drachen wie deine Tante Aude.«

Mit einem Augenzwinkern hatte Daniel einen Grand Crème und eine Tartine vor ihm abgestellt. Dann entschwand er ans andere Ende des Tresens, um abzukassieren. Die beiden Bauarbeiter in Montur nickten Philippe zu, bevor sie das Café verließen. Stammkundschaft wie er.

Als er zurückkam, legte Daniel die Stirn in Falten. »Du siehst ein bisschen zerknittert aus, Herr Baron.«

Philippe winkte ab. »Willst du nicht wissen, glaub mir.«

»Hast du's schon gelesen? Deine Landsmänner bringen uns zurück, was uns gehört. Nach über siebzig Jahren.« Daniel schob ihm mit einem breiten Grinsen einen Stapel Zeitungen zu. Die Ouest-France machte heute mit einem reißerischen Titel auf: »Besiegtes Deutschland. Rousseau-Gemälde an seinen rechtmäßigen Besitzer restituiert«.

Die Nouvelle République formulierte: »Französisches Kulturgut kehrt zurück: Während der Occupation gestohlenes Gemälde wird an seinen Besitzer zurückgegeben. Großes gesellschaftliches Event in Cotignac«.

Philippe lächelte zurück. »Ich sag ja: Tante Aude.«

Er schluckte den letzten Bissen des Croissants herunter und griff nach dem Baguette. Die herrlich rösche Kruste der Tartine krachte zwischen seinen Zähnen. Leicht salzige Butter und tröstlich süße Feigenkonfitüre. Es war ein Genuss. Dazu einen Schluck des bitteren Gebräus. Besiegtes Deutschland? Er ließ sich lieber auf diese Weise besiegen. Er spürte, wie die Lebensgeister in ihn zurückkehrten.

»Wenn sie dich wieder davon überzeugen will, dass du dein Junggesellenleben in Paris endgültig aufgeben und hierbleiben sollst, bin ich ganz ihrer Meinung. Aber vermutlich geht es um das Fest. Die Noblesse ist unter sich. Oder sind auch ein paar richtige französische Bürger dabei, echte Citoyens wie ich? Und seit wann zum Teufel treibst du dich gerne auf Adelsfesten herum?« Daniel sah ihn gespielt vorwurfsvoll an.

»Das ganze Who's who der Touraine; die Familie und alle anderen Adeligen, die ihr Citoyens bei der Revolution nicht geköpft habt. Ein paar Politiker und so weiter. Hoffentlich ist wenigstens das Catering gut.« Philippe schnippte einige Baguette-Krumen von seinem Tweedjackett. »Und von *gerne* kann keine Rede sein. Ich bin dort rein beruflich. Ich gehe hin, mache meinen Job als Philippe Auguste Louis Vicomte du Pléssis, Baron de Beaumarchais. Und morgen bin ich wieder Philippe Pléssis und trinke bei meinem Freund Daniel und seinem Göttergatten Eric meinen ersten Kaffee.«

»Rein beruflich. Natürlich. Du haust dir rein beruflich ein paar Gläser roten Chinon hinter die Binde, ein bisschen Foie gras hier, ein paar Petits Fours da, nur aus Pflichtgefühl, versteht sich. Vermutlich gibt's danach noch ein Dîner, man ist unter sich. Schwerstarbeit. Du erwartest jetzt aber nicht von mir, dass ich dich bedauere, Monsieur le Baron?«

»Doch, eigentlich schon. Aber beim Essen hört für euch Franzosen wohl die Freundschaft auf?« Sie lachten. Dieselben Neckereien wie schon vor über zwanzig Jahren im Collège. Daniel, der Sohn eines Arbeiters. Und er, Spross einer alten Adelsfamilie mit einem Stammbaum bis ins 12. Jahrhundert. So wie sich das im französischen »Tal der Könige« gehörte. Das Blut seiner Urgroßmutter, einer bayerischen Prinzessin, die seinem Urgroßvater seinerzeit bei der Weltausstellung in Paris den Kopf verdreht hatte, machte ihn für seinen Freund zum Deutschen. Damit unterschied er sich, obwohl Républicain, in nichts von Philippes Verwandtschaft. Von ihren Schlösschen links und rechts der Loire aus hatten sie aus ihrer Missbilligung die amourösen Eskapaden seines Uropas betreffend seinerzeit keinen Hehl gemacht. Bis heute blieb es ein Fleckchen auf der ansonsten prächtigen Adelsrobe der Familie derer von Cotignac und du Pléssis.

Daniel wollte antworten, als scheppernd der Torero-Marsch aus Berlioz' Oper »Carmen« ertönte. Der Klingelton, den er an Tante Aude vergeben hatte. Schon wieder. Nicht genug, dass sie ihn aus dem Bett geworfen hatte. Sie gönnte ihm nun nicht einmal seinen dringend benötigten Kaffee. Wenn sie etwas wollte, ließ sie nicht locker, bis sie es hatte. Und sie gehörte zu der Sorte Frauen, die stets bekam, was sie wollte. Aber diesmal nicht. Er zog sein Handy aus der Tasche, drückte die Anruferin weg und stellte das Gerät auf lautlos. Erst das Vergnügen, dann die Arbeit. Er war noch nicht völlig wiederhergestellt.

»Noch einen Petit Serré mit einem Schuss Zitronensaft, Daniel.«

Der zog die Augenbrauen hoch: »So schlimm heute?«, bevor er sich an die Arbeit machte.

Keine Minute später sah Philippe zu, wie der Zucker aus einem schmalen Tütchen langsam durch die Crema sackte, kippte den Zitronensaft dazu und rührte alles zu seiner Spezialmischung zusammen, die er bereits unzählige Male erfolgreich gegen einen dicken Brummschädel eingesetzt hatte. Sie verfehlte auch diesmal ihre Wirkung nicht.

Er tupfte sich die Lippen mit einer kleinen Papierserviette ab. Dann rutschte er von seinem Barhocker.

»Merci, Daniel. Das hat gutgetan.«

»Kommst du zum Mittagessen?«

Philippe schüttelte den Kopf: »Wird mir zu knapp. Ich habe heute noch einen anderen Termin. Eine charmante Dame braucht meine Unterstützung. Ich soll die Rede, die sie über das Bild halten will, mit der Rede von Onkel Jean-Baptiste abgleichen.«

Er kramte in seiner Jackentasche und hielt Daniel schließlich sein Handydisplay hin. Der pfiff durch die Zähne. Von einer deutschen Kunstversicherungs-Website strahlte ihn eine hübsche Blondine an.

»Rein beruflich, natürlich.«

»Selbstverständlich.«

»Wer's glaubt.«

Philippe legte Daniel einige Münzen auf den Tresen. »Glaub es oder glaub es nicht. Ich muss jedenfalls los. Meine Göttin ist nicht die schnellste, wie du weißt.«

»Sie läuft wieder? Na dann. Viel Glück. Und viel Spaß bei der Schwerstarbeit, Baron. Wir sehen uns.« Daniel nickte ihm zu, während Philippe das Café verließ.

Die dunklen Fachwerkhäuser hoben sich vom inzwischen strahlend blauen Himmel ab. Die Place Plumereau im Zentrum der Altstadt von Tours lag im Schlummer. Die unzähligen Tische und Stühle der Café- und Restaurant-Terrassen, die sich um den fast quadratischen Platz reihten, waren in der Mitte zusammengeschoben. Sie würden sich erst zum Mittag mit Gästen füllen.

In seiner Jackentasche begann es erneut zu vibrieren. Eindeutig zu viele Anrufe angesichts der frühen Tageszeit.

Wenige Minuten später hatte er den Boulevard de Lattre de Tassigny erreicht. Die Loire lag gelangweilt und sich gemächlich rekelnd in ihrem Bett, wie es sich für eine französische Schönheit um diese Uhrzeit gehörte. Ein einsamer Schwan gründelte am Ufer neben einer vertäuten Langère. Das flache Boot gehörte einem der letzten Fischer von Tours, Lieferant von Daniel. Es dümpelte leicht in der Strömung.

Widerwillig riss sich Philippe von dem friedlichen Anblick los.

Auf in den Kampf, Torero, dachte er. Behände glitt er hinter das Steuer seines Oldtimers. Die Schiebermütze ließ er auf, der nächtliche Nebel des Flusses war durch die Ritzen gekrochen und machte den Innenraum klamm. Ob der Frühling in diesem Jahr noch in die Gänge kam? Dreimal musste Philippe starten, ehe seine Göttin ansprang. Dann wackelte die DS mit ihrem Hinterteil. Die Hydraulik ruckelte das Chassis in die Höhe. Er zündete sich einen Zigarillo an und blies die Luft durch das kleine Seitenfenster, das er nach außen gedreht hatte. Das kalte Lenkrad mit der Rechten greifend, in der Linken seinen Zigarillo, steuerte er den Wagen in Richtung Westen, aus der Stadt heraus. Die Straße führte an der Loire entlang, die sich nun breit ausgedehnt an die freie Landschaft der Touraine verschwendete. Philippe konnte Möwen sehen, die kreischend auf dem Wasser landeten. Ein leichter Wind streichelte die Äste der typischen Trauerweiden, die das Ufer säumten, und schüttelte die grünen Büsche und Sträucher der vielen lang gezogenen Inseln und Sandbänke in der Flussmitte.

Der Kies knirschte, als Philippe den alten Citroën vor Tante Audes Anwesen parkte, einem Manoir aus dem 19. Jahrhundert. Raschen Schrittes nahm er die Stufen der geschwungenen Treppe zum Haupteingang und stand nur Sekunden später unter dem riesigen Lüster in der großen Halle des Herrenhauses.

KAPITEL 2

»Tante Aude? Bist du da?«, rief Philippe ins Haus hinein.

»Willkommen, Monsieur le Baron. Madame nimmt ihr Frühstück im Wintergarten ein, Monsieur le Baron. Wenn Sie mir bitte folgen wollen.«

Jacques, das Faktotum von Tante Aude, hatte ihn begrüßt und führte ihn nun durch den Salon auf der anderen Seite des Gebäudes auf die verglaste Terrasse. Tante Aude saß in einem Korbsessel, ein Plaid über die Beine geschlagen und wie immer tadellos gekleidet. Ihre weißen Haare rahmten in adretten Wellen ihr Gesicht ein, dem die achtundsiebzig Jahre erst auf den zweiten Blick anzusehen waren. Das lag vor allem an ihrem regsamen Geist und den wachen blauen Augen. Gerade schenkte sie sich aus einer Champagnerflasche nach.

»Aber Tantchen, das hat dir der Arzt doch verboten!«, rügte Philippe sie und beugte sich zur Begrüßung zu ihr herunter.

»Papperlapapp«, schnaubte die alte Dame. Dabei forderte sie mit Daumen, Zeige- und Mittelfinger der rechten Hand drei Begrüßungsküsschen.

»Sei nicht so schrecklich bourgeois, Philippe«, beschwerte sie sich, während Philippe ihr die geforderten Wangenküsse gab.

»Du bist zu spät. Setz dich.«

Er wollte sich ihr gegenüber niederlassen. »Nein, nicht da! Dort! Du versperrst mir den Blick«, schmetterte sie ihm resolut entgegen und deutete auf den Platz zu ihrer Linken.

»Kommen wir gleich zur Sache«, begann sie ohne Umschweife und mit einer Stimme so rau wie Schleifpapier.

Dabei blickte sie an ihm vorbei in den Park. Philippe saß kerzengerade an der Vorderkante seines Korbstuhls. Seine Tante strahlte die Autorität eines Generals aus. Sie befehligte die Familie. Und er war einer ihrer Söldner.

»Du bist nicht mehr der Jüngste, mein Lieber. Du musst endlich diese Juliette vergessen. Und alles, was damit zu tun hat. Schau nach vorne. Was also macht dein Liebesleben?«

Weil Philippe nicht reagierte, fuhr sie einfach fort.

»Hab ich's mir doch gedacht. Nichts Ernstes. Da kommt das Event in Cotignac doch wie gerufen. Du bist jetzt in einer Lebensphase, da ist die erste Scheidungswelle durch. Frauen in deinem Alter sind wieder auf dem Markt. Das musst du nutzen!«

Sie trank ihr Champagnerglas in einem Zug aus. Dann gab Tante Aude Philippe ein Update aus der weitverzweigten Verwandtschaft und der restlichen Adelsgesellschaft der Region. Ob er wollte oder nicht. Vor allem bei den Ankündigungen bevorstehender Verlobungen, Hochzeiten und frisch erfolgter Trennungen blickte sie ihn vielsagend an. Noch einmal ergriff sie die Gelegenheit und redete auf ihn ein, er solle sich endlich dazu entschließen, Paris den Rücken zu kehren und endgültig zurück in die Touraine zu kommen. Und er solle sich mit seinem Vater und seinem Bruder Constant aussprechen. Es war die übliche Leier.

»Aber Tata, war es das, worüber du mit mir reden wolltest?«, fragte Philippe ungeduldig. Seit zwei Monaten war er jetzt in seiner alten Heimat, hatte es bisher aber vermieden, mit den beiden zu sprechen. Seinen Vater hatte er gar nicht erst kontaktiert. Und Constant war glücklicherweise verreist. Jedenfalls vor zwei Monaten noch. Inzwischen wäre sicherlich Gelegenheit für ein Gespräch mit Constant gewesen, denn er blieb nie länger als zwei, drei Wochen auf La Réunion, um sich um die Vanilleplantage zu kümmern. Die

Besitzungen der Familie dort waren Constants Aufgabengebiet. Aber er ging seinem Bruder aus dem Weg, der unterschiedlicher als er nicht hätte sein können.

Außerdem wollte Philippe sich nicht festlegen. Er fühlte sich in der Touraine wohl. Und in einem Punkt hatte Tante Aude recht: In Paris erinnerte ihn jede Ecke an Juliette. Aber zum letzten Schritt, die Hauptstadt, das glitzernde Paris, ganz hinter sich zu lassen, fühlte er sich noch nicht bereit. Er war vierzig, kein Alter, um in der Provinz zu versauern. Und er hatte lange genug in Paris gelebt, um wie ein echter Parisien den gesamten Rest des Landes als Provinz zu bezeichnen. Sogar seine geliebte alte Heimat an der Loire.

Tante Audes Perlen-Armband klimperte gegen den Flaschenhals, als sie sich aus der Champagnerflasche nachschenkte. Philippe machte das Beste aus der Situation und hielt ihr auch sein Glas entgegen, als Jacques in den Wintergarten trat. Er trug ein Silbertablett vor sich her, auf dem das Mobilteil eines Telefongeräts lag.

»Madame, Ihr Bruder, Monsieur de Cotignac, ist am Apparat.«

»Sagen Sie ihm, ich rufe später zurück, Jacques.«

Jacques hüstelte vornehm in seine Glacéhandschuhe. »Es ist dringend, fürchte ich«, sagte er.

Tante Aude sah ihn erstaunt an, griff sich dann den Hörer.

»Hallo? Jean-Baptiste? Was gibt's? Ich bereite gerade Philippe auf den Empfang vor«, schnarrte sie ungeduldig in den Apparat.

Wenige Augenblicke später wurde sie weiß wie die Wand. Philippe hörte die aufgeregte Stimme seines Onkels. Tante Aude nickte wortlos ein paarmal. Sie sah auf einmal uralt aus. Dann legte sie den Hörer zitternd auf das Tablett zurück und wartete, bis Jacques gegangen war. Ihre Stimmung hatte sich völlig verändert. Sie starrte ins Leere, schüttelte immer wieder ihren Kopf. Schließlich stammelte sie: »Dein Onkel. Was für eine Schande. Unser guter Name.«

»Ich verstehe nicht? Tante Aude, was ist passiert?«

Philippe beugte sich zu ihr und legte ihr seine Hand auf den Unterarm. Endlich richtete sie ihre Augen auf ihn, die aufgehört hatten zu strahlen.

»Das Kästchen. Jean-Baptiste hat es sich stehlen lassen. Es ist weg.«

KAPITEL 3

Philippe war sofort losgefahren. Daniels Kaffee, Tante Audes Champagner. Erst das Adrenalin, das Onkel Jean-Baptistes Nachricht in ihm ausgeschüttet hatte, hatte ihn endgültig wach gemacht. Das Kästchen, das sich seit Jahrhunderten in Familienbesitz befand, war verschwunden. Für die Cotignacs war es mehr als eine alte Holzschatulle. In der Innenseite seines Deckels war der Stammbaum der Familie eingeschnitzt, der sich bis in die Zeit von Philipp dem Schönen und den Templern zurückverfolgen ließ. Es stellte die Legitimation derer von Cotignac und Pléssis dar. Der Nachweis ihrer adeligen Abstammung.

Wie ein Scherenschnitt hob sich die Silhouette des Château de Cotignac vor dem frühlingsgrünen Park ab, als Philippe durch die prächtige Platanenallee auf das elegante Renaissanceschloss zufuhr. Auch zweihundert Jahre, nachdem Napoléon diesen Baum in Frankreich populär gemacht hatte, noch mehr als eindrucksvoll. Im Wassergraben zog ein Entenpaar seine Bahnen. Man hatte im 19. Jahrhundert die nahe Vienne einfach umgeleitet, um damit den Graben zu füllen und aus Cotignac ein romantisches Wasserschloss zu machen. Der Mode entsprechend. Aus heutiger Sicht war das ökologischer Wahnsinn, aber Philippe musste zugeben, dass ihm der Anblick gefiel. Der Effekt war derselbe wie in Chambord. Nur war die Anlage nicht so größenwahnsinnig wie dort.

Außer einigen eifrig hin und her laufenden Angestellten eines Catering-Services war niemand zu sehen, als er seinen Oldtimer auf dem Schlosshof parkte. Anders als die Top Hundert Loireschlösser, die von Scharen von Touristen heimgesucht wurden, hatte das Château de Cotignac keinen Besucherparkplatz. Aufwendiger Blumenschmuck in riesigen Kübeln lenkte den Blick von dem etwas maroden Dach und den ebenfalls renovierungsbedürftigen Nebengebäuden ab.

Cotignac befand sich nach wie vor in Privatbesitz des Duc de Cotignac, seit Jahrhunderten bewohnt und vom Massentourismus des Loiretals unbehelligt geblieben. Philippe erinnerte es von der Größe her sehr an das Château du Pléssis, in dem er aufgewachsen war. Er hatte Cotignac zuletzt vor etlichen Jahren besucht. Damals war ein Familienfest der Anlass gewesen.

Philippe betrat die große Halle, in der ebenfalls geschäftiges Treiben herrschte. Alles wurde für den großen Abend vorbereitet. Einige junge Männer stellten Stuhlreihen auf. Im hinteren Bereich des Raumes stand ein langer Tisch, wahrscheinlich für das Buffet. An der Wand lehnten Stehtische, die noch zusammengeklappt waren. Die Angestellten nahmen keine Notiz von ihm, als er sich nach links wandte und das Treppenhaus in den Keller zur Küche hinabstieg. Die alte Madeleine, die den Haushalt seines Onkels führte, seit Philippe sich erinnern konnte, empfing ihn freundlich. Der Duc sei im Salon zu finden, ließ sie ihn wissen.

Philippe eilte die Treppe wieder hinauf und betrat den bewohnten Bereich des Schlosses.

Jean-Baptiste de Cotignac war von ausgesprochen massiger Gestalt, ein Hüne, fast zwei Meter groß und aufgrund einer Vorliebe für gutes Essen und noch besseren Chinon-Wein drohten die Knöpfe seines Hemds jeden Augenblick abzuspringen. Eine löchrige, gewachste Jacke mit Cordkragen und eine alte Reiterhose, die einmal beige gewesen sein musste und in riesigen, schief gelaufenen Stiefeln steckte, vermittelten nicht gerade den Eindruck, dass hier ein Vertreter alten französischen Adels aus dem Sessel quoll. In seinen großen Händen hielt er einen Whiskytumbler und forderte Philippe auf, sich auch zu bedienen.

Auch wenn er vom Alter gezeichnet war, strahlte er noch immer das Selbstverständnis seiner Familie aus: Er wusste um seine Herkunft.

»Philippe. Gut, dass du hier bist. Es ist etwas Schreckliches passiert!«

Während Philippe ihm gegenüber vor dem meterhohen Kamin Platz nahm, begann der Duc de Cotignac zu erzählen. Onkel Jean-Baptiste erklärte, dass er das Kästchen dem Museumsleiter in der Festung von Chinon für eine Ausstellung versprochen habe. Es sei einer der ältesten Gegenstände aus der Umgebung. Und der Museumsleiter sei schließlich ein Confrère. Daher sei er dem Wunsch gerne nachgekommen. Philippe erinnerte sich, dass sein Onkel ihm den Mann einmal vorgestellt hatte, bei irgendeiner Feierlichkeit der Weinbruderschaft, bei der außer den Weinbrüdern, den Confrères, auch die Öffentlichkeit eingeladen gewesen war. Er nippte am Whisky. Sein Magen rebellierte sofort. Das Croissant und die Tartine reichten nicht als Grundlage für Champagner und starken Alkohol nach einer durchfeierten Nacht.

»Eine Katastrophe! Mein Ruf ist ruiniert«, fuhr der Duc fort. Alle Fachzeitungen hatten die neu konzipierte Ausstellung »Chinon – patrimoine royal« angekündigt. Sie sollte den ganzen Sommer über zu sehen sein und zahlreiche Touristen aus dem In- und Ausland anlocken. In den historischen Räumen, in denen angeblich auch die berühmte Begegnung zwischen Jeanne d'Arc und dem französischen König im Hundertjährigen Krieg stattgefunden hatte.

»Ich bin erledigt«, seufzte Jean-Baptiste de Cotignac. In einem Zug trank er das Whiskyglas aus.

In der Tat hörte Philippe seinen Bruder Constant bereits feixen. Noch nie hatte er am Duc ein gutes Haar gelassen.

So wie er, Philippe, gehörte auch Jean-Baptiste für Constant zu den schwarzen Schafen der Familie. Der Duc habe Spielschulden in Monaco. Sein Schloss sei in einem erbärmlichen Zustand. Statt in die Familienehre investiere er lieber in Wein.

»Ich verstehe nicht ganz«, begann Philippe mit einem Tröstungsversuch, »wenn es dem Schlossmuseum gestohlen wurde, dann waren die Verantwortlichen doch bestimmt versichert. Vor allem, wenn der Tresor aufgebrochen wurde. Und wenn noch mehr gestohlen wurde, dann schaltet sich der OCBC ein.«

Der Office central de lutte contre le trafic des biens culturels war eine Spezialeinheit der französischen Polizei, die in Verbrechen gegen Kulturgüter ermittelte. Insgeheim wunderte sich Philippe, dass er davon noch nichts in der Presse gelesen oder gehört hatte. Nicht einmal auf France Bleu Touraine bei der Herfahrt im Auto.

Sein Onkel durchbohrte ihn mit einem Blick. Dann sprach er: »Es geht mir hier nicht darum, ob der OCBC verhindert, dass Kunstschätze außer Landes gebracht werden oder nicht. Dieses Kästchen ist untrennbar mit unserer Familiengeschichte verbunden. Es ist keine x-beliebige Schatulle.«

»Die Polizei wird es finden, da bin ich mir sicher«, beruhigte Philippe weiter und fragte sich, weshalb sein Onkel das Stück dann überhaupt aus der Hand gegeben hatte.

Der Duc ließ das Whiskyglas, das er inzwischen wieder gefüllt hatte und gerade für einen erneuten Schluck ansetzte, sinken. Ganz offensichtlich rang er nach Worten, bevor er schließlich kraftlos herauspresste: »Wird sie nicht.«

Er schüttelte den Kopf und trank. Dann ergänzte er: »Das ist es ja gerade.«

»Na, na, etwas mehr Vertrauen in die französische Polizei, Onkel Jean-Baptiste. Die haben eine gute Aufklärungsquote. Weiß ich aus erster Hand. Claire arbeitet doch dort«, tröstete Philippe erneut.

»Claire? Eine deiner Eroberungen?«, schnaubte der Duc.

»Ausnahmsweise nicht«, grinste Philippe. »Claire ist Daniels Schwester. Warum glaubst du, dass die Polizei das Kästchen nicht finden wird?«

»Weil«, begann der Duc, bevor er einen weiteren Schluck Whisky nahm, »weil sie gar nicht danach suchen wird.«

Irritiert sah Philippe seinen Onkel an.

Der erklärte ihm, dass er zwar seinem alten Freund und Confrère versprochen hatte, ihm das Kästchen für die Ausstellung zu leihen, es sich aber schon seit einiger Zeit bei einem anderen Confrère, dem Antiquitätenhändler Laurent Delacour, in Chinon befinde. Den habe Jean-Baptiste de Cotignac beauftragt, anhand des Stammbaums ein wenig Genealogie zu betreiben und die Verknüpfung der Ahnen derer von Cotignac mit dem französischen und anderen europäischen Königshäusern zu untersuchen.

»Das Kästchen ist nicht bei den Kuratoren der Ausstellung angelangt – bei Delacour wurde eingebrochen! Nun ist es weg«, schloss der Duc.

Philippe rollte innerlich die Augen. Welch ein Leichtsinn seines Onkels, wegen derartiger Eitelkeiten die wertvolle Schatulle aus den Händen zu geben. Ständig ging es in den Familien darum, ob man zur »noblesse d'épée« gehörte, also zum alten, »echten« Schwertadel, oder zur »noblesse de robe«, denjenigen Adeligen, die von Amts wegen in den Adelsstand eingetreten waren. Um all diesen Staub der Geschichte hinter sich zu lassen, war er nach Paris gegangen. Die eindringliche Stimme des Duc holte ihn aus seinen Gedanken zurück.

»Du musst es wiederfinden, hörst du? Niemand außer Aude und dir weiß davon. Bis zur Ausstellungseröffnung muss das Kästchen wieder da sein. Ich komme sonst in Teufels Küche. Du kennst doch Constant. Und die anderen.«

Philippe nickte. Die adelige Gesellschaft in der Region war das reinste Haifischbecken. Tradition wurde großgeschrieben, sowohl beim Schwertadel als auch beim Amtsadel. Sogar noch mehr als zweihundert Jahre nach der Französischen Revolution.

»Was für eine Misere!«, jammerte der Duc weiter. »Und das ausgerechnet, wo die ganze Region auf das Château de Cotignac blickt. Der Empfang heute! Alles, was Rang und Namen hat, wird mir heute in meinem eigenen Haus auf die Nerven fallen. Ich baue auf dich, mein Junge! Irgendetwas Brauchbares wirst du in Melun ja wohl gelernt haben!« Er beugte sich nach vorne und fasste Philippe am Arm.

Die Ausbildung zum Privatdetektiv in Melun. Danach hatte Philippe eine kleine Detektei gegründet, die »Agence des Affaires Délicates«, Agentur für unangenehme Angelegenheiten. Die meisten seiner Aufträge hatten sich bisher darauf beschränkt, untreue Ehegatten zu beschatten. Ein weiterer Makel in den Augen seines Halbbruders Constant. Ein Job weit unterhalb der Würde eines du Pléssis. Aber für Philippe nach allem, was er in Paris erlebt hatte, eine willkommene zweite Karriere. Die Arbeit als Anwalt hatte ihm ohnehin nie Spaß bereitet. Das Jurastudium war bei den du Pléssis Pflicht. Philippe hatte lieber mit Claire Vorlesungen in Kunstgeschichte besucht.

»Eine Aufgabe für deine Agence. Zeig es Constant! Und rette mich! Du musst die Schatulle finden. Die Ausstellungseröffnung ist in zwei Wochen.«

KAPITEL 4

Als er wenig später mit seinem Lederköfferchen vorbei an der hektischen Betriebsamkeit in der großen Halle die Treppe nach oben nahm, checkte er sein Handy. Den Termin mit dieser hübschen Deutschen hatte er kurzfristig abgesagt, nachdem Tante Aude den Anruf des Duc erhalten hatte. Etwas, was er aus Höflichkeit normalerweise vermied. Merkwürdigerweise hatte diese Frau Berger nicht reagiert. Er hoffte, dass sie die Nachricht noch rechtzeitig erreicht hatte. Hier auf Cotignac befand er sich in einem Funkloch.

Er hatte sich auch dagegen entschlossen, gleich nach Chinon zu fahren und sich bei Laurent Delacour umzusehen. Das konnte er auch noch in Ruhe machen, wenn die Comtessen und Comtes, Vicomtes und Barons wieder in ihren eigenen Schlössern hocken würden und der Trubel auf Cotignac vorbei war. So konnte er in der Nähe bleiben, für alle Fälle. So nervös hatte Philippe ihn noch nie gesehen. Als ob noch mehr hinter der Sache mit dem Kästchen stecken würde. Danach müsste er unbedingt nach Tours zurückfahren. Schließlich hatte er nur Sachen für eine Nacht dabei. Und seinen neuen Abendanzug.

Sein Zimmer lag in einem der Türme und war angesichts seiner Größe spartanisch eingerichtet. In der Mitte thronte ein antikes Bett mit Baldachin. Eine Kommode stand an der Wand gegenüber. Darauf ein Spiegel und eine Waschgarnitur. Daneben ein etwas ramponierter Stuhl mit Kunstlederbezug und Edelstahlbeinen, den Philippe auf die Siebzigerjahre datierte. Er wirkte in diesem Renaissance-Ambiente fehl am Platz. Philippe fröstelte. Feuchte Kälte kroch aus dem Gemäuer. Nordflügel. Der zaghafte Frühlingsbeginn draußen hatte viel zu wenig Kraft, um eine angenehme Temperatur in diesem Raum zu erzeugen. Philippe sah auf seine Taschenuhr. Es war noch genug Zeit, um ein wenig in Onkel Jean-Baptistes herrlicher Bibliothek zu schmökern.

Der Weg dorthin führte durch einen düsteren Gang, von dessen Wänden ihn einige seiner Verwandten in gepuderten Perücken, Pluderhosen und Strümpfen streng anblickten. Damen, die in starren Gewändern steckten, lächelten schmallippig aus ihren verstaubten Prunkrahmen ins Leere. Die wenigen elektrischen Kerzenleuchter, die man angebracht hatte, wirkten wie futuristische Fremdkörper. Ein abgetretener Läufer, von dessen ursprünglicher Farbe nicht viel geblieben war, schluckte das Geräusch seiner Schuhe. Die feuchte Kälte lauerte auch hier, hinter Truhen und Rüstungen.

Die Tür der Bibliothek war nur angelehnt. Philippe trat neugierig ein. Vor dem wuchtigen Schreibtisch stand neben seinem Onkel ein Mann und scannte Dokumente mit einem Tablet.

Philippe ging auf die beiden zu.

»Michel, darf ich dir meinen Neffen vorstellen? Philippe, komm her. Das ist Michel Bayol, ein lieber Confrère, der mir bei der Arbeit an der Familienchronik zur Hand geht. Gut, dass du da bist, Philippe. Dann gehe ich in die Halle und sehe nach, wie weit die Vorbereitungen sind.«

Als er an Philippe vorbeilief, flüsterte er ihm zu: »Kein Wort zu ihm von dem Kästchen, hörst du?«

»Bonjour, Monsieur le Baron. Ein herrliches Ambiente, in dem ich mit Ihrem Onkel arbeiten darf«, begrüßte ihn sein Gegenüber.

Er machte eine ausschweifende Geste durch den beeindruckenden Raum. Die Jahrhunderte hatten der Bibliothek nichts anhaben können, nicht einmal die deutschen Besatzer im Zweiten Weltkrieg. An jeder Wand prangten lederne Folianten und Buchrücken mit goldenen, geprägten Titeln in massiven, dunklen Holzregalen. Vom Boden bis zur Decke. Einige geschnitzte Stühle mit roter Seidenbespannung, wie sie typisch für die Renaissance waren, sowie ein Stehpult möblierten außerdem den Raum.

»Sie sind Historiker?«, wollte Philippe wissen. Er wunderte sich insgeheim, dass Tante Aude ihm nichts vom Angestellten des Duc erzählt hatte.

»Kein studierter, nein.« Michel Bayol lächelte. »Aber ich kenne mich mit der Geschichte der Region sehr gut aus. Schlösser und Burgen gehören zu meinen Leidenschaften. Daher kann ich Ihrem Onkel bei der Arbeit an seiner Chronik ein wenig behilflich sein. Diese Bibliothek ist ein wahres Archiv der ganzen Gegend.«

»Ja. Das Archiv von Chinon beneidet uns darum«, erklärte Philippe geschmeichelt.

Er schätzte Bayol auf Mitte fünfzig. Seine Haut war braungebrannt und wettergegerbt wie bei einem Segler. Sein südfranzösischer Akzent passte dazu. Er trug ein hellblaues Hemd und eine beige Chino, über die Schultern baumelte ein dunkelblauer Kaschmirpulli, der die Farbe seiner Augen betonte. Ein gepflegter Dreitagebart und ein herbes Rasierwasser unterstrichen den Eindruck, dass Bayol viel Wert auf sein Äußeres legte. Das machte ihn für Philippe noch sympathischer. Als Bayol die Unterlagen, die er eben noch gescannt hatte, in eine türkisfarbene Plastikmappe verstaute, war er bei seinem Durchzieher durch die Geschichte des Schlosses bei der Occupation angekommen.

»Wissen Sie, dass die Nazis damals nicht nur das Gemälde haben mitgehen lassen? Es fehlen noch viel mehr Kunstgegenstände. Was für ein Jammer! Und welch ein Verlust für die Region!«, beklagte sich Bayol.

»Und nicht nur das!«, trumpfte nun Philippe mit seinem Familienwissen auf. »Sicher hat Ihnen mein Onkel auch erzählt, woher die Unregelmäßigkeiten im unteren Mauerring stammen?«

Bayol zog fragend die Augenbrauen hoch. »Unregelmäßigkeiten? Wollten die Nazis etwa das Schloss abtragen und in Deutschland wieder aufbauen?« Er lachte.

»Die Idee ist gut. Aber der Grund ist noch besser: Sie haben die Fundamentmauern des Schlosses nach dem sagenumwobenen Schatz der schwarzen Gräfin durchsucht.«

»Schwarze Gräfin? Sie machen mich neugierig.«

»Sie sind wohl nicht von hier?«

»Marseille.«

»Das erklärt Ihr Unwissen«, lachte Philippe. »Hier in der Gegend kennt sie jeder. Die schwarze Gräfin besaß einen Schatz, den ihr Mann, ein notorischer Schürzenjäger, ihr hinterlassen hat. Jeder Mätresse, die er hatte, nahm er einen Ring ab. Mehr als vierhundert Ringe sollen auf diese Weise zusammengekommen sein. Ein interessantes Geschäftsmodell, nicht wahr?«

»Das mag die Comtesse anders gesehen haben«, schmunzelte Bayol.

»In der Tat«, griff Philippe den Faden auf, »ganz anders sogar. Ihr Mann verstarb plötzlich und unerwartet nach einem Abendessen mit der Gräfin. Kaum gehörte ihr der Schatz, bekam sie Angst, jemand könnte ihn stehlen. Sie ließ ihn kurzerhand im Schloss einmauern. Den Diener, den sie damit beauftragt hatte, erschlug sie eigenhändig. Ihre Zofe ertränkte sie im Burggraben. Damit wusste außer ihr niemand mehr, wo der Schatz verborgen war.«

»Dann beruht das Vermögen der Familie de Cotignac also auf den Juwelen von Mätressen!«, rief Bayol aus, dem die Geschichte sichtlich gefiel.

»Leider nein. Das Geheimnis um den Schatz nahm die schwarze Gräfin mit ins Grab. Sie starb bei einem Reitunfall; das hatte sie wohl so nicht geplant.«

Bayol lachte wieder. »Und sagen Sie jetzt nicht, dass es seitdem auf Cotignac spukt!«

»Nun, die schwarze Gräfin wird immer wieder gesichtet. Nachts, bei Vollmond, wenn sich der Tod ihrer Opfer jährt«, raunte Philippe theatralisch.

»Aber Monsieur du Pléssis, wir sind hier doch nicht in England! Sie sind ein wunderbarer Geschichtenerzähler, wahrhaftig. Ich könnte Ihnen noch stundenlang zuhören. Aber ich fürchte, es wird Zeit für mich, wenn ich mich noch für den Abend umziehen will. Der Duc und ich haben sowieso erledigt, was wir heute schaffen wollten. Sie entschuldigen mich? Ich würde mich freuen, wenn wir unser Gespräch heute Abend fortsetzen.«

Nachdem er gegangen war, checkte Philippe sein Handy nach einer Lesebestätigung der Deutschen. Kein Empfang hinter den dicken Mauern von Cotignac. Er öffnete eines der Fenster mit den Butzenscheiben und hielt das Gerät hinaus. Für wenige Sekunden erschien ein Balken auf dem Display. Dann war er sofort wieder weg. Aber der Kontakt zur Funkzelle hatte immerhin lange genug gehalten, um ihm mehrere Anrufe in Abwesenheit anzuzeigen. Mit der Ländervorwahl 0049.

»Na also, klappt doch alles wie am Schnürchen«, sagte er laut in die leere Bibliothek hinein. »Noch genug Zeit für ein Kapitel im ›Pantagruel‹.« Und schlug vorsichtig die vergilbten Seiten einer wertvollen Originalausgabe auf.

KAPITEL 5

Er würde das Beste aus der Situation machen und das Event gemeinsam mit seinem Onkel hinter sich bringen. Wie ein echter Cotignac. Philippe zupfte sein gelbes Seidentuch zurecht, das in der linken Brusttasche steckte und mit dem dunklen Violett des Anzugs korrespondierte wie Krokusse in einer Frühlingsrabatte. Seine ebenfalls neuen schwarzen Stiefeletten glänzten poliert. Die Kroko-Optik machte sich hervorragend unter den schmalen Anzughosen. No brown after six o'clock. Das galt für ein gepflegtes Auftreten nicht nur jenseits des Ärmelkanals.

Das laute Brouhaha – Philippe liebte dieses Wort –, also das laute Stimmengewirr verschluckte ihn, als er die Halle betrat und versuchte, sich einen Überblick über das Event, das ihm nun bevorstand, zu verschaffen. Der Raum war festlich geschmückt. Vor die alten Gobelins, die die Wände an den Flanken bedeckten, hatte man riesige Blumengebinde gerückt. Auch der Brunnen, der mitten in der Halle stand, war mit einem farbenprächtigen Arrangement geschmückt, das genauso in Schloss Chenonceau hätte stehen können. Der Erbauer von Cotignac hatte mit dem Brunnen dafür gesorgt, dass auch im Falle einer Belagerung des Châteaus Wasser zur Verfügung stand. Heute war er ein willkommenes Podest für den Blumenschmuck. Aus den großen goldenen Vasen strahlte der Frühling und verströmte seinen betörenden Duft. Philippe nahm einen Hauch von Maiglöckchen wahr. Oder war es sein eigenes Parfum?

An der rechten Querseite war ein Buffet aufgebaut. Einige junge Mädchen schenkten dort fleißig Champagner und Apéritifs an die eleganten Gäste aus. Das Gedränge war groß. Scheinwerfer leuchteten die Stirnseite des Saales aus. Philippe entdeckte ein Rednerpult neben dem mannshohen Kaminschlund und der wuchtigen Holztür mit dem großen, alten Kastenschloss. Die Tür wurde von zwei Gorillas im schwarzen Anzug flankiert. Security. Sollte sich darin etwa das restituierte Gemälde befinden? Einer der beiden sprach gerade nervös in das Revers seines Sakkos; er musste irgendwie verkabelt sein. Seinen Onkel konnte Philippe nirgends ausmachen. Auch die deutsche Blondine nicht.

Über Kamin und Rednerpult thronte das Wappen der Cotignacs, ein Helm auf rot-weiß gewürfeltem Grund, im linken oberen Feld ein Tatzenkreuz. Irgendein Vorfahr war Templer gewesen. Links und rechts des Rednerpultes die gleichen goldenen Vasen mit üppiger Blumenpracht wie auf dem Brunnen.

Philippe schlenderte Richtung Bar, nach allen Seiten nickend. Den Großteil der Gäste hätte man im Dictionnaire de la Noblesse de Touraine nachschlagen können. Man kannte sich. Philippe ordnete die Gesichter den Namen zu, die Tante Aude ihm eingetrichtert hatte. Auf Brautschau gehen wollte er nach wie vor nicht, obwohl einige der Damen sehr attraktiv waren.

Von einer hübschen brünetten Studentin ließ er sich einen Kir reichen und sicherte sich einige der Petits Fours, die allesamt wie kleine Kunstwerke aussahen.

So bewaffnet zog er sich an einen leeren Stehtisch zurück. Er hatte keine Lust auf adelige Interaktion und wollte lieber seinen Apéritif genießen. Unschlüssig kreisten seine Finger über dem Tellerchen, griffen schließlich eine winzige Apfel-Tartelette, auf der ein Stück Foie gras glänzte, und schoben sie in seinen Mund. Die Säure des Apfels und das deftige Fett der Leber waren ein Paar, das zusammengehörte wie Napoléon und Joséphine oder Paris und der Eiffelturm. Man sollte sie nie trennen, schwelgte Philippe. Er spülte mit einem Schluck prickelnden Kirs nach.

Was als Nächstes? Den mit Crevetten gefüllten Petit Chou oder lieber die Mini-Quiche? Während er noch überlegte, wurde das Stimmengewirr lauter und die Gäste drehten ihre Köpfe Richtung Eingang. Ein stattlicher Mann im blauen Anzug, quer über der Brust eine blau-weiß-rote Schärpe, betrat die Halle, gefolgt von einer Gruppe Anzugträgern und einer Dame im schwarzen Abendkleid. Daneben ein attraktiver, dunkelhaariger Mann, den Philippe noch nie gesehen hatte. Blitzlichter. Natürlich. Die Presse war auch da. Das Fernsehen. Ein Kameramann tauchte auf und eine Reporterin hielt den Neuankömmlingen ein rotes Mikrofon entgegen. Es wurde gelacht.

Philippe ließ sich gerade den Blätterteig auf der Zunge zergehen, als die Gruppe direkt auf ihn zusteuerte. Angeführt von Charles Trichet, der Bürgermeister, Spitzenkandidat der Action Nationale, AN. Er wollte bei den nächsten Regionalwahlen Sous-Préfet werden. Ein ambitionierter Politiker, der noch konservativer war als die ältesten Familien der Gegend. Er war bei den letzten Kommunalwahlen, den Municipales, bereits für die Rechten angetreten, hatte aber das Mandat an den Kandidaten der Républicains abtreten müssen. In der Zeitung war er trotzdem groß herausgekommen. Ein Foto, auf dem er Arm in Arm mit Marine Le Pen zu sehen war, hatte sämtliche Titelseiten geziert. Sie hatte das Auszählen im Parteibüro der AN Touraine persönlich verfolgt. Schließlich war Paris nur zwei Autostunden entfernt.

Philippe wandte sich einem herrlichen orientalischen Linsensalat zu, als die Dame im schwarzen Abendkleid sich mit Trichet und dem Unbekannten direkt an den Nebentisch stellte. Tante Audes Briefing sagte ihm, dass dies die Comtesse de Crécy sein musste. Er hatte sie zuletzt gesehen, als sie ihm den Laufpass gegeben hatte. Damals war er fünfzehn gewesen. Und sie sechsundzwanzig. Trotz der nicht gerade positiven Erinnerungen an sie musste Philippe zugeben, dass sie immer noch umwerfend aussah. Dennoch spürte er ein Unbehagen. Zu spät. Sie hatte ihn entdeckt und überschlug sich fast, als sie ihn ihrem Begleiter vorstellte. Also doch adelige Interaktion. Er hasste es.

»Philippe du Pléssis? Ist das möglich? Wie lange ist es her, dass wir uns zuletzt gesehen haben?«

Sie reichte ihm beide Hände. Dass er keine Lust auf ein Gespräch mit ihr hatte, verschluckte er ebenso wie die Reste des Linsensalats, der ein angenehmes Aroma von Kreuzkümmel und Curry in seinem Mund zurückließ. Er hauchte ihr gezwungenermaßen einen angedeuteten Kuss auf den Handrücken.

»Comtesse!«, hörte er sich charmant flöten. »Es muss gestern gewesen sein. Sie sind genauso bezaubernd wie in meiner Erinnerung.«

Und in der Tat schien sie kaum gealtert zu sein. Sie musste jetzt Anfang fünfzig sein, doch ihr Dekolleté war makellos, das Gesicht fast faltenfrei und dezent geschminkt. Die smaragdgrünen Augen funkelten mit ihrem juwelenbesetzten Schmuck um die Wette. Philippe fiel auf, dass der Dunkelhaarige jede ihrer Bewegungen genau beobachtete.

»Darf ich vorstellen? Charles Trichet, unser künftiger Sous-Préfet. Unter uns gesagt, der kommende Mann der AN. Und Charles: Das ist der Vicomte du Pléssis. Du weißt schon.«

Du weißt schon? War das hier eine abgekartete Sache, über die Tante Aude ihn nicht aufgeklärt hatte? Aus Trichets Gesicht triefte ein schmieriges Lächeln. Er hatte mausgraue Augen, die unablässig den Saal scannten. Vermutlich immer auf der Suche nach wichtigen Persönlichkeiten, denen er sich vorstellen wollte. Sein volles weißes Haar trug er in einer dramatischen Welle über der Stirn. Philippe schätzte ihn auf Mitte sechzig. Unter seiner blau-weiß-roten Schärpe zeichnete sich ein muskulöser Oberkörper ab. Sein Händedruck war schraubzwingenartig. Philippe musste sich beherrschen, um nicht laut aufzuschreien.

»Sehr erfreut«, quetschte Philippe floskelhaft heraus.

»Verzeihung, Monsieur le Baron. Ich wollte nicht zu fest drücken. Das macht der viele Sport.« Er lachte polternd und sah sich dabei Beifall heischend bei seiner Entourage um.

»Monsieur sind Sportler?«, tat ihm Philippe den Gefallen und fragte nach.

»Ich boxe. Hin und wieder etwas Radsport. Golf. Das Übliche eben.«

Das Übliche? Philippe hatte noch nie verstanden, warum sich Leute körperlich völlig verausgabten und dafür auch noch ihre Freizeit opferten.

»Und Sie?«, fragte Trichet, lächelte dabei aber der Comtesse zu.

»Wenn überhaupt Sport, dann Schach. Boxen überlasse ich den Pferden«, versuchte Philippe einen Witz. Niemand lachte. Den Dunkelhaarigen hatte die Comtesse ihm nicht vorgestellt. Er hielt sich im Hintergrund.

»Haben Sie schon die Petits Fours gekostet? Sie sind köstlich, eine gelungene Mischung aus traditionell französischer und orientalischer Küche.«

»Tatsächlich?« Trichet klang unbeeindruckt.

Einer der Anzugträger löste sich aus seinem Tross und fragte eifrig: »Soll ich Ihnen etwas holen, Chef?« Eine schmale blau-weiß-rote Schärpe blitzte auch unter seinem Jackett hervor.

»Etwas Französisches«, sagte er mit einem kurzen, aber verächtlichen Blick auf Philippes Teller, »und ein Glas Champagner, mein lieber Coligny. Für die Comtesse auch.«

Philippe überlegte fieberhaft, wie er der Situation entkommen könnte, und stürzte kurzerhand seinen Kir hinunter.

»Ich begleite Sie, Monsieur Coligny.« Entschuldigend lächelte er Trichet und der Comtesse zu. »In diese Gläser passt wirklich nichts hinein.«

Er folgte Coligny zur Bar. Schade um die restlichen Petits Fours. Er hatte sie aufgeben müssen, um dem Gespräch mit diesem Widerling zu entfliehen.

»Sie sind verwandt mit dem Duc de Cotignac?«

Colignys Frage war Philippe eine Spur zu unterwürfig.

»Mein Onkel«, erwiderte er und verkniff sich hinzuzufügen, dass hier vermutlich jeder mit jedem verwandt war, wenn man lang genug in der Familienhistorie kramte.

Er ließ Coligny am Buffet den Vortritt und dieser bemerkte gar nicht, dass Philippe ihm nicht folgte, als er sich mit einem kleinen Tablett den Rückweg zu Trichet bahnte.

Philippe hatte wieder seine Ruhe. Um weitere unliebsame Begegnungen zu vermeiden, blieb er an der Seite der Bar stehen. Die hübsche Brünette hatte außerdem schon ein paarmal Augenkontakt mit ihm gesucht. Man konnte ja nie wissen, was sich noch ergab. Julia Berger fiel ihm wieder ein. Wo steckte sie nur?

Der feierliche Festakt begann endlich und die Gäste ließen sich auf den Stuhlreihen vor dem Rednerpult nieder. Nun konnte er über die Köpfe hinweg den Duc sehen. Jean-Baptiste de Cotignac hatte sich vor etlichen Jahren komplett aus dem gesellschaftlichen Leben zurückgezogen. Obwohl die High Society munkelte, dass der Onkel sein Vermögen in Monte-Carlo verzockt hatte, brachte er hin und wieder größere Summen auf, deren Herkunft man sich nicht erklären konnte. Vor allem den lokalen Geschichtsverein und die Confrérie des Entonneurs Rabelaisiens, die Weinbruderschaft von Chinon, unterstützte er mit gelegentlichen Zuwendungen. In den Erhalt seines Schlosses steckte er nur das, was unbedingt nötig war. Er war alleinstehend, hatte nie geheiratet und keine Kinder. Auf Festen ließ er sich für gewöhnlich nicht blicken. Annäherungsversuche seitens der weitläufigeren Familie lehnte er vehement ab. Er war und blieb für die meisten ein durch und durch bärbeißiger Typ.

Es war mehr als einmal vorgekommen, dass er ungebetene Besucher, die ihm nur etwas Gesellschaft hatten leisten wollen, mit einer Schrotflinte im Arm wieder vom Schlosshof gejagt hatte. Einzig Aude und Philippe ließ er an sich heran.

Der Pomp des heutigen Abends war ihm sicherlich zuwider. Doch ließ er sich nichts anmerken.

Als überaus stattliche Erscheinung stand der Duc de Cotignac am Rednerpult, als wäre er einem Barockgemälde entsprungen. In einem tadellosen dreiteiligen Abendanzug mit blütenweißem Hemd erklärte er den Zuhörern gerade, wie er als kleiner Junge miterlebt hatte, wie die deutschen Besatzer aus dem Château de Cotignac eine Kommandantur gemacht hatten. Dieses düstere Kapitel der Geschichte schien ihm auch Jahrzehnte später fast körperliche Schmerzen zu bereiten. Philippe lauschte ergriffen seinen Worten.

»In diesem Erker, der der Lieblingsraum meiner Mutter war«, fuhr der Duc fort, »in diesem Zimmer hing schon vor siebenundsiebzig Jahren jenes Gemälde, um das es heute Abend geht. Das Werk, das Sie und uns hier heute zusammenführt und das sinnbildlich für die deutsch-französische Freundschaft stehen könnte. Ich sage ›könnte‹, da es so in der Zeitung steht. Das Schloss Bellevue sagt das. Der Élysée-Palast sagt das.«

Er machte eine theatralische Pause.

Philippe beobachtete, wie die Comtesse Trichet etwas zuraunte. Die Pause des Duc hielt nun schon so lange an, dass das Publikum unruhig auf den Stühlen hin und her zu rutschen begann. Endlich erlöste er seine Zuhörer und sprach weiter.

»Ich aber sage: Zunächst einmal geht es darum, dass ein Gemälde hierher zurückgekehrt ist, das zum Zeitpunkt seines Diebstahls – denn nichts anderes als Diebstahl war es – sich bereits mehr als zweihundert Jahre lang im Besitz meiner Familie befand. Und das meiner Mutter besonders am Herzen lag. Ich kann mich noch genau an den Tag erinnern, als der deutsche Kommandeur – sein Name war Heinrich von Schenckendorff – einfach durchs Schloss ging und aus jedem Zimmer nahm, was ihm gefiel. Es waren die letzten Tage der Occupation, die Kommandantur, die die Wehrmacht in unserem Château errichtet hatte, wurde aufgegeben. Der Kommandeur packte einfach ein, was nicht niet- und nagelfest war. Ohne Sinn und Verstand für die kostbaren Kunstwerke ließ er sie notdürftig verpacken und auf einen Wagen verstauen. Einer seiner Vertrauten, der Wehrmachtsoffizier Johannes von Tann, bekam den Auftrag, das Diebesgut – denn um nichts anderes handelt es sich hier …«, wiederholte der Duc eindringlich, wobei ihn sein Publikum aufmerksam ansah.

Ein Raunen ging durch die Menge, es wurde unruhig. Zwischenrufe. Der Abend begann, Philippe Spaß zu machen. Er konnte ein »Jawohl, so ist es!« hören, »Unrecht muss gesühnt werden!« und ähnliche Parolen. Wo zum Teufel war er denn hier gelandet? Reaktionärer und nationaltreuer ging es ja kaum. Trichet klatschte, die Comtesse erhob eine schlanke Faust über ihren Kopf, wie um den Duc anzufeuern.

»… den Auftrag, das Diebesgut also in von Schenckendorffs Villa nach Berlin zu bringen. Von Schenckendorff stammte eigentlich aus Schlesien. Seine Familie besaß dort ein großes Gut. Er war ein Bauer. Dass unsere schöne Parkanlage ein Le-Nôtre-Schüler entworfen hat, interessierte ihn nicht. Unsere Kunstwerke entwendete er nur wegen ihres Wertes, nicht aber wegen ihrer Schönheit und Raffinesse. Das meiste sollte verkauft werden und in die Kriegskasse der Wehrmacht fließen. An dem Gemälde aber hatte er einen Narren gefressen. Das hat er für sich allein gestohlen. Für seine Berliner Villa. Womöglich als Erinnerung an seine Zeit als Schlossherr in Frankreich!«

Wieder Rufe aus dem Publikum. Philippe merkte, dass diese ganze Restitutionsgeschichte spannender war, als er gedacht hatte. Offenbar hatten viele im Publikum die alte Erbfeindschaft zwischen Deutschland und Frankreich noch nicht begraben.

»... auf jeden Fall also schafft es dieser von Tann mit unserem Besitz vom Hof und das Loiretal entlang, durch das besetzte Frankreich und über den Rhein, durch das zerstörte, hungernde Deutschland bis nach Berlin. Schlägt sich durch bis zur angegebenen Adresse. Und steht vor einer Ruine. Ausgebombt. Von Schenckendorffs Villa gibt es nicht mehr. Wohin jetzt mit dem Gemälde, das aus einem Gebäude stammt, das seit acht Jahrhunderten steht? Von Tann hat keine Wahl. Die anderen Dinge hat er schon beim Gauleiter abgegeben. Soll er das Gemälde auch dorthin bringen? Und es sich mit seinem Vorgesetzten verscherzen? Er nimmt es kurzerhand mit nach Hause und hängt es in seinem Wohnzimmer an die Wand. Er will es später, nach dem Endsieg, von Schenckendorff zurückgeben. Aber es kommt anders, wie so oft im Leben. Johannes von Tann muss nach dem Heimaturlaub in die Normandie und stirbt bei der Landung der Alliierten, die Frankreich befreien. Es ist dem Gewissen seines Sohnes zu verdanken, dass wir heute Abend hier sind. Sein Sohn wollte das Gemälde, dessen Geschichte er kannte und das zeitlebens im Wohnzimmer seiner Mutter und später in seinem eigenen hing, an den rechtmäßigen Besitzer zurückgeben. Er hat vor seinem eigenen Tod seine Schuld bereinigen wollen. Der Rest der Geschichte ist Ihnen, meine verehrten Zuhörer, hinlänglich aus der Presse bekannt. Er wendet sich an das Museum für den Frieden in Verdun, den Centre de la Paix. Die recherchieren und nehmen mit mir Kontakt auf. Und so weiter und so fort.«

Ein Glück, dass sie nicht persönlich bei ihm vorbeigekommen sind. Er hätte sie glatt mit seiner Schrotflinte verjagt, dachte Philippe.

»Und nun kommt zurück, was nie hätte entwendet werden dürfen. Das Gemälde ›Hirten auf dem Feld‹ von Nicolas Rousseau, auf dem man im Hintergrund Chinon erkennt. Und das meiner Mutter so am Herzen lag. Daher habe ich beschlossen, es wieder an den Platz zu hängen, an dem es ihr täglich Gesellschaft leistete. In den Süderker hier«, er deutete hinter sich. »Den Erker habe ich noch aus einem zweiten Grund gewählt: Ich habe ihn mit einer Hightech-Schließanlage versehen lassen, die sich hinter diesem Kastenschloss aus der Renaissance verbirgt. Französische Spitzentechnologie für ein französisches Kulturgut. In einem französischen Kulturgut. Jetzt entwendet es so schnell keiner mehr.«

Der Saal applaudierte. Der Duc begann nun mit einer langen Liste von Danksagungen und Lobhudeleien und Philippe nutzte dies, um sich eine bessere Position für die Enthüllung des Gemäldes zu sichern. Von hier aus würde er es kaum sehen. Am besten verließ er die Halle und ging über den Hof zum Vordereingang, dann musste er sich nicht durch die Stuhlreihen nach vorne kämpfen und würde den Raum direkt vor dem Süderker wieder betreten. Er streifte seinen Anzug glatt und rückte seine Fliege zurecht. Krokusgelb wie das Einstecktuch. Als er hastig zum Ausgang lief, stieß er mit dem Caterer zusammen. Die leeren Platten, die der gerade in einen weißen Lieferwagen räumen wollte, fielen scheppernd zu Boden.

»Merde, können Sie nicht aufpassen!«, schimpfte der junge Mann. Er hatte einen südfranzösischen Akzent.

»Pardon, ich wollte Sie nicht …«, stammelte Philippe. Er sah an sich hinunter. Auf der Hose klebte eines der abgeräumten Petits Fours. Um die Foie gras breitete sich ein hässlicher Fettfleck aus. Nun fluchte Philippe.

Aber es war keine Zeit, um sich damit aufzuhalten, denn in der Halle brandete Applaus auf und drang zu ihm nach außen. Schnell begab er sich zur vorderen Eingangstür und tauchte ins Zentrum des Geschehens wieder ein, begleitet von »Vive la France!«- und »Vive la Touraine!«-Rufen.

Philippe drängte sich jetzt zusammen mit den anderen Schaulustigen direkt hinter der Comtesse und Trichet. Er reckte den Hals, denn der Fascinator der Dame vor ihm versperrte ihm die Sicht. Als der Duc selbst den Code in die Schließanlage eintippte und die Abdrücke seines rechten Daumens scannte, surrte es leise, die Dioden der roten Anzeige sprangen auf Grün und die beiden Security-Affen zogen die schwere Holztür des Erkers auf.

»Meine Damen und Herren, der Höhepunkt des Abends ist gekommen: Ich bitte um Ihre Aufmerksamkeit für ›Hirten auf dem Feld‹ von Nicolas Rousseau!«, sagte der Duc endlich mit Pathos und zog mit einem Ruck ein schwarzes Tuch von einer riesigen Staffelei. Eine Dame schrie auf, Gemurmel wurde lauter. Philippe stieg auf die Zehenspitzen. Es half nichts. Von seinem Standpunkt aus konnte er nur die Ecke eines mächtigen goldenen Bilderrahmens sehen. Von hinten drängten die Leute nach vorne, in den Erker hinein. »Was soll das?«, hörte er. »Soll das ein Scherz sein?« – »Will uns der alte Cotignac verschaukeln?« Das Gedränge wurde unerträglich. Die Menschen von draußen wollten hinein, die in den vorderen Reihen aber hatten sich umgedreht und versuchten, den Raum bereits wieder zu verlassen.

Endlich wurde Philippe hineingeschoben. Doch was zum Teufel ging hier vor? Das Tuch hatte kein Rokoko-Gemälde enthüllt, sondern einen leeren Rahmen. Er drehte sich zu Onkel Jean-Baptiste um, der kreidebleich hervorpresste: »Wo ist … Wie kann … Raub! Es ist Raub! Man hat mir die Hirten ein zweites Mal geraubt!«, bevor ihm die Knie wegsackten und er in die Arme eines der beiden Gorillas sank.

Chaos brach los. Die Gäste riefen aufgeregt durcheinander, einige Frauen kreischten, die Menge schob sich zurück in die Halle. Ein paar der Anzugträger, die Trichet begleitet hatten, entpuppten sich als Bodyguards und halfen den Security-Männern, die Menge zurückzudrängen. Kurzerhand schlossen sie die schwere Holztür wieder und stellten sich davor wie die Nationalmannschaft beim Elfmeter. Philippe kniete neben dem bleichen Duc, der mit ausgestreckten Beinen auf dem Boden saß und an der Wand lehnte. Mit einem Tuch tupfte er ihm den Schweiß von der Stirn. »Polizei! Ruft die Polizei!«, hallte es durch den Raum.

Der Duc flüsterte schwach: »Ich bin ruiniert.«

KAPITEL 6

»Lassen Sie mich durch!«, rief eine weibliche Stimme. Es war die Comtesse, die sich einen Weg durch die Menschenmenge bahnte. Bevor sie sich neben den Duc kniete, reichte sie dem Dunkelhaarigen, der neben ihr stand, ihre Clutch. Eine Patek Philippe hing lässig an seinem Handgelenk. Philippe fielen auch seine Manschettenknöpfe auf. Der Mann hatte Geschmack. Er mochte in etwa im Alter der Comtesse sein. Ihr Partner?

»Monsieur le Duc! Oh, mon dieu! Ein Arzt! Ist ein Arzt anwesend?«, rief die Comtesse laut. Der Schlitz in ihrem schwarzen Kleid gab nun ihre schlanken Beine frei, die in lila Wildlederpumps endeten. Philippe merkte erst, dass er sie anstarrte, als Joséphine de Crécy ihrem smarten Begleiter zunickte. Der nahm ein Handy aus seiner Innentasche, das in merkwürdigem Widerspruch zu seiner eleganten Erscheinung stand. Es war alles andere als das neueste Smartphone und sah ein wenig altmodisch und kastig aus. Er sprach eifrig hinein, aber Philippe konnte kein Wort verstehen. Joséphines Begleiter sprach Arabisch.

Es stellte sich heraus, dass auch der Leibarzt von Onkel Jean-Baptiste unter den geladenen Gästen war. Docteur Fabre kümmerte sich um den Duc. Die Halle leerte sich allmählich und die Gäste verließen Cotignac. Auch Philippe trat nun, da er seinen Onkel versorgt wusste, auf den Schlosshof hinaus. Es wurde bereits dunkel. An der Auffahrt posierte die Reporterin vor der Kamera, das Schloss im Hintergrund. Es war ein gefundenes Fressen für die Presse. Und Constant würde toben, befürchtete Philippe. Der Ruf der Familie.

Sein Feuerzeug schnappte mit einem satten Geräusch auf. Er blies den ersten Zug seines Zigarillos in den Abendhimmel und schlenderte Richtung Wassergraben, den die Dämmerung in ein tiefes Tintenblau tauchte. Kurz zur Ruhe kommen, die Abendstimmung genießen, das Geschehene reflektieren. So viel Zeit musste sein. Ein tiefer Zug, ein paar Schritte weiter auf die Dunkelheit zu, die im Park lauerte. Die Stille war wohltuend nach dem Trubel eben. Die ersten Frühlingssonnenstrahlen des vergangenen Tages hatten sich in leichte Nebelschwaden verwandelt, die über dem Wasser schwebten. Hier hinter dem Schloss sah der Graben aus wie ein kleiner See.

Philippe fror in seinem schicken, dünnen Anzug. Er ließ den verrückten Tag Revue passieren: die Nacht im »Alexandra«. Frühstück bei Daniel. Tante Aude. Der Auftrag des Duc, das Kästchen zu finden. Der geplatzte Termin mit der Deutschen. Und jetzt dieses Chaos. Das Gemälde, das heute im Mittelpunkt gestanden hatte, war verschwunden.

Ein Schnattern zerriss die Ruhe am Wasser. Das Entenpaar, das er bereits bei seiner Ankunft am Mittag gesehen hatte, quakte aufgeregt. Die Tiere schwammen zügig vom Ufer weg. Philippe sah sich um. Einige Blumen wuchsen hier, der Form nach Narzissen. Ein blass-weißer Fleck erregte seine Aufmerksamkeit. Er trat näher heran. Etwas raschelte neben seinen Füßen, gefolgt von einem Platschen. Vielleicht ein Frosch oder eine Kröte. Vor Schreck hatte er den Zigarillo fallen gelassen. Der Stummel schlug kreisrunde Wellen in den silbrigen Wasserspiegel. Schade darum, dachte Philippe. Die Wellen zogen immer größere gleichmäßige Kreise. Zäh wie Quecksilber bewegte sich die Wasseroberfläche. Aber der helle Fleck verschwand nicht. Er konnte auch gar nicht verschwinden, denn es war keine Spiegelung. Ein heller Schleier wallte in Wogen um ein bleiches Gesicht. Aus dem wie zu einem Schrei geöffneten Mund löste sich eine Luftblase und zerbarst an der Oberfläche. Philippe wich zurück. Das Blut rauschte in seinen Ohren. Er hatte nicht sein Spiegelbild gesehen. Es war eine Leiche! Die Leiche einer jungen Frau, die Philippe seltsam vertraut vorkam. Ein kalter Schauer schüttelte ihn. Er wusste, wer sie war. Sie war tot. Deshalb war sie nicht in der Halle gewesen. Hatte sich nicht bei ihm gemeldet. Julia Berger war tot. Philippe rannte, so schnell er konnte. Keuchend erreichte er den Schlosshof. Stützte sich an einem Renault ab. Würgte. Riss sich die Fliege herunter. Und erbrach sich auf das altehrwürdige Kopfsteinpflaster des Châteaus de Cotignac. Dann sah er die Stiefeletten. Rote Sohlen. Beiges Babylamm. Gesprenkelt von einigen Spritzern seines Auswurfs.

Eine Frau sagte mit rauchiger Stimme: »Charlotte Maigret. Commissariat de Tours«, und hielt ihm ihren Dienstausweis vor die Nase.

KAPITEL 7

Im Gegensatz zur Halle von Cotignac war der Rittersaal trotz seiner ebenfalls nicht unbeträchtlichen Ausmaße gemütlich. Die Wände waren mit rot gemusterten Seidentapeten bespannt, darauf prangten prunkvolle goldene Rahmen mit barocken Damen und Herren. In der Mitte des Raumes funkelten polierte Gläser und Silber auf der festlich eingedeckten Tafel um die Wette. Darum herum standen Trichet, Coligny und die Comtesse de Crécy, ihr geheimnisvoller Begleiter war nicht dabei. Die alte Madeleine saß an der rechten Seite des Duc, Michel Bayol auf der anderen Seite. Prächtiger Blumenschmuck auch hier. Die Veranstaltung musste ein Vermögen gekostet haben. Geld, das der Duc eigentlich nicht hatte. Oder war das wieder eine seiner geheimnisvollen Sondervermögensaktionen?

Angesichts seines desolaten Erscheinungsbilds um Haltung bemüht, schlenderte Philippe zur Stirnseite des Raumes. Unter einer riesigen Jagdszene aus dem 18. Jahrhundert stand ein lang gezogenes Buffet aus dunkelbraunem Holz. Darauf eine beeindruckende Sammlung alter schottischer Whiskys, Cognac, Armagnac, Marc, alles vom Feinsten.

Philippe griff zielsicher nach dem Marc. Das scharfe Getränk brachte ihn ins Hier und Jetzt zurück und räumte seinen ramponierten Magen auf, der seit dem Fund der Leiche grummelte. Der Auftrag für seine AAD, seine Agence des Affaires Délicates, den er vom Duc bekommen hatte, war unwichtig geworden angesichts des Diebstahls und der Toten.

Er ließ seinen Blick über die Szene schweifen. Hätte er es nicht besser gewusst, hätte er sich an einem Hollywood-

Filmset geglaubt. Irgendeine Agatha-Christie-Verfilmung, ein klassischer Whodunit. Alle Verdächtigen in einem Zimmer zusammengetrommelt, der Duc in seinem Armlehnstuhl am Kopf des Tisches. Es fehlte nur noch Hercule Poirot. Doch der einzige Privatdetektiv im Raum war er. Dafür hieß die Kommissarin Maigret. Ein schlechter Scherz?

Das Staccato sich nähernder Absätze kündigte die Kommissarin an. Die Frau war etwa in Philippes Alter. Jeans, Lederjacke, mittellanges brünettes Haar. Als sie aus der Innentasche der Jacke ihren Ausweis hervorzog, erkannte Philippe ein Pistolenhalfter. »Charlotte Maigret, Commissariat de Police de Tours«, stellte sie sich den Anwesenden vor und sah einem nach dem anderen ins Gesicht. »Monsieur le Duc. Comtesse. Monsieur le Maire.« Dann wandte sie sich Philippe zu: »Wir hatten ja bereits das Vergnügen.« Sie bedachte ihn mit einem Nicken und deutete auf ihre Schuhe. »Daher möchte ich erst einmal die übrigen hier Anwesenden näher kennenlernen. Meine Herrschaften, wie haben Sie den heutigen Tag verbracht? Wann sind Sie in Cotignac eingetroffen? Zuerst Sie, Madame. Ladys first.«

Routiniert ging Charlotte Maigret zur Befragung über. Zwei junge Beamte nahmen die Personalien auf und protokollierten. Maigret ging es um die Stunden vor Beginn des Festakts, genauer gesagt ab dem Eintreffen des Gemäldes am Vormittag. Joséphine de Crécy hatte tagsüber in ihrem Büro gearbeitet und war zeitgleich mit Trichet und Coligny kurz vor Beginn des Festakts angekommen. Trichet hatte wie die Comtesse in seinem Büro gearbeitet, was die Rathausmitarbeiter bezeugen konnten. Am späteren Nachmittag hatte er einen Termin mit Coligny gehabt, weshalb sie auch gemeinsam zum Empfang nach Cotignac gekommen waren. Jean-Baptiste de Cotignac hatte den Vormittag im Château verbracht und an der Chronik gearbeitet.

So weit also keine Auffälligkeiten. Das Gemälde schien wie vom Erdboden verschluckt. Der Duc und die Security-Männer hatten erklärt, dass der Erker, in dem das Bild aufbewahrt worden war, fest verschlossen gewesen sei. Jean-Baptiste habe zuletzt eigenhändig gegen 15 Uhr alles überprüft. Zwischen der letzten Überprüfung durch den Duc und dem Beginn des Festakts lagen vier Stunden, in denen das Bild gestohlen worden sein musste. Der Tod von Julia Berger gab ebenfalls Rätsel auf. Niemand hatte ihre Ankunft im Schloss bemerkt. Nun war die Deutsche tot. Aber warum?

Philippe hatte gehört, wie der Gerichtsmediziner den Todeszeitpunkt grob auf den Zeitraum, in dem das Bild gestohlen worden sein musste, festgelegt hatte. Die Tote habe ein großes Hämatom und eine Platzwunde am Hinterkopf, was auf einen schweren Schlag oder einen Sturz hinweise. Mehr hatte der Rechtsmediziner vor Ort nicht sagen können und außerdem seine Stimme gesenkt, als er Philippe bemerkt hatte. Die Spurensicherung war noch immer im Erker zugange.

Philippe dachte daran, dass die Mitarbeiter des Caterings schon herumgelaufen waren, als er nach dem Mittagessen mit Tante Aude hier eingetroffen war. Aber wie hätten sie an die biometrischen Daten des Duc kommen sollen? Ein Angestellter der Sicherheitsfirma hatte darauf schon eher Zugriff.

»Meine Herrschaften, vielen Dank für diese ersten Informationen«, schloss Maigret jetzt die Gespräche. »Ich muss Sie bitten, sich in den nächsten Tagen für weitere Nachfragen zur Verfügung zu halten. Meine Mitarbeiter geben Ihnen meine Visitenkarte, falls Ihnen noch etwas einfällt, was zur Aufklärung des Falles beitragen könnte. Eine Bitte noch, Monsieur le Duc. Ich brauche die Gästeliste des heutigen Abends, wenn möglich mit einer genauen Auflistung aller Anwesenden und auch der geladenen, aber nicht anwesenden Gäste inklusive Cateringmitarbeiter und so weiter. Gibt es die?«

Philippe sah, dass die alte Madeleine zitterte. Die Aufregung war zu viel für sie.

»Die bekommen Sie von meiner Sekretärin, Madame la Commissaire«, schaltete sich Trichet geschäftsmäßig ein.

Womit auch klar wäre, wer den ganzen Pomp hier bezahlt hat, dachte Philippe unwillig.

Er hielt zwar nicht viel von dem Standesdünkel, den so manch einer seiner adeligen Verwandtschaft an den Tag legte, aber die Bürgernähe hatte doch trotz allem ihre Grenzen. Hatte sich der Duc etwa von Trichet kaufen lassen? Dieser Sache musste er auf den Grund gehen. Es passte nicht zu Onkel Jean-Baptiste.

»In Ordnung. Meine Kollegen melden sich dann bei Ihnen. Wir brauchen die Liste heute noch!«, drängte Maigret.

Die Gäste und der Duc entfernten sich, Philippe blieb zurück.

»Kommen wir zu Ihnen«, sagte sie mit hochgezogenen Augenbrauen und musterte ihn durchdringend.

»Sie haben das Prozedere mitverfolgt. Also: Wer sind Sie, warum sind Sie hier und wo waren Sie zur vermutlichen Tatzeit?«

Philippe stellte sich, um Form und Eleganz bemüht, vor. Er wollte den ersten Eindruck, den er im Schlosshof bei der Kommissarin erweckt hatte, unbedingt wieder wettmachen.

»Philippe du Pléssis.«

Er deutete eine knappe Verbeugung an. Ihr fragender Blick verriet ihm, dass sie ihn nicht zuordnen konnte.

»Neffe von Monsieur de Cotignac.«

»Monsieur du Pléssis. Ein vollendeter Gentleman. Auch ein Duc?« Sie fragte mit einem provokanten Unterton.

»Baron, Madame, Philippe Auguste Louis Vicomte du Pléssis, Baron de Beaumarchais. Kein Duc. Aber auch kein verarmter Adel.«

»Charlotte Maigret, wie Sie wissen. Kein Titel. Kein Adel. Nur verarmt.« Die Kommissarin musterte Philippe und fragte: »Sie arbeiten?«

»Meinen Sie generell oder als was?«, antwortete Philippe mit einer Gegenfrage. Ich muss in diesem Gespräch an Terrain gewinnen, dachte er.

»Interessant. Dass Leute nicht generell arbeiten, kenne ich aus meinem Milieu nicht. Sie arbeiten also nicht generell?«

»Generell freiberuflich«, stichelte Philippe.

»Monsieur du Pléssis, ich muss auch Sie nach Ihrem Alibi fragen. Das Gemälde ist gegen 11 Uhr hier im Schloss eingetroffen. Um 15 Uhr hat Monsieur le Duc de Cotignac den Raum zuletzt kontrolliert. Wo waren Sie zwischen 15 Uhr und 19 Uhr, also dem Zeitraum, in dem das Gemälde verschwunden und Madame Berger zu Tode gekommen ist?«

Philippe schluckte. Er musste bei der Wahrheit bleiben, aber diese bedeutete auch, dass er kein überzeugendes Alibi hatte.

»In meinem Zimmer und in der Bibliothek. Dort habe ich den neuen Mitarbeiter meines Onkels getroffen, Monsieur Bayol. In meinem Zimmer war ich allein, fürchte ich«, gestand er zerknirscht. Es lief nicht zwischen ihm und dieser Kommissarin.

»Kannten Sie die Tote?«, fragte sie weiter.

Philippe zögerte. Auch das noch. »Ja«, sagte er dann zaghaft. »Also … Ich meine: nein. Nicht. Ich kannte sie nicht.«

»Ja? Nein? Was denn nun?«

Commissaire Maigret war hellhörig geworden.

»Ja. Ich kannte sie dem Namen nach. Und von dem Foto auf ihrer Website. Sie ist … Ich meine, sie war Kunstsachverständige. Für eine deutsche Versicherung. Wir haben ein paar E-Mails ausgetauscht, sie hat mir vorab ihre für den heutigen Abend geplante Rede geschickt, damit ich sie mit der von

Onkel Jean-Baptiste abgleichen kann. Ich wollte ihm und ihr damit einen Gefallen tun. Und nein. Ich habe sie noch nie gesehen. Also analog, in echt, sozusagen.« Er versuchte ein Lächeln, aber Maigret verzog keine Miene.

»Sie kannten die Tote und Sie haben kein Alibi für den gesamten Umfang der in Frage kommenden Tatzeit?«

»Es könnte auch ein Unfall gewesen sein, Madame.«

»Das herauszufinden, überlassen Sie gefälligst mir. Monsieur du Pléssis …«, wollte sie fortfahren, als ihr Handy klingelte.

Wieso hatten hier eigentlich alle außer ihm Empfang, fragte sich Philippe verwundert. Vorhin schon der geheimnisvolle schwarzhaarige Begleiter der Comtesse, jetzt die Kommissarin. Sie hatte einige kurze Sätze erwidert und ließ nun das Gerät wieder in ihre Jackentasche gleiten.

»Ich erwarte Sie morgen um neun Uhr in meinem Kommissariat. Sie müssen mir noch einiges erklären.«

Dann ließ sie ihn einfach stehen und ging grußlos aus dem Raum. Philippe fluchte. In was war er da nur hineingeraten? Neun Uhr im Kommissariat in Tours? Er würde wieder in aller Herrgottsfrühe aufstehen müssen. Und wieder war eine resolute Dame der Grund. Wenn auch vierzig Jahre jünger als Tante Aude.

KAPITEL 8

Ein Blick auf die vergoldete Standuhr in der Ecke seines Zimmers und er war mit einem Schlag hellwach. Acht Uhr zwei. Wenn er noch halbwegs rechtzeitig im Kommissariat in Tours sein wollte, musste er los. Und zwar sofort. Philippe glitt aus dem riesigen Bett und stand barfuß auf dem eiskalten Boden des Zimmers. Die feuchte Kälte brachte die Erinnerungen an den gestrigen Abend zurück. Das Verhör im Rittersaal. Das gestohlene Gemälde. Sein grausiger Fund im Schlossgraben.

Das Château und der Hof wirkten wie ausgestorben, als er zu seinem Auto lief. Weder den Duc noch Madeleine hatte er angetroffen. Er würde sie später anrufen. Es nieselte leicht und der Himmel war wolkenverhangen. Die beiden Enten hockten am Ufer und hatten den Hals eingezogen. Lag es am Wetter oder an den schlechten Erlebnissen des Vorabends? Philippe riskierte einen Blick zu der Stelle mit dem Absperrband, an der man die unglückliche Deutsche herausgefischt hatte. Er zögerte kurz, dann näherte er sich dem Grabenrand. Die vielen Seerosen hatte er gestern im Dunkeln gar nicht bemerkt. Tellergroße grüne Blätter. Zartweiße Blüten. Malerisch, wenn man nicht wusste, was hier geschehen war.

Ein lauter Knall im Schlosshof ließ ihn zusammenzucken. Sofort war die Anspannung des Vorabends wieder da, er spürte, wie sein Herz gegen den Brustkorb hämmerte. Ein Schuss? Was, wenn es kein Unfall, sondern tatsächlich Mord gewesen war? Sich der Mörder hier noch herumtrieb? Er bedauerte, keine Waffe dabei zu haben. Aber der Schlosshof war verlassen, als Philippe ihn betrat. Er beeilte sich, zu seinem Wagen zu kommen. Dort sah er, was den Knall ausgelöst hatte: Eine Reihe Ziegel war vom Nebengebäude, das in der grauen Nässe des Tages einen noch desolateren Eindruck machte als sonst, gerutscht und auf dem Pflaster zerschellt. Knapp neben seinem Citroën. Hastig stieg Philippe ein, der Motor drehte keuchend ein paarmal, bis die Déesse ansprang und vom Hof rollte.

Unterwegs begann es, heftig zu regnen, und die beschlagenen Scheiben erschwerten es, in die schmale Parklücke zu finden, die sich in der Nähe der Cathédrale als einzige geboten hatte. Die schweren Tropfen fielen in Philippes Nacken, als er den Koffer aus dem Kofferraum zog. Sein Handy klingelte. Eine unbekannte Nummer. Er drückte den Anruf weg und eilte in Richtung seiner Wohnung. Es war schon Viertel vor neun. Noch bevor er die Rue Colbert erreicht hatte, klingelte es wieder.

»Monsieur du Pléssis? Alex Dupré vom Commissariat de Tours. Madame la Commissaire lässt Ihnen ausrichten, dass sie den Termin auf später verschieben muss. Die Ermittlungen brauchen sie an anderer Stelle. Wir hoffen, das macht Ihnen keine Umstände. Sie meldet sich dann bei Ihnen.«

Philippe war genervt. Wozu der ganze Stress, wenn sie jetzt absagte? Er war umsonst so früh aufgestanden und hierher gehetzt. Andererseits hatte er auf diese Weise noch Zeit für eine schöne heiße Dusche und einen Kaffee bei Daniel.

Er bog um die Ecke der Rue Colbert, als sein Handy schon wieder klingelte.

»Merde«, schimpfte er, stellte sich mitsamt dem Koffer in einen schmalen Ladeneingang, um nicht völlig durchweicht zu werden, und ging ran. »Hallo. Ich höre«, meldete er sich unwirsch.

»Hallo? Monsieur du Pléssis?«

»Wer ist da?«, antwortete Philippe mit einer Gegenfrage.

»Philippe? Hier ist Joséphine de Crécy. Ich möchte mit dir über den Vorfall gestern sprechen.«

»Den Diebstahl oder den Mord?« Sie hatte ihn geduzt.

»Aber Philippe. Es war vermutlich ein Unfall. Mir geht es um das Bild.«

»Woher hast du meine Nummer?«

»Das tut jetzt nichts zur Sache. Können wir uns irgendwo treffen? Sagen wir, in einer Stunde?«

»Ich habe einen Termin in Tours«, versuchte Philippe, sie abzuwimmeln.

»Ich weiß.«

Philippe stutzte. »Woher …?«, setzte er zu einer Frage an, als mit Getöse der Rollladen hinter ihm hochgezogen wurde. Vor Schreck fuhr er herum und hätte beinahe das Telefon fallen lassen.

»Ruf mich einfach an, wenn du fertig bist. Meine Nummer hast du ja jetzt. Bis später!«

Bevor Philippe antworten konnte, hatte sie aufgelegt.

Es war nur gut vierundzwanzig Stunden her, seit er seine gemütliche Wohnung verlassen hatte. Und doch lagen Welten zwischen dem gestrigen und dem heutigen Vormittag. Schnell legte er seinen violetten Abendanzug über einen Stuhl. Er hoffte, die chemische Reinigung um die Ecke könnte ihn wieder hinkriegen und den hässlichen Fettfleck von der Foie gras restlos entfernen. Frisch geduscht und wie aus dem Ei gepellt war er kurz darauf auf dem Weg in die Altstadt. Von der Stunde, die die Comtesse ihm eingeräumt hatte, waren erst dreißig Minuten vorbei. Er verzichtete auf einen Anruf und machte sich sofort auf den Weg zu ihr. Die schöne Joséphine war ein guter Tausch gegen die kratzbürstige Maigret.

Das Büro der Comtesse de Crécy lag unweit der Préfecture. Standesgemäß logierte sie in einem Stadtpalais aus dem 19. Jahrhundert. Auf einem blanken Messingschild neben der schweren Holztür prangte in geschwungener Schrift ihr Name: Joséphine de Crécy. Avocate.

»Kommen Sie herein«, kratzte eine Frauenstimme in der Sprechanlage und ließ den Türsummer schnurren. Wenige Augenblicke später stand Philippe in den herrschaftlichen Räumlichkeiten.

»Aber ...«, stammelte die Sekretärin. Das Stöckeln schneller Schritte, die auf das Parkett hämmerten, verriet die Ankunft der Comtesse.

»Mein lieber Charles, ich hatte dich so früh noch nicht erwart...« Sie stockte.

»Madame, das ist nicht Monsieur Trichet«, wisperte die Vorzimmerdame.

»Ich bin ja nicht dämlich. Das sehe ich selbst«, herrschte die Comtesse sie an.

»Er ist einfach ...«

»Schon gut, Colette«, bellte sie. Und zu Philippe gewandt sagte sie charmant: »Baron Philippe! Schön, dass du so schnell kommen konntest. Gehen wir in mein Büro.«

Philippe folgte ihr durch die lange Zimmerflucht in einen hellen Raum. Vor zwei bodentiefen Fenstern wehten Vorhänge leicht in der Zugluft. Davor stand ein zierlicher antiker Schreibtisch. Rechts an der Wand beherrschte modernes Design die Szenerie: ein riesiger, aber eleganter Konferenztisch mit dazu passenden Stühlen, dahinter ein ebenso riesiges Board, an dem allerlei Pläne mit Magneten befestigt waren, moderne Leuchten. Alles war vom Feinsten.

»Colette, bringen Sie uns ein Glas Wasser und einen Kaffee«, sprach Joséphine de Crécy in ihr Telefon und wies Philippe einen Louis-XVI-Fauteuil an.

Nach einigem Geplänkel über die dramatischen Ereignisse

auf dem Event in Cotignac kam Philippe zur Sache. Er wollte endlich wissen, warum sie ihn hergebeten hatte.

»Joséphine – hast du das Gemälde überhaupt schon einmal gesehen? Ich meine, in natura?«

»Bedauerlicherweise nicht. Aber ich weiß, dass es für unsere Gegend von unschätzbarem Wert ist. Ein Künstler aus der Touraine, ein Renaissancemotiv vor typischer Landschaft. Wusstest du, dass es nur noch eine Handvoll Rousseaus auf dem internationalen Kunstmarkt gibt?«

Philippe schüttelte den Kopf, hakte dann aber sofort nach: »Du interessierst dich für den internationalen Kunstmarkt?«

»Mein Mann investiert hin und wieder. Ein Freund berät uns. Er hat ein gutes Auge. Und einen guten Riecher fürs Geschäft. Er hat mir auch den Tipp gegeben, den Rousseau in unser France-de-cœur-Projekt einzubeziehen. Du weißt schon. Wir wollen mit dem Projekt unsere Region beleben. Die unschätzbaren Werte, die hier, im Herzen unseres schönen Frankreichs verborgen liegen, sichtbar machen. Es ist mir persönlich ein großes Anliegen.«

Philippe dachte an den Typen mit der Patek Philippe am Handgelenk.

«Dieser Freund. Ist das der Mann, der dich gestern begleitet hat?«

»Genau. Khaled ist extra aus Paris gekommen. Er ist schockiert über den Diebstahl. Und er hat gute Kontakte in die Kunstszene. Khaled Ashrafi. Wenn du seine Hilfe benötigst?«

Philippe schüttelte den Kopf. »Vielen Dank. Aber momentan bin ich noch dabei herauszufinden, wer außer dir noch Interesse an den ›Hirten auf dem Feld‹ haben könnte. Wer ist noch an dem France-de-cœur-Projekt beteiligt?«

»Was soll das hier werden? Ein Verhör? Ich habe der Kommissarin bereits alles gesagt, du hast es selbst gestern Abend gehört. Jérôme, Charles und ich hatten ein Meeting. Wir planen ein Fundraising für unser Projekt, weißt du. Danach sind wir nach Cotignac gefahren.«

»Du hältst Meetings im Abendkleid ab?«, fragte Philippe.

Joséphine sah ihn fragend an.

Philippe ergänzte: »Du bist doch sicher nicht direkt von dem Meeting zum Empfang gefahren.«

»Willst du damit sagen, ich hätte einen Zeitraum unterschlagen? Ja, gut, ich war noch kurz zu Hause und habe mich umgezogen. Aber Jérôme Coligny und Charles Trichet haben in der Limousine unten gewartet.«

»Also keine Zeit für einen Gemäldediebstahl?«

»Richtig.«

»Dieses France-de-cœur-Projekt. Worum geht es da genau?«, hakte er nach.

Sie lächelte ihn an. Dann sagte sie: »Ich drücke es einmal vorsichtig aus: Wir werden alle nicht jünger. Es geht um nichts Geringeres als die Rettung unseres Kulturguts. Und du und ich wissen, dass davon in dieser Gegend jede Menge schlummert. Denke allein an die Schätze, die der Duc de Cotignac in seinem Schloss hortet. Und er hat keinen Erben.«

Philippe erinnerte sich an den kahlen Gang, durch den er in die Bibliothek gelangt war. Von welchen Schätzen sprach die Comtesse?

»Schätze?«, wiederholte er, um die Comtesse zum Weiterreden zu bringen.

»Wie den Rousseau zum Beispiel.« Sie wurde ungeduldig. »Deswegen habe ich dich hergebeten.«

»Ich verstehe nicht?«

»Nun, der Duc … Sagen wir es einmal so. Du als sein Lieblingsneffe hast bestimmt einen besseren Draht zu ihm als wir.«

Daher wehte der Wind. Er sollte für ihr dämliches Projekt seinen Onkel bearbeiten. Doch er kannte Jean-Baptiste. Niemals würde der Onkel das Gemälde aus den Händen geben.

Sollte es überhaupt wiederauftauchen. Er musste beides finden, die Holzschatulle und das Bild.

»Ich soll also für dein France-de-cœur-Projekt bei ihm gut Wetter machen? Ich weiß genau, was er dazu sagen wird. Ausverkauf unserer Traditionen. Verrat an einer der ältesten Familien der Touraine.«

Colette brachte ein Tablett mit den Getränken und eine kleine Schale mit Macarons. Philippe bediente sich und unterbrach das Schweigen, das sich eingestellt hatte, mit einer weiteren Frage.

»Ich verstehe nicht, was du dir davon versprichst. Warum ausgerechnet dieses Bild? Es gehört dir nicht. Und bis vor Kurzem war nicht einmal bekannt, dass es überhaupt noch existiert.«

»Wie ich eben schon sagte. Mir geht es um den Erhalt unserer einzigartigen Kulturschätze.« Sie deutete auf die Pläne hinter dem Konferenztisch. »Ich ... Nein, ich sollte ›wir‹ sagen. Wir möchten nichts anderes, als ein Stück vom Kuchen abhaben. Jedes Jahr kommen Abertausende von Touristen ins Loiretal, um die ganz großen alten Kästen zu besichtigen. Chambord, Chenonceau, Amboise. Alles in allem ungefähr hundert Schlösser, die Unesco-Weltkulturerbe sind. Aber was ist mit den dreihundert anderen Schlössern, die hier herumstehen, angefüllt mit Preziosen und Kunstobjekten, die nie ein Tourist zu Gesicht bekommt, weil Menschen wie der Duc ihr Anwesen lieber verfallen lassen, als es für die Öffentlichkeit zugänglich zu machen?«

»Für die Öffentlichkeit zugänglich? Du meinst, du willst aus dem Château de Cotignac ein Museum machen?«

Philippe überlegte, dass das angesichts der Geldsorgen des Duc an und für sich keine schlechte Idee wäre. Aber ihm lag noch die Moralpredigt des Duc und Tante Audes in den Ohren. Keine der alteingesessenen adeligen Familien der

Touraine würde aus ihrem Anwesen eine »Jahrmarktbude« machen lassen, in die busseweise Touristen mit Selfiesticks einfallen würden. Man blieb lieber unter sich. Und genau deswegen war er hier. Er würde der Comtesse diesen Zahn ziehen. Das war er Onkel Jean-Baptiste schuldig.

Auf dem Schreibtisch der Comtesse klingelte das Telefon.

»Ja? Verstehe. Ich komme.«

Sie legte auf und wandte sich an Philippe: »Entschuldige mich bitte einen Augenblick, ein Einschreiben für mich, ich bin gleich wieder für dich da.« Sie schenkte ihm ein Lächeln und stöckelte an ihm vorbei in den Vorraum. Lediglich eine Wolke »Angel« von Thierry Mugler blieb von ihr im Raum zurück.

Philippe erhob sich und machte ein paar schnelle Schritte zu der Magnetwand hinter dem Konferenztisch. Grundrisse und Querschnitte von Gebäuden, eine Mischung aus moderner Architektur und Renaissancestil. Jede Menge Baupläne, von denen ihm einer besonders ins Auge stach. Tatsächlich waren die Pläne der Comtesse de Crécy, aus dem Château de Cotignac ein Museum zu machen, bereits sehr konkret. Viel mehr noch: Ein Erlebniszentrum im großen Stil war hinter den Stallungen aufgezeichnet. Der Renaissancebau machte nur einen kleinen Teil davon aus. Rechts unten auf den meisten Plänen war das Logo zu sehen. »Cœur de France – France de cœur«. Das »œ« war zu einer Herzform geschwungen. Auf dem Tisch hinter ihm lagen Papiere zerstreut, mehrere Bücher und handschriftliche Notizen der Comtesse. Irgendwelches geschichtliche Zeug, es ging um die Festung von Chinon, Jeanne d'Arc und die Templer, vermutlich brauchte sie das fürs Museumsprojekt. Draußen schlug die Wohnungstür krachend ins Schloss und Philippe erschrak so, dass er stolperte und gegen den Schreibtisch stieß. Mehrere Bilder in silbernen Rahmen fielen um. Die Pumps klackten über den

Boden, näher und näher. Schnell stellte Philippe die Bilderrahmen wieder auf, als er auf einem der Fotos eine Gruppe Kostümierter sah. Er betrachtete es genauer: die Comtesse, Coligny und Trichet. Sie trugen alberne rote Umhänge und Kappen auf dem Kopf und standen in einem unterirdischen Gewölbe. Philippe versuchte zu entziffern, was auf dem Wappen stand, das an der Wand hing. Gerade als er sich zurück in seinen Sessel plumpsen ließ, stand die Comtesse wieder im Raum.

»Ein Museum also?«, nahm Philippe den Gesprächsfaden wieder auf.

»Ein bisschen Jeanne d'Arc hier, ein bisschen Templer, Ritterrüstungen, Gemälde. Amerikaner sind verrückt nach diesem Plunder. Und das gestohlene Gemälde würde mit seiner Geschichte auch die deutschen Touristen anlocken. Und die sind genauso zahlreich wie die Amerikaner, wie du sicherlich weißt. Wenn auch nicht so laut.«

»Joséphine, ich verstehe die Idee. Aber ich muss dich enttäuschen. Mein Onkel wird deinen Plänen niemals zustimmen.«

»Dafür habe ich jetzt dich! Du schaffst das Bild wieder herbei und redest mit deinem Onkel. Er wird mein Geld brauchen, wenn das Gemälde erst wiederaufgetaucht ist, allein schon für die Versicherung.«

Die Comtesse lächelte ihm jetzt charmant zu. Sie trug einen camelfarbenen Kaschmirpullover, eine weiße Tuchhose und ein dazu passendes Seidentuch um den Hals. Alles harmonierte perfekt mit ihrem blondglänzenden Haar, das sie zu einem lockeren Knoten gesteckt hatte, und Philippe ertappte sich dabei, wie er ebenso charmant zurücklächelte. Er hatte keine Ahnung, wer das Gemälde gestohlen hatte. Aber er wusste jetzt, dass der Dieb der Comtesse, Trichet und Coligny einen Strich durch die Rechnung gemacht hatte.

Und dass Joséphine tatsächlich Arabisch gesprochen hatte, als er sie am Telefon in der fremden Sprache hatte sprechen hören. Kontakt in die Kunstszene, interessant. Diesen Khaled würde er einmal genauer unter die Lupe nehmen müssen, wenn er das Gemälde wiederfinden wollte.

KAPITEL 9

Im »Café du Roi« hätte man die Luft schneiden können, so voll war es. Die Menschen saßen dicht an dicht an den kleinen Tischen. Hinter dem Tresen winkte Daniel Philippe zu und deutete auf den Tisch am Fenster. Eric hatte in der Küche alle Hände voll zu tun. Philippe sah ihn durch das Bullauge in der Küchentür mit Töpfen und Pfannen hantieren.

Philippe liebte die lauten Café-Geräusche im Hintergrund, wenn er überlegte. Sie halfen ihm, sich zu konzentrieren. Er dachte über seinen Besuch bei der Comtesse nach. Es war unwahrscheinlich, dass der Duc die alten Familienschätze vermarkten würde. Noch dazu mit einem Parvenu, wie es der schmierige Charles Trichet war, ein dahergelaufener Emporkömmling, der sich für keine bauernfängerische Polemik zu schade war. Philippe brauchte bloß an den Auftrag des Duc zu denken und seine große Unruhe das Kästchen betreffend. Niemals würde er sich darauf einlassen, noch weitere Erbstücke der Öffentlichkeit preiszugeben.

Daniel hatte sich inzwischen einen Weg durch die Menge an Café-Gästen gebahnt und setzte ein Körbchen mit Baguette und einen großen Emailletopf vor Philippe auf dem runden Bistrottisch ab. Dann verschwand er wieder, gab seinem Partner Eric, der gerade mit zwei gefüllten Tellern an den Tresen gekommen war, einen Kuss und kehrte mit einer Karaffe Chenin zu Philippe zurück. In der anderen Hand balancierte er eine Schüssel mit goldenen, grob geschnitzten Pommes frites. Er hob den Deckel des Topfes.

»Voilà! Moules marinières, Muscheln in Weißweinsahne

nach Erics Geheimrezept. Greif zu! Du siehst aus, als ob du was vertragen könntest«, sagte er zu Philippe.

Dieser sog die Aromen ein, die aus dem Muscheltopf strömten. Es duftete nach Meer.

Während sie begannen, mit großen Muschelschalen, die sie als Zange benutzten, das orangerote Fleisch aus den übrigen Miesmuscheln zu lösen, erzählte er Daniel der Reihe nach, was am Vortag geschehen war. Die Holzschatulle erwähnte er nicht.

»Verstehe«, schmatzte Daniel, »dein Onkel?«

»Am Boden.«

»Tante Aude?«

»Schockiert.«

»Dein Bruder Constant?«

»Tobt.«

»Ein schöner Schlamassel, Philippe. Und jetzt? Wo willst du nach dem Gemälde suchen?«, fragte Daniel.

Aber Philippe ging nicht darauf ein. Er dachte laut nach. »Weißt du eigentlich, wie viele Loireschlösser es wirklich gibt?«

»Circa hundert, die offiziell zum Unesco-Weltkulturerbe zählen, und noch ein paar in Privatbesitz«, prahlte Daniel. »Das weiß doch jeder.«

»Ein paar in Privatbesitz ist gut. Es sind in etwa vierhundert. Genau gezählt hat sie noch keiner. Ganz zu schweigen von den Herrenhäusern, die seit der Industrialisierung dazugekommen sind.«

»Vierhundert? Das sind ja mehr, als Trauerweiden am Loireufer stehen«, wunderte sich Daniel und schenkte von dem Hauswein nach. Die leichte Säure des Chenin passte bestens zu den Muscheln.

»Und die Kästen sind vollgestopft mit alten Schinken in Goldrahmen und scheußlichen Möbeln, die Leute wie du und deine Ahnen im Laufe der Familiengeschichte angehäuft haben. Nachdem sie arme Teufel wie mich ausgebeutet hatten«, fuhr Daniel grinsend fort.

Philippe dachte an den kargen Flur im Château de Cotignac und widersprach: »Und die ihnen von genau diesen armen Teufeln während der Revolution genommen wurden, wenn ich mir die Bemerkung erlauben darf. Ebenso wie ihre Köpfe.«

»Aber, aber, Monsieur le Baron. Wieso so revanchistisch? Du hast doch einen Kopf. Keine Frage, dass Prunk und Reichtum vor der Revolution noch größer waren. Nichtsdestotrotz wirst du nicht abstreiten, dass es auch heute noch genügend Kunstschätze gibt …«

»… die in den meisten Fällen unbewacht und ungesichert einfach so in den Wohnräumen vieler Adeliger hängen oder stehen. Wenn ich daran denke, wird mir schlecht. Vielleicht war der Gemäldediebstahl gestern nur der Auftakt. Obwohl ausgerechnet dieses Bild besonders gut gesichert war«, beendete Philippe Daniels Gedanken.

Sie aßen schweigend das so einfache wie schmackhafte Mittagessen auf. Die Pommes schmeckten herrlich salzig und bildeten mit ihrer knusprigen Kruste den perfekten Gegenpol zu den zarten Muscheln. Anschließend reinigten sie ihre Finger in den beiden kleinen Schalchen mit Zitronenwasser, die Eric ihnen beim Abräumen der Muschelschalen gebracht hatte, ebenso wie einen Petit Café.

»Claire hat mir erzählt, dass jedes Jahr unzählige Diebstähle gemeldet werden. Das kriegt die Öffentlichkeit nur nicht mit. Da die gestohlenen Objekte in der Regel nicht gelistet sind, ist es nahezu aussichtslos, sie wiederzufinden. In den seltensten Fällen hat der Eigentümer sie inventarisiert oder gar fotografiert. Bei dem Gemälde, das dem Duc de Cotignac unter dem Hintern weggeklaut wurde, war der Diebstahl besonders dreist«, meinte Daniel.

»Aber auch nicht sehr schlau«, fiel Philippe ein, »schließlich gab es im Vorfeld etliche Berichterstattungen über das Bild und auf der Homepage des Centre de la Paix in Verdun, von wo es letztlich nach Cotignac überführt wurde, ist es ebenfalls zu sehen. Keine Spur also von einem nicht gelisteten Kunstgegenstand in diesem Fall.«

Dass es sich bei der alten Holzschatulle um so etwas handelte, behielt er für sich. Nervosität machte sich in seinem Magen breit. Was, wenn die beiden Diebstähle zusammenhingen? Vielleicht Bandenkriminalität? Aber das war wohl eher unwahrscheinlich. Von dem Kästchen wusste niemand außer dem Duc und wenigen Eingeweihten. Die Existenz des Gemäldes war der ganzen Touraine bekannt. Der Ouest-France sei Dank.

»Du wirst es wiederfinden, Philippe. Sei nicht dumm. Nutze deine Kontakte zum OCBC«, unterbrach sein Freund seine Gedanken.

»Du kannst Claire gleich nach dem Essen anrufen und mit ihr eure alten Studienzeiten aufleben lassen. Aber kommen wir jetzt mal zu den wirklich wichtigen Dingen: unserer Guinguette. Eric macht mir die Hölle heiß. Wir brauchen unbedingt die Genehmigung des Bürgermeisters. Hast du endlich einen Termin gemacht, Monsieur le Détective?«

Diese Gartenwirtschaften waren im 19. Jahrhundert beliebte Ausflugsziele gewesen. Und genau so eine Guinguette wollten Eric und Daniel unter der großen Trauerweide am Loireufer unterhalb der Universität eröffnen. Und Philippe hatte ihnen seine Unterstützung zugesagt. Allerdings hatte er da noch nicht geahnt, dass er keine Zeit dafür haben würde.

Während sie Einzelheiten besprachen, klingelte erneut Philippes Handy.

»Geh da jetzt nicht ran, Philippe«, ermahnte ihn Daniel. »Du hast mir versprochen, dass du dich um den ganzen Papierkram mit der Behörde kümmerst. Wir müssen besprechen, was du noch von uns brauchst.«

KAPITEL 10

Nach dem Essen hörte Philippe die Mailbox ab. Alex Dupré hatte angerufen und einen Termin bei der Kommissarin für den nächsten Morgen vereinbart. Philippe konnte heute gut darauf verzichten, sich mit dem Reibeisen von Polizistin anzulegen. Stattdessen wollte er die Zeit nutzen, um seinen eigenen Auftrag anzugehen und etwas über das Kästchen mit dem Familienstammbaum herauszufinden. Sollte sich doch die Kommissarin an dem verschwundenen Bild die Zähne ausbeißen. Und den Mörder von Julia Berger finden. Die schrecklichen Erinnerungen kamen wieder. Er sah ihr Haar im Wasser um ihr totes Gesicht wallen. Eine Gänsehaut ließ ihn unwillkürlich seinen Nacken einziehen. Die Worte von Jean-Baptiste fielen ihm ein. Das Bild war für ihn mehr als nur ein Gemälde. Es war ein Stück Familiengeschichte und Erinnerung an die Mutter des Duc. Und damit an seine Großmutter. Ich wusste es, dachte Philippe. Dieses ganze Familiending war so weit weg in Paris. Und jetzt hat es mich am Kragen gepackt.

Philippe rekapitulierte seine Ausgangslage. Bisher hatten sich die Privatermittlungen seiner AAD hauptsächlich auf ehebrecherische Familienväter oder diebische Angestellte beschränkt. Eine Kooperation mit dem OCBC war eine große Nummer. Zudem hatte sich bereits die deutsche Versicherung per E-Mail bei ihm gemeldet. Es ging um die Versicherungssumme. Sie wollte das Bild wiederhaben. Oder ihr Geld. Würde er alles wieder auftreiben, hätte er nicht nur dem Duc einen Riesengefallen getan, sondern wäre vor seinem Bruder Constant als würdiges Mitglied derer zu Pléssis rehabilitiert. Was durchaus verlockend war. Schließlich warf seine Agence des Affaires Délicates so wenig ab, dass er auf die stattliche Apanage von seinem Vater angewiesen war, und Constant ließ keine Gelegenheit aus, um Philippe bei ihm schlecht zu machen. Ein Piepen seines Telefons kündigte eine Nachricht von Tante Aude an: »Jean-Baptiste am Boden, das halbe Loiretal zerreißt sich das Maul. Du musst beides wiederfinden, Philippe, Kästchen und Bild. Biz, A.«

Gedankenübertragung. Sie nahm ihm die Entscheidung ab. Er würde gleich nach Chinon zurückfahren und seine Suche dort beginnen. Vorher musste er noch bei der Versicherung anrufen und seine Mithilfe ankündigen.

Er musste diesem Delacour sofort einen Besuch abstatten. Es würde ihn nicht wundern, wenn Laurent Delacour, der Antiquitätenhändler aus Chinon, ihm vielleicht nicht nur mehr zu der geplanten Ausstellung und zum Verbleib des Kästchens sagen, sondern auch darüber Vermutungen anstellen konnte, wer das Bild hatte verschwinden lassen. Schließlich war bei ihm auch eingebrochen worden. Vielleicht hatte er einen Verdacht.

Die Déesse war wieder nur mühsam angesprungen. Das kühle, feuchte Wetter machte ihr zu schaffen, aber jetzt schnurrte der Wagen brav die Route départementale entlang. Es regnete immer noch. Von wegen Wonnemonat Mai. Die Loire hatte ihren Glanz verloren. Stattdessen wühlte sich ein schmuddeliges Braun durch ihr Bett. Wäre sie ein gezähmter Fluss gewesen, wäre sie längst über ihre Ufer getreten. So aber nahmen die breiten Kiesel- und Sandbänke an ihren Flanken die Wassermengen auf und ließen das Bild eines mächtig fließenden, überbreiten Stroms entstehen. Es würde nicht mehr lange dauern und die Straße wäre überflutet.

Ein Laster, der riesige Weinfässer geladen hatte, fuhr im Schneckentempo vor ihm her. Jeanne d'Arc hatte elf Tage von Orléans bis Chinon gebraucht. Hoffentlich war er schneller.

Bevor er das mächtige Schloss sehen konnte, das sich seit mehr als neunhundert Jahren majestätisch über der Stadt erhob, passierte er eine andere Landmarke. Blau leuchtete das Werbelogo EDF durch den trüben Nachmittag. Electricité de France, der Betreiber des Kernkraftwerks Avoine, eines der größten Frankreichs und das älteste. Avoine rentierte sich nach wie vor. Die Gemeinde hatte Geld. Philippe hatte einmal gelesen, dass Avoine sechs Prozent des französischen Strombedarfs allein decken konnte. Die mächtigen Dampfwolken der vier Kühltürme wurden heute eins mit dem grauen Himmel. Sich in unmittelbarer Nähe zu einem Atomkraftwerk zu befinden, gefiel Philippe nicht besonders. Aber hier an der Loire hatte man keine Wahl, nicht nur Schlösser gab es, auch vier dieser Kraftwerke. Ein Atomausstieg Frankreichs, wie die Deutschen ihn beschlossen hatten? Es wäre der Anbruch buchstäblich finsterer Zeiten.

Er parkte am Quai Jeanne d'Arc in der Nähe einer Reiterstatue der berühmten Jungfrau, die untrennbar mit der Geschichte der Stadt verbunden war, und betrat das kleine mittelalterliche Chinon zu Fuß unterhalb der Festungsanlage. Er passierte das Musée du Vin et de la Tonnellerie, das zugleich ein Restaurant beherbergte, in dem man laut Werbeschildern vor dem Eingang Chinon-Weine verkosten konnte. Philippe bedauerte, dass er bereits zu Mittag gegessen hatte. Er musste sich das Museum für ein anderes Mal vornehmen. Der Laden des Kunsthändlers lag in der Rue Marceau und machte von außen einen recht unscheinbaren Eindruck.

Als er unter dem fröhlichen Gebimmel eines kleinen Glöckchens durch die alte Glastür trat, stand er in einem übervollen, aber menschenleeren Raum. Das Ladenlokal war vollgestopft mit Kunst. Im vorderen Bereich herrschte allerdings billiger Plunder vor, der auch vom Schaufenster von der Straße aus einzusehen war. Es lagen allerhand mittelalterlich wirkende Artefakte herum, Kopien von eisernen Handschuhen, Ritterhelmen, Schwertern, sogar Ritterkostüme für Kinder und Holzschilde und -schwerter waren darunter. Diese Ware war eindeutig dafür gedacht, die zahlreichen Touristen, die der tausendjährigen Festung wegen nach Chinon kamen, hereinzulocken.

Unzählige Bücher in deckenhohen Regalen, Reiseführer für die Region, Bildbände über einzelne Schlösser oder das ganze Loiretal, die Festung von Chinon und seine wechselvolle Geschichte, die unausweichlichen Templer, die Stätten des Unesco-Weltkulturerbes. Nachdem Philippe sich den Weg zwischen zwei schwer beladenen Tischen hindurch zum hinteren Teil des Ladens gebahnt hatte, wurde es hochwertig. Antike Stiche mit Ansichten der Festung, des mittelalterlichen Städtchens, Darstellungen der Jungfrau von Orléans, mittelalterliche Szenen in Öl. Wer nicht zu sehen war, war der Kunsthändler. Philippe blieb unschlüssig vor einem schweren Samtvorhang stehen, der die Sicht auf den dahinter liegenden Raum verbarg.

»Hallo? Ist da jemand?« Es kam keine Antwort. »Monsieur Delacour?«

Wieder nichts. Philippe wiederholte sein Rufen. Wartete. Dann schob er vorsichtig den Vorhang zur Seite. Niemand zu sehen. Kein Kunsthändler. Und auch nicht das Bild des Duc. Wenig überraschend für Philippe stand es nicht einfach im Büroraum des Ladens herum. Dafür entdeckte er jetzt durch ein kleines Fenster eine Person im winzigen Hinterhof des Gebäudes. Ein etwa sechzigjähriger, grauhaariger Mann telefonierte gestikulierend, den Rücken zum Fenster gedreht. Er trug einen Wollpulli und eine verbeulte olivgrüne Cordhose. Philippe ging näher heran, um etwas zu verstehen. Was er hörte, waren zwar nur Wortfetzen, aber es erstaunte ihn trotzdem: Der Mann telefonierte auf Deutsch mit starkem französischem Akzent. »Nein, isch sage Ihnen ja, es ist zu groß … Ja. Isch kann das machen, ja … Wie besprochen, ja. Der Tag nach übermorgen, ja … D'accord … Isch werde da sein. Ich rufe Sie wieder, d'accord.«

Mit wem redete er auf Deutsch? Und worüber? Ging es um das verschwundene Bild? Hatte er es gestohlen? War das am anderen Ende der Leitung sein Auftraggeber? Der Mann hatte sein Handy vom Ohr genommen, suchte in der Kontaktliste eine andere Nummer und telefonierte wieder.

»Stéphanie, bist du's? Isch 'abe alles geklärt. Überübermorgen isch fahre los. Es klappt alles wie besprochen.«

Mit der letzten Silbe drehte er sich um und zuckte zusammen, als er Philippe entdeckte. Dieser winkte charmant durch die Scheibe, seinerseits erschrocken über Delacours uraltes Gesicht.

»Monsieur Delacour. Bonjour. Mein Name ist Philippe du Pléssis.«

»Sie wünschen?«, fragte Delacour und beobachtete Philippe skeptisch, während er hereinkam und die Hoftür hinter sich schloss.

»Ich wollte mich hier einmal umsehen. Ich interessiere mich besonders für Kunst, und Sie sind mir als Fachmann empfohlen worden.«

Delacour nickte fast unmerklich, die Lüge mit der Empfehlung schien zu wirken und ihn etwas zutraulicher zu machen.

»Kunst? Soso. Haben Sie im Bücherregal nachgesehen? Ich habe hier einige wirklich fantastische Nachschlagewerke und Bildbände, beispielsweise zur Festungsanlage und ihren Kunstwerken. Die Bücher sind zum Teil nur noch antiquarisch erhältlich. Echte Schätze. Suchen Sie nach etwas Bestimmtem?«

»Ich interessiere mich eher für Gemälde. Je älter, desto besser. Genauer gesagt geht es um eine bestimmte Darstellung. ›Hirten auf dem Feld‹ von Rousseau.«

Delacours Gesicht zeigte keine Regung. Kannte er das Bild nicht? Oder bluffte er nur? Philippe hatte unterwegs Claire angerufen und ihr alles erklärt. Sie hatte Philippe am Telefon gewarnt. Laurent Delacour war für sie kein Unbekannter. Vielmehr schien er mit allen Wassern gewaschen zu sein, hatte sie von ihren Kollegen erfahren. Ein geplatzter Deal mit einem dubiosen arabischen Zwischenhändler hatte Delacour den Aufenthalt im Knast eingebracht. Zehn Jahre und vier Monate hatte er gekriegt. Diebstahl einer gotischen Heiligenfigur. Um seine Haut zu retten, hatte er seinen Auftraggeber verraten. Dessen Alibi war wasserdicht gewesen, und so war Delacour in den Knast gewandert. Nanterre. Einhundertvierundsechzig statt der zugelassenen hundert Häftlinge. Drei Mann auf neun Quadratmetern. Mangelnde Hygiene. Ratten. Gewaltexzesse. Es war mehr als nur die Verbüßung einer Strafe gewesen. In jeder Hinsicht lebensverändernd. Philippe sah den Mann aufmerksam an. Daher das alte Gesicht. Der wachsame Blick, die jederzeit sprungbereite Körperhaltung. Endlich reagierte er.

»Rousseau? Tut mir leid, Monsieur. Damit kann ich nicht dienen«, blockte Delacour ab.

»Sehen Sie? Ich habe ein Foto des Gemäldes.«

Er hielt dem Kunsthändler sein Handy hin. Der warf nur einen flüchtigen Blick darauf.

»Das ist das Gemälde, das die Deutschen zurückgegeben haben.«

»Richtig.«

»Es gehört dem Duc de Cotignac.«

»Gehörte. Es wurde gestern gestohlen.«

Um Delacours Mundwinkel zuckte es kurz. Aber er geriet nicht außer Fassung. Stattdessen fauchte er Philippe an: »Wieso kommen Sie damit zu mir?«

»Wie schon gesagt, Sie wurden mir empfohlen.«

Philippe machte eine Pause und sah den Kunsthändler bedeutungsvoll an. Endlich redete Delacour: »Daher weht der Wind. Ich muss Sie enttäuschen. Ich bin ein ehrlicher Mann. Was auch immer man Ihnen über meine Vergangenheit erzählt hat. Es ist Vergangenheit. Ich habe mir hier eine neue Existenz aufgebaut. Ich führe ein bescheidenes Leben. Ihr Informant hat ein wesentliches Detail übersehen: Ich habe meine Strafe verbüßt. Und ich gedenke nicht, noch einmal ein französisches Gefängnis von innen zu besichtigen. Wer sind Sie? Wer hat Sie hergeschickt? Die Polizei?«

Philippe war verunsichert. Sollte er sich outen? Er entschied sich für die Flucht nach vorne, einen Schuss ins Blaue.

»Monsieur Delacour. Wissen Sie etwas über den Verbleib des Gemäldes? Irgendetwas? Sie sind ein kunstsinniger Mann. Sehen Sie, der Duc de Cotignac ist mein Onkel. Ich suche für ihn nach dem Bild. Er ist verzweifelt. Das Gemälde. Und zuvor schon das Kästchen.«

»Ich habe mit dem Bild genauso wenig zu tun wie mit dem Diebstahl des Kästchens. Im Gegenteil. Ich bin es, der bestohlen wurde.« Delacour hatte wütend gesprochen. Jetzt ließ er sich auf den Stuhl hinter seinem Schreibtisch fallen. Nach ein paar schweren Atemzügen hatte er sich beruhigt und setzte hinzu: »Wir wurden wohl beide bestohlen. Der arme Jean-Baptiste. Er scheint einiges durchzumachen.«

»Monsieur Delacour, wissen Sie etwas über das Bild, was mir weiterhelfen könnte?«

Der Antiquitätenhändler schüttelte den Kopf. »Jean-Baptiste, Ihr Onkel, er hatte mich eingeladen. Aber mir war nicht nach Trubel. Nach allem, was passiert ist. Ich fühle mich schuldig, weil man mir das Kästchen der Cotignacs gestohlen hat. Ein wirklich ganz besonderes Stück. Also bin ich nicht hin. Ich war hier im Laden. Habe etwas früher Schluss gemacht gestern. Ich hatte noch einen Termin im Château oben, im Archiv. Bin so gegen 17 Uhr dort gewesen. Und lange geblieben. Es kann leicht 20 Uhr gewesen sein, dass ich nach Hause bin. Hab nicht auf die Uhr gesehen. Aber hatte ein ziemliches Loch im Bauch.«

»Kann das jemand bezeugen?«, beeilte sich Philippe zu fragen. Er fühlte sich wie ein Filmkommissar und genoss jedes Wort.

»Christelle. Die Archivarin. Sie hat für mich alte Pläne herausgesucht. Für einen Kunden.«

»Wie heißt der Kunde?«

»Ich wüsste nicht, was Sie das angeht.«

»Um welche Pläne ging es? Liegen im Archiv der Festung nicht nur alte Urkunden und Folianten?«

»Im Archiv liegt alles, was Sie über die Gegend hier wissen wollen.«

»Monsieur Delacour, wenn Sie wirklich nichts mit der Sache zu tun haben, würde ich Ihnen raten zu kooperieren. Sonst landen Sie schneller wieder in Nanterre, als Ihnen lieb ist. Erzählen Sie mir von dem Kästchen. Hatten Sie schon etwas herausgefunden, bevor es gestohlen wurde? Und wo haben Sie es aufbewahrt? Ich kann hier keinerlei Einbruchspuren entdecken«, redete Philippe ihm zu.

Delacour zuckte mit den Schultern.

»Ich hatte es hier hinten, im Regal neben meinem Schreibtisch.«

»Haben Sie eine Alarmanlage oder warum lassen Sie wertvolle Kunstobjekte einfach ungeschützt in Ihrem Laden stehen?«, fuhr Philippe ihn unfreundlich an. Er konnte diesen Leichtsinn kaum fassen.

»Nein, habe ich nicht. Chinon ist eine kleine Stadt. Verbrechen gibt es hier nicht. Und das Kästchen Ihres Onkels mag für ihn und Ihre Familie von besonderem Wert sein. Letztlich ist es aber nur eine alte Holzbox. Für den Laien nicht einmal als wahrhaft antik zu erkennen.«

Philippe überlegte kurz. Er musste Delacour recht geben. Unter den ganzen Objekten, die hier in einem heillosen Durcheinander herumstanden, wäre die Schatulle nicht aufgefallen. Jemand musste ganz gezielt nach ihr gesucht haben. Jemand, der um ihren Wert wusste.

KAPITEL 11

Philippe hatte Monsieur Delacour seine Karte gegeben. Er solle sich melden, falls ihm noch etwas einfiele.

Als er wieder auf die Straße trat, hatte der Regen aufgehört. Die zurückgebliebene Nässe schmeichelte dem weißlichen Tuffstein der Gemäuer nicht gerade. Alles verschwamm zu einem schmuddeligen Einheitsgrau: die Mauern, der Himmel, das Pflaster.

Unschlüssig stand Philippe in der engen Straße vor dem Laden. Sollte er der Kommissarin morgen einfach von dem Kästchen erzählen und ihr alles Weitere überlassen? Die Leiche, das Gemälde und das alte Holzkästchen? Aber das wäre Verrat an Onkel Jean-Baptiste. Er hatte ihm Diskretion versprochen. Diskretion. Er klang schon wie Constant. Auch damit der nichts davon erfuhr, musste Philippe selbst versuchen, wenigstens das Kästchen wiederzufinden.

Er erklomm also den Weg, der auf die Felsnase führte, und erreichte bald das mächtige Eingangstor zur Festung. Diese wäre auch ohne die Hinweisschilder auf die Auszeichnungen »Unesco-Weltkulturerbe«, »Stadt der Kunst und Geschichte« und »Die schönsten Abstecher Frankreichs« beeindruckend gewesen. Jenseits eines ersten Burggrabens erhob sich der massive, mehrstöckige Wachturm bedrohlich in den grauen Himmel. Von der Brücke zum Turm aus hatte man einen schönen Ausblick auf die Vienne, die sich an die Altstadt schmiegte. Jenseits des Ufers lag eine riesige Waldfläche. Irgendwo hinter den Baumwipfeln stand das Château de Cotignac. Tante Audes Manoir war von hier aus nicht zu erkennen.

Philippe hatte sich am Eingang ein Tablet besorgt, das 3-D-Animationen der gesamten Festungsanlage zeigte. Die Besucher konnten so virtuell in die Welt des Mittelalters eintauchen.

Er stieg Treppe um Treppe im Wachturm, der Tour du l'Horloge, hinauf. Nicht nur die Uhr an der Fassade, sondern auch die Ritter, die ihren Wachdienst verrichteten, erschienen auf dem Tablet, untermalt von Hintergrundgeräuschen aus dem Ritterleben. Eine angenehme Erzählstimme gab Erklärungen ab.

Begeistert tippte er auf dem Gerät herum. Er verließ die Tour du l'Horloge und begab sich in den Palas, besser gesagt in das lang gestreckte Gebäude links, in dessen Anschluss sich einmal der Palas befunden hatte. Neben etlichen Ausstellungsstücken, die bei Grabungen zutage befördert worden waren, waren zahlreiche Schautafeln und Videoinstallationen angebracht. Sie zeigten Szenen aus dem höfischen Leben. Philippe ließ auf seinem Histo-Pad ein Weihnachtsfest der Plantagenets entstehen. Von Raum zu Raum änderte sich das Thema, die virtuelle Darstellung war sensationell. Ob die Comtesse de Crécy für ihr France-de-cœur-Projekt auch so etwas plante?

Beinahe hätte er vor lauter Spielerei an einer interaktiven Tafel neben einer niedrigen, spitzbogigen Tür das Hinweisschild des Archivs übersehen.

Das Halbdunkel, das ihn beim Eintreten umfing, roch nach Staub und altem Gemäuer, doch hinter dem muffigen Vorraum öffnete sich ein modernes Großraumbüro mit etlichen Computern und Flatscreens, an denen eine Handvoll Menschen arbeiteten, die ebenfalls neuzeitlich wirkten, wie Philippe enttäuscht feststellte. Das virtuelle Fest von Henri Plantagenet hatte ihm besser gefallen.

Die Leiterin des Archivs, Christelle Albert, empfing ihn freundlich und bestätigte Delacours Aussage. Er war zur angegebenen Zeit bei ihr gewesen und sie hatten gemeinsam gearbeitet. Delacours Alibi für den Gemäldediebstahl schien wasserdicht zu sein. Dass das Kästchen bei Delacour gestohlen worden sei, überraschte sie. Sie hatte es fest in die kommende Ausstellung eingeplant und von ihrem Vorgesetzten noch nichts über den Verlust gehört.

Die junge Frau war äußerst schüchtern. Sie trug eine weiße Bluse mit Rüschen und eine altroséfarbene Strickjacke. Dazu einen schlichten grauen Wollrock und Halbschuhe, die den hausbackenen Eindruck noch verstärkten. Ihr aschblondes Haar hatte sie zu einem Zopf gebunden. Um sie aus der Reserve zu locken, fragte er sie nach ihrer Arbeit:

»Sie haben hier so viele Ausstellungsstücke. Warum ist Ihr Chef ausgerechnet an der alten Holzschatulle interessiert?«, wollte Philippe wissen.

Christelle Albert zupfte nervös an den Rüschen ihrer Bluse herum.

»Nun, es ist eine Ausstellung über die Bedeutung unserer Region. Ihre Familie, Monsieur le Baron, ist eng mit der Geschichte von Chinon verknüpft. Aber das wissen Sie ja selbst besser als ich.« Sie flüsterte fast und errötete leicht, als sie sprach. Philippe anzusehen, vermied sie. »Mein Chef ist ein Perfektionist. Er wollte unbedingt etwas in der Ausstellung haben, was die Öffentlichkeit normalerweise nicht zu Gesicht bekommt.«

»Er will Publikum anlocken.« Philippe munterte sie auf weiterzusprechen.

Sie nickte. »Die Leute hier sind stolz auf ihre Herkunft. Und Ihr Onkel ist beliebt. Jeder in Chinon kennt ihn. Nicht nur durch die Confrérie. Etwas aus seinem Familienbesitz präsentieren zu können, wäre wirklich etwas ganz Besonderes. Aber leider wurde das Kästchen ja entwendet. Ich bedauere Ihren Onkel aufrichtig. Zuerst das Kästchen, jetzt noch das Gemälde.«

»Und noch dazu die tote Deutsche«, ergänzte Philippe.

Christelle Albert wurde blass. »Davon habe ich noch gar nichts gehört«, stotterte sie.

»Lesen Sie keine Zeitung? Die Deutsche, die das Gemälde hierherbegleitet hat. Die Umstände ihres Todes werden gerade untersucht. Selbst in France Bleu Touraine kam es, Madame.«

Die Archivarin schüttelte den Kopf und schlug ihre Augen nieder. »Wie furchtbar. Das tut mir außerordentlich leid.«

Eine Pause entstand. Dann wisperte sie, ohne ihn anzusehen: »Wenn Sie keine Fragen mehr haben, würde ich mich jetzt gerne zurückziehen. Ich habe noch zu tun.«

Sie hielt mit ihren schlanken, blassen Händen die Strickjacke fest zusammen und vermied es weiterhin, ihn anzusehen.

»Selbstverständlich, Madame.«

Philippe drückte ihr seine Visitenkarte in die Hand. Japanisches Pachica. Die Buchstaben waren in Handarbeit in das samtige Baumwollpapier geprägt. Die Haptik erfreute ihn jedes Mal aufs Neue, wenn er eine der Karten verteilte. Christelle Albert huschte durch den Raum und verschwand hinter einer Tür.

Er trat auf den Burghof. Schräg gegenüber lockte ein Schild. »Le Lysandre«, stand darauf. Philippe ließ sich im Burgcafé nieder und studierte die Speisekarte. Nach dem leichten Mittagessen wäre ein Café Gourmand jetzt genau das Richtige. Der junge Mann, der das Café allein zu managen schien, brachte ihm kurz darauf das Gewünschte und Philippe fand auf einer kleinen Etagère ein Pistazienmacaron, eine kleine Zitronentarte und ein Gläschen mit Mousse au chocolat. Dabei ließ sich der Tag gut resümieren.

Das Kästchen war spurlos verschwunden. Delacours Ladentür war aufgebrochen, sie war nicht einmal mit einem doppelten Schloss gesichert. Jemand musste genau gewusst haben, was er tat, und es nur auf die Holzschatulle abgesehen haben. Ansonsten war nichts entwendet worden.

Das Bild blieb verschwunden. Delacour hatte für den fraglichen Zeitraum ein Alibi. Dass er es nicht war, hieß aber nicht, dass er nicht an dem Diebstahl beteiligt war. Er könnte auch im Hintergrund die Strippen gezogen haben. Es wäre aufschlussreich, einmal einen Blick in Delacours Handy und seinen Computer zu werfen. Aber für eine Beschlagnahme brauchte Philippe wohl oder übel Maigret. Und für das Knacken der Passwörter ihre Spezialisten.

Mit einem Schlag war seine meist unerschütterlich gute Laune verflogen. Lustlos griff er nach dem Histo-Pad. Er hatte noch nicht alle Teile der Festung besichtigt. Die Tour du Coudray und ihre unterirdischen Gänge und Templerfresken wären sicherlich interessant gewesen, aber er entschied sich, nach Hause zu fahren. Ein wenig Ruhe nach den anstrengenden letzten Stunden konnte nicht schaden.

Im Radio lief ein altes Chanson von Serge Gainsbourg, er besang eine Jukebox. Doch Philippe pfiff entgegen seiner Gewohnheit die swingende Melodie nicht mit. Wieder nieselte es leicht. Die Wettervorhersage hatte keine Besserung in Aussicht gestellt. Die Déesse schnurrte durch Langeais und ließ gerade das große Château links liegen, als Philippes Handy klingelte. Aus dem ruhigen Ausklang des Tages würde nichts werden. Commissaire Charlotte Maigret wollte ihn sprechen. Sofort.

KAPITEL 12

Das Kommissariat sah aus wie ein Ufo, das zwischen den historischen Gebäuden gelandet war. Ein Monster aus Beton und Glas. Im Gegensatz zum benachbarten Rathaus, einem Prachtbau des 19. Jahrhunderts an der Place Jean Jaurès, lag das Polizeigebäude abseits der Rue Nationale. Ein Haus mit einem Antlitz wie eine Hollywood-Diva: die Falten weggespritzt und mit Make-up übertüncht.

Commissaire Maigret empfing Philippe mit einem schmallippigen Lächeln.

»Setzen Sie sich, Monsieur du Pléssis.«

Sie deutete auf den Stuhl vor ihrem Schreibtisch, der unter einer dicken Schicht loser Papiere kaum zu erkennen war. Auf einem Wägelchen, wie sie zum Aktentransport in Behörden benutzt wurden, lagen staubbedeckt stapelweise Blätter und Mappen, dazwischen mehrere Tassen mit Kaffeerändern. Eine vertrocknete Topfpflanze winkte traurig vom Fensterbrett herüber.

Philippe hob die Unterlagen von der Sitzfläche auf den Wagen, bevor er sich auf das Kunstleder setzte. Es gelang ihm, die Beine übereinanderzuschlagen, ohne einen der Aktenberge, die über den fleckigen Industrieteppichboden verteilt waren, umzustoßen.

Charlotte Maigret trug dasselbe wie am Vortag. Das Pistolenhalfter mit ihrer Waffe hing nachlässig über der Stuhllehne. Sie lehnte sich in ihrem Drehstuhl zurück und legte die Beine, die in Cowboystiefeln steckten, neben der Tastatur ihres Computers ab.

»Wie kann ich Ihnen dienen, Madame la Commissaire?«, gab sich Philippe höflich, doch die Polizistin schien für seinen Charme völlig unempfänglich.

»Wie kommen Sie mit Ihren Ermittlungen voran? Haben Sie schon etwas über den Verbleib des Bildes in Erfahrung gebracht? Ein hässlicher alter Schinken, wenn Sie mich fragen. Aber dennoch. Diebstahl ist Diebstahl.«

Philippe wunderte sich. War er nicht hier, um von Maigret befragt zu werden? Und wie kam sie darauf, dass er in Sachen Diebstahl ermittelte? Er wiegelte ab: »Nun, Ermittlungen ...«

»Sie tun Ihrem Onkel einen Gefallen. Die Versicherung arbeitet selbstverständlich mit dem OCBC zusammen. Und das OCBC ist ein Teil der Polizei. Wenn das jemand weiß, dann Sie. Mit Ihrem Schnüfflerdiplom. Melun, Uni Assas II, schön und gut. Es geht bei Ihrem Auftrag wohl eher um räumliche Nähe zum Tatort als um echte Expertise.«

»Woher wissen Sie das?«

Charlotte Maigret verzog belustigt ihre Mundwinkel.

»Ich bin Kommissarin. Schon vergessen?«

Philippe suchte nach einem Konter für diese Spötteleien. »Wie könnte ich Sie vergessen, Madame?«, startete er erneut eine Charmeoffensive.

»Julia Berger haben Sie ja auch vergessen, Monsieur le Baron.«

»Wie meinen?«, stammelte Philippe. Worauf spielte die Kommissarin an?

»Klären wir gleich. Sagen Sie mir lieber, wie es Ihnen gelungen ist, sich bei der Versicherung als Ermittler ins Spiel zu bringen. Die haben mir Ihren Namen genannt. Ein adeliger Ermittler in adeligen Kreisen, da ist es nicht abwegig, an Befangenheit zu denken. Ich nehme an, Sie konnten mit Ihrem Titel Eindruck schinden, Monsieur le Duc?«

Die Wahrheit war, dass es ein recht kurzer, unbürokratischer Weg gewesen war, den die Auftragsvermittlung genommen hatte.

Unbehaglich erwiderte er: »Baron. Kein Duc, aber auch kein verarmter Adel.«

»Das hatten wir schon und die Titel, mit denen sich Ihre Klasse noch immer schmückt, interessieren mich nicht. Aber wenn Sie es unbedingt so wollen, dann noch mal: Commissaire. Kein Adel. Nur verarmt.«

Es war wie verhext. Diese Maigret drehte ihm das Wort im Mund herum.

»Wie dem auch sei. Wir haben Julia Bergers Handydaten ausgewertet. Laut Anrufliste sind Sie der letzte ausgehende Anruf. Etwa eine Stunde vor ihrem Tod hat sie von ihrem Hotel in Chinon aus mehrfach versucht, Sie zu erreichen. Erfolglos. Können Sie mir erklären, warum?«

Philippe suchte fieberhaft nach einer passenden Antwort. Er hatte am Tag vor der Tat mit ihr telefoniert, um ein Treffen auszumachen, bei dem sie den ganzen Papierkram zwischen der deutschen Versicherung und der französischen klären und die Rede besprechen wollten. Aber nach seinem Termin mit Tante Aude gestern hatte er sich direkt nach Cotignac begeben. Und damit ins Funkloch.

»Um wie viel Uhr war das, Madame? Ich hatte in Cotignac kein Netz.«

Charlotte Maigret nahm einen Schluck aus ihrer Kaffeetasse und wischte sich mit dem Handrücken über die Oberlippe.

«Kein Netz. Aha. Lächerlich, aber leicht überprüfbar. Da Sie nicht dumm sind, werden Sie das also nicht erfunden haben. Ich füge mich daher meinem Schicksal. Wenn es denn so sein soll, dass der Tod der Deutschen und der Diebstahl zusammenhängen und wir zusammenarbeiten müssen: Laut unserer Gerichtsmedizinerin ist ein Unfall auszuschließen. Julia Berger ist mit einem schweren, stumpfen Gegenstand erschlagen worden. Wir suchen noch danach. Ihr Fitnesstracker hat ab 15.53 Uhr keinen Herzschlag mehr aufgezeichnet. Stehen geblieben ist ihre Armbanduhr aber erst um 16.17 Uhr, ebenso das Handy. Vermutlich, als die Leiche in den Wassergraben geworfen wurde. Sie ist nicht ertrunken, war also vorher schon tot. Dilettantisch vom Mörder, der Toten Handy und Tracker nicht abzunehmen.«

In die entstandene Stille hinein sagte Philippe: »Das erklärt, warum sie nicht zu unserem Termin erschienen ist. Ich hatte mich ursprünglich mit ihr zum Mittagessen verabredet, musste dann aber kurzfristig absagen. Ich habe sie nicht erreicht, ihr aber auf die Mailbox gesprochen, dass wir uns kurz vor dem Event in Cotignac treffen könnten.«

»Wann?«

»Um 16 Uhr. Zum Tee.«

»Der Herr hatte also einen Termin zum Tee mit dem Mordopfer. Hat der Herr denn auch ein Alibi?« Maigret schnaubte.

»Ich habe vergeblich auf Julia Berger gewartet. Dann bin ich in die Bibliothek gegangen. Dort war zwar auch kein Handyempfang, aber ich war in bester Gesellschaft: Balzac, Ronsard, Rabelais …«, gab Philippe selbstbewusst zurück.

»Wir sind hier nicht im Lycée. Überlassen Sie diese Namen lieber einer verhärmten, alten Französischlehrerin.«

Jetzt reichte es Philippe. Diese zickige Polizistin brauchte einen Dämpfer. Er wusste, wie er sie beeindrucken könnte: sein Besuch bei Delacour.

»Laurent Delacour?« Charlotte Maigret zog fragend die Augenbrauen hoch.

»Delacour hat zehn Jahre wegen Kunstdiebstahls in Nanterre gesessen. Wie er behauptet, zu Unrecht. Die alte Leier: Die Großen lässt man laufen und die Kleinen müssen ihren Kopf hinhalten. Es ging um einen geplatzten Deal. Wir sollten sein Alibi überprüfen. Er wusste sehr genau über das

Gemälde Bescheid.« Philippe genoss es, ihr seine Recherche-Ergebnisse unter die Nase zu reiben. Er hatte am Vorabend noch einmal mit Claire telefoniert.

Maigret hatte ihre Füße vom Tisch genommen und begann, einen der Blätterstapel zu durchsuchen. Der Staub kitzelte Philippe in der Nase und er nieste mehrmals in sein Taschentuch.

»Erkältet?«, fragte Maigret, anstatt ihm Gesundheit zu wünschen. Sie hatte wirklich keinerlei Manieren.

»Allergisch. Hausstaubmilben.«

»Da ist es! Wollen wir doch mal sehen.«

Die Kommissarin hatte eine Liste herausgezogen und ging sie durch. Es waren Julia Bergers Telefonkontakte.

»Hier haben wir ihn. Laurent Delacour, eine Festnetznummer in Chinon bei den eingehenden Anrufen. Mehrfach. Da war diese Berger allerdings noch in Deutschland. Gut gemacht, Monsieur du Pléssis. Haben Sie das in Melun gelernt?«

Philippe ging über die Spitze hinweg. Er berichtete stattdessen, dass Delacour im Hinterhof auf Deutsch telefoniert hatte, er aber nichts Genaues verstanden habe.

»Hören Sie schlecht oder können Sie kein Deutsch?«

»Ich war in einem Schweizer Internat. Und was meine Ohren betrifft die Glasscheibe, Madame.«

Philippe konnte sich einen leicht arroganten Unterton nicht mehr verkneifen. Dass der Name Stéphanie gefallen und es um eine Verabredung gegangen war, behielt er für sich. Er musste dieser Kommissarin nicht alles auf die Nase binden. Sollte sie sich doch um den Mord kümmern. Das verschwundene Gemälde war ihm lieber.

Maigret hatte die Liste achtlos zurück auf ihren Schreibtisch geworfen. Als sie jetzt ihre Kaffeetasse darauf abstellte, fraß sich ein brauner Rand in das Papier. Sie ignorierte Philippes arroganten Ton und fragte unbekümmert weiter. »Was wissen Sie über eine Verbindung zwischen Julia Berger und Khaled Ashrafi?«

»Khaled wer?« Philippe tat harmlos.

»Ashrafi. Der hier.«

Charlotte Maigret reichte ihm ein Foto, auf dem der elegante Araber zu sehen war, der bei dem Empfang auf Cotignac mit der Comtesse aufgetaucht war. Auf dem Foto trug er keine Patek Philippe, sondern etwas Größeres. Rolex?

»Der war gestern auf dem Empfang. Zusammen mit Joséphine de Crécy. Warum fragen Sie also nicht einfach sie?«

»Das werden wir, keine Sorge. Und der hier? Haben Sie diesen Mann schon einmal gesehen?«

Auf dem nächsten Foto war er inmitten einer Gruppe junger Männer abgebildet, die in einer Art Imbiss rund um eine Shisha saß. Ashrafi passte in seiner eleganten Aufmachung nicht in das Ambiente. Philippe musterte die Gesichter. Auf den ersten Blick hatte er ihn nicht erkannt, aber als er jetzt hinsah, war es eindeutig.

»Der da. Der war auch auf dem Empfang.«

»Zusammen mit wem?«

»Zusammen mit dieser hübschen brünetten Studentin am Buffet. Denn das ist der Caterer von gestern. Idriss irgendwie. Stand auf seinem Polohemd.« Philippe machte eine kurze Pause. Dann setzte er hinzu: »Sehr leckere Petits Fours, und der orientalische Linsensalat mit Kreuzkümmel war ein Gedicht.«

»Sie können mich nicht provozieren, Monsieur du Pléssis. Haben Sie eine Verbindung zu ihm, ja oder nein?«

»Ich habe ihn gestern auf dem Fest gesehen. Bin sogar mit ihm und einem seiner Tabletts zusammengestoßen. Würden Sie das ›Verbindung‹ nennen? Warum fragen Sie mich das alles? Arbeiten wir zusammen oder verhören Sie mich?«, fragte Philippe ungehalten.

»Die letzten Anrufe von Madame Bergers Handy waren: der Kunsthändler, Ashrafi und Sie. Das hat das mit Ihnen zu tun. Erklären Sie mir das. Was haben Sie mit Ashrafi zu schaffen?«

Das Gespräch eskalierte. Charlotte Maigret hatte einen mehr als ungemütlichen Ton angeschlagen.

»Ich habe Monsieur Ashrafi gestern zum ersten Mal gesehen und kenne seit einer Minute seinen Namen. Weil Sie ihn mir verraten haben.«

»Monsieur le Baron gibt den Ahnungslosen«, fluchte die Kommissarin. »So kommen wir nicht weiter.«

»Eh ich es vergesse, Madame: Haben Sie schon einmal darüber nachgedacht, dass das Bild gar nicht aus dem Erker gestohlen worden ist, sondern schon, bevor es überhaupt in den Erker hineingekommen ist?«

»Stellen Sie sich vor, auf diese Idee bin ich auch schon gekommen. Die Kollegen sind längst dabei, die Leute von der Sicherheitsfirma zu überprüfen. Bisher erfolglos.«

In diesem Augenblick ertönte Philippes Klingelton, »Je t'aime … moi non plus« von Serge Gainsbourg.

»Pfhhhh!«, schnaubte Maigret verächtlich. »Gehen Sie ruhig ran, Mr. Lover Lover.«

Es war Daniels Schwester. Nachdem Philippe aufgelegt hatte, sagte er so beiläufig wie möglich: »Übrigens: Ihr Khaled Ashrafi und Laurent Delacour kennen sich seit dem geplatzten Deal, für den Delacour nach Nanterre gegangen ist. Er war der Auftraggeber. Delacour hat also keinen Mist erzählt, als er sagte, die Großen lasse man laufen und die Kleinen würden gehenkt. Unter diesen Umständen ist es wohl am besten, ich fühle diesem Antiquitätenhändler noch mal auf den Zahn. Und Sie kümmern sich um Ashrafi.« Erleichtert, einen Grund zu haben, das heruntergekommene Büro der Kommissarin verlassen zu können, erhob er sich mit einem Ruck und stieß dabei einen der Stapel um. »Oh. Ich habe doch nicht etwa Ihre Akten durcheinandergebracht, Madame?«, spöttelte er.

Sie warf ungerührt einen Blick auf den Haufen am Boden und reichte ihm dann einen Schuhkarton, der danebengestanden hatte.

»Beinahe hätte ich es vergessen. Hier. Die Stiefel, die Sie ruiniert haben. 404,95 Euro, die Rechnung liegt noch drinnen.«

Sie legte ihr Pistolenhalfter und ihre Lederjacke an.

»Worauf warten Sie noch, Monsieur le Baron? Auf nach Chinon. Genießen Sie die Vorzüge unserer Kooperation. Ich fahre.«

Philippe fluchte innerlich. Vom Commissariat direkt wieder nach Chinon? Noch dazu mit dieser Amazone? »Contenance!«, würde Tante Aude jetzt sagen. »Lass dir nichts anmerken.« Widerwillig folgte er Charlotte Maigret nach draußen.

KAPITEL 13

Es kam anders. Im Innenhof klingelte Maigrets Handy. Sie hörte schweigend zu. Dann sagte sie: »Verstehe. Haben Sie das Kennzeichen schon überprüft?«

Eine Pause entstand.

»Na, sieh mal einer an. Danke. Gute Arbeit, Kollege.« Sie wischte den Anrufer weg und wandte sich an Philippe. »Planänderung. Ein Zeuge hat zwischen 16 und 16.30 Uhr in Cotignac einen weißen Lieferwagen gesehen, da, wo die Kastanienallee vom Schloss auf die Route départementale trifft. Kam in vollem Karacho um die Kurve geschossen und hat den Zeugen geschnitten. Was sagen Sie dazu? Jetzt wird es interessant.«

»Platanen.«

Charlotte sah ihn fragend an.

»Es ist eine Platanenallee. Aber das nur am Rande. Den Lieferwagen habe ich übrigens auch gesehen.«

»Aber nichts davon erzählt. Wieso nicht? Das ist eine wichtige Information. Also, was haben Sie beobachtet, Monsieur du Pléssis?«, entgegnete Maigret kühl.

»Ich habe mittags, als ich in Cotignac ankam, ebenfalls einen weißen Lieferwagen gesehen, der etwas abseits parkte. In dem kleinen Wäldchen, das zum Weingut de la Rose führt. Aber eine Aufschrift konnte ich nicht erkennen. Hat der Zeuge sich tatsächlich das Kennzeichen gemerkt?«

»Er hat nur gesehen, dass die Nummer mit 37 begann. Das reicht doch. Idriss Boulaieds Cateringservice hat einen weißen Lieferwagen. Und er wusste über das Event Bescheid. Er fährt hin, trifft auf Julia Berger, bedrängt sie und so weiter. Gelegenheit macht Liebe.« Sie zuckte mit den Achseln.

»Sie meinen, dieser Idriss ist ein Triebtäter?«, fragte Philippe unwillig. Für ihn passten die Puzzleteile nicht zusammen. »Oder hat er sie umgebracht, um an das Gemälde zu kommen? Aber der Erker war perfekt gesichert, und ohne die Fingerabdrücke meines Onkels wären die beiden nicht hineingekommen.«

»Dann hat er doch erst recht ein Motiv. Kein Gemälde, kein Sex. Er macht kurzen Prozess. Mord im Affekt. Fall gelöst.«

Lag für Maigret die Lösung des Falls wirklich auf der Hand? Sie schien angestrengt nachzudenken.

»Trotzdem. Für mich ist die Sache nicht so klar wie für Sie, Madame Maigret. Wenn er das Gemälde unbedingt stehlen muss, weil er einen Deal mit Delacour und Ashrafi hat, dann bringt er das Ganze doch nicht in Gefahr, indem er sich an einer Frau vergeht, die noch dazu mit dem Gemälde in Verbindung steht. Das würde nur ein hirnverbrannter Idiot tun.«

»Und wenn er ein hirnverbrannter Idiot ist?«, entgegnete sie schnippisch. Wenn Idriss tatsächlich der Täter sein sollte, hätte es immerhin ein Gutes: Philippe müsste nicht mehr weiter mit dem Cowgirl kooperieren.

»Wir fahren am besten gleich hin und befragen ihn. Bei Gefahr weiterer Straftaten können Sie ihn doch für einen Tag ohne Haftbefehl festhalten. Dann verhören wir ihn in Ihrem Kommissariat und finden vielleicht auch etwas über den Diebstahl heraus.«

»Der Detektiv ist gut informiert, Sie haben in Melun gut aufgepasst, Monsieur du Pléssis, Kompliment. Aber wir nehmen uns Verstärkung mit. In meinem Wagen wird es zu dritt zu eng. Kommen Sie!«

Mit einem Streifenwagen waren sie zu Boulaieds Imbiss in der Nähe der Markthalle gefahren. Der hatte versucht, durch die Hintertür aus dem Laden zu entkommen, aber die beiden jungen Streifenbeamten hatten ihm den Weg abgeschnitten und den jungen Mann in U-Haft genommen.

Nun saßen sie in einem kargen Konferenzraum, der als Vernehmungszimmer diente. Ein großer Tisch, drei Stühle, aber keine verspiegelte Wand, wie Philippe bedauernd bemerkte. Maigret hatte ihn als externen Experten vorgestellt. Er saß im Hintergrund. Trotzdem kam er sich wieder vor wie in einem Fernsehkrimi. Die Sache begann, ihm Spaß zu machen.

Der Verdächtige war ein junger Mann mit leicht lockigem schwarzem Haar, olivfarbenem Teint und großen, dunklen Augen. Er trug schwarze Jeans, einen weiten Kapuzenpulli und wirkte reichlich nervös. Charlotte Maigret begann mit dem Verhör.

»Sie wissen, warum Sie hier sind?«

Er schüttelte den Kopf. Sein Blick verriet Angst.

»Idriss Boulaied, 22 Jahre alt, aus Algerien. Die Angaben stimmen?«

Er nickte schüchtern.

»Sie arbeiten im Feinkostladen Ihres Onkels – Moment mal – Idriss Boulaied? Der heißt genauso?«

Der junge Mann nickte wieder. Charlotte Maigret schüttelte den Kopf. Dann legte sie ein Foto der Leiche Julia Bergers auf den Tisch. Idriss zuckte zusammen. Er wurde blass um die Nase, wandte den Blick ab.

»Kennen Sie diese Frau?«

»Das war ich nicht«, brach es aus dem jungen Mann hervor.

»Antworten Sie auf meine Frage: Kennen Sie diese Frau? Ja oder nein?«

Maigrets Tonfall war eisig. Idriss hatte den Kopf bis fast auf die Arme gesenkt, die auf der Tischplatte lagen, und reagierte nicht.

»Monsieur Boulaied, sehen Sie. Ich habe noch ein anderes Foto. Diese Frau hier. Kennen Sie sie?« Philippe hatte sich in einem freundlichen Ton eingeschaltet, war zum Tisch gegangen und hielt ihm sein Handy mit dem Website-Foto von Julia Berger hin. Er hatte Verständnis für Idriss. Wer sah sich schon gerne eine Leiche an? Diese Maigret war wirklich rabiat. Idriss blickte kurz auf, schüttelte dann zaghaft den Kopf.

Charlotte Maigret warf Philippe einen wütenden Seitenblick zu und fuhr fort: »Sie waren in Ihrem weißen Lieferwagen am Château de Cotignac. Und zwar schon vor dem offiziellen Beginn der Aufbauarbeiten. Es gibt Zeugen. Was haben Sie dort gemacht?«

Idriss rutschte auf seiner Sitzfläche hin und her. Mehrmals holte er Luft, als wollte er etwas sagen, sank aber jedes Mal wieder in sich zusammen. Charlotte Maigret legte provokativ ein Foto nach dem anderen auf den Tisch: die Leiche von rechts, von links, in der Totalen, Nahaufnahme. Philippe bemühte sich, nicht so genau hinzusehen.

»Ich warte.« Sie lehnte sich in ihrem Stuhl zurück und verschränkte die Arme vor der Brust. Dabei blickte sie unverwandt auf den jungen Mann.

»Haben Sie schon etwas fürs Buffet vorbeigebracht?«, baute ihm Philippe eine goldene Brücke.

Boulaied sah ihn an, schüttelte den Kopf, blieb aber weiterhin stumm.

»Genau Ihr Typ, was? Schlank, blond, wehrlos. Eine leichte Beute«, provozierte Maigret weiter.

»Madame la Commissaire möchte wissen, ob Sie die Dame, Julia Berger hieß sie, gekannt haben, Monsieur Boulaied«, erklärte Philippe noch einmal zutraulich.

Charlotte Maigret schnaubte. »Ich brauche keinen Dolmetscher!«, zischte sie Philippe an. »Ich habe keine Zeit für Spielchen, Boulaied!«

In diesem Moment klingelte Maigrets Handy. Sie verließ

das Zimmer. Mit ihr verschwand auch ein gutes Stück negativer Energie.

Idriss Boulaied saß wie ein Häuflein Elend hinter dem Tisch, hob jetzt aber endlich den Kopf und beteuerte: »Ich war das nicht. Ich war erst am späten Nachmittag am Château, ich schwöre.« Treuherzig blickte er Philippe an.

Philippe hatte den Eindruck, Idriss Boulaied wollte gerade etwas erwidern, als die Tür von außen aufgerissen wurde und Maigret ihm mit einer Kopfbewegung zu verstehen gab, er solle herauskommen. Philippe gehorchte. Doch bevor sie sprechen konnten, klingelte schon wieder ihr Telefon.

Philippe sah sich um. Am Ende des Ganges stand ein Kaffeeautomat. Den konnte er jetzt gut gebrauchen.

Die Kommissarin verdrehte die Augen, als er nach dem ersten Schluck das Gesicht verzog: »Hätten Sie sich das nicht denken können?«

Sie zielte und ihre Coladose landete in hohem Bogen neben ihm in einem Abfalleimer. Er drehte den vollen Pappbecher unschlüssig in der Hand.

»Nun geben Sie schon her!« Charlotte Maigret griff nach dem Automatenkaffee, kippte den Inhalt in das Granulat einer großen Topfpflanze, die in der Ecke stand, und ließ den Becher der Coladose folgen.

»Das war Monsieur Trichet, der designierte Sous-Préfet. Er macht Druck, verlangt einen Schuldigen. Damit er einen Erfolg vorweisen kann, der ihm bei der nächsten Regionalwahl hilft. Ich nehme an, Boulaied hat noch nicht gestanden?«

»Nein, hat er nicht. Ehrlich gesagt, ich glaube ihm.«

»Ich glaube, Sie sollten sich lieber wieder auf das Wesentliche konzentrieren. Finden Sie den Dieb, Monsieur du Plésis. Ich finde den Mörder.«

Ohne eine weitere Erklärung, wieso er plötzlich nicht mehr Teil der Mordermittlungen sein sollte, verschwand

Maigret wieder im Konferenzraum. Ein junger Polizist, der die Szene beobachtet hatte, lief achselzuckend vorbei und kommentierte: »So ist sie, unsere Chefin. Ehrgeizig. Typ einsamer Wolf. Machen Sie sich nichts draus.« Doch das ließ Philippe sich von diesem ungehobelten Cowgirl nicht gefallen. Kommentarlos setzte er sich neben sie.

Idriss Boulaied behauptete, Julia Berger weder gekannt noch im Château gesehen zu haben. Für die Mittagszeit hatte er nur ein wackeliges Alibi: Er habe mit seinem Onkel im Laden etwas gegessen und letzte Vorbereitungen für die Feier getroffen. Es war vertrackt. Ein Verdächtiger. Kein überzeugendes Alibi. Zeugen. Aber: kein Motiv. Dennoch schien der junge Mann etwas zu verbergen.

Sie kamen nun auf seine Verbindung zu Delacour zu sprechen. Und jetzt wurde Philippe auch klar, warum Charlotte Maigret von einem Sexualdelikt ausging. Idriss war wegen mehrerer Vorstrafen nach Nanterre gekommen, unter anderem auch wegen sexueller Belästigung und Stalking. Er behauptete, seine Ex-Freundin habe ihm das nur angehängt, um ihm eins auszuwischen, weil er sie betrogen hatte. Es hatte damals Aussage gegen Aussage gestanden. Weil er schon wegen kleinerer Diebstähle und Drogenbesitzes auffällig geworden war, hatte man ihm nicht geglaubt. Und vermutlich auch wegen seines arabischen Namens, dachte Philippe verärgert. Alltagsrassismus.

»Ich bin unschuldig, ehrlich. Hätte ich das gewusst, hätte ich meinem Onkel vorgestern nicht geholfen«, jammerte er.

»Hätte, hätte …«, äffte Maigret ihn nach.

Philippe legte ihr beschwichtigend die Hand auf den Unterarm, wie um sie zurückzuhalten. Er wunderte sich, wie unsachlich und emotional die sonst so überlegen wirkende Maigret vorging. Nun kam er an die Reihe und konnte Idriss zu dem Gemäldediebstahl befragen. Natürlich bestritt

Boulaied auch diese Tat. Wieder war sein Alibi nicht wasserdicht. Während des Aufbaus hätte er genügend Gelegenheiten gehabt, sich Zugang zu dem Gemälde zu verschaffen. Was, wenn er mit einem der Security-Männer unter einer Decke steckte? Philippe musste sich unbedingt auch in der Sicherheitsfirma umsehen. Mit Delacour habe er seit Nanterre keinen Kontakt mehr gehabt.

Philippe hatte ebenso wenig aus ihm herausgelockt wie Charlotte Maigret. Als sie den Verhörraum verließen, lief ein junger Beamter auf sie zu.

»Madame la Commissaire! Der Verdächtige.« Er senkte die Stimme zu einer verschwörerischen Lautstärke. »Wir haben sein Handy untersucht.«

»Und?«, fragte die Kommissarin.

»Es hat nicht funktioniert.«

»Was soll das heißen?«

»Verschlüsselt. Ihr Verdächtiger hat ein Kryptohandy.«

Das war allerdings eine Neuigkeit. Philippe hatte in der Ausbildung einiges über verschlüsselte Kommunikation gelernt. Aber er war noch nie im wirklichen Leben damit konfrontiert worden. Informationen fluteten sein Gehirn. Geheimdienst, Drogenkartelle, organisiertes Verbrechen. Kryptohandys waren keine Seltenheit. Es war nicht schwierig, sich eines der Geräte zu besorgen. Es zu entschlüsseln dagegen schon. Er wusste, dass es dafür Spezialisten gab, in den Niederlanden, aber auch in Frankreich. In Paris natürlich, nicht hier in der Provinz.

»Wir haben jetzt nur zwei Möglichkeiten«, kam er Maigret zuvor, »entweder bringen wir Boulaied doch noch zum Reden. Oder das Handy wird in Paris entschlüsselt.«

»Tun Sie sich keinen Zwang an. Wenn Sie noch mal mit ihm sprechen wollen, bitte. Sie stehen wohl auf aussichtslose Unterfangen. Ich habe Besseres zu tun«, ließ ihn Maigret abblitzen. »Sie finden mich im Büro, wenn Sie etwas Neues herausgefunden haben.«

Eine Stunde später hatte Philippe zwar noch immer keine Ahnung, wohin das Gemälde verschwunden war, aber anderweitig einen Teilerfolg erzielt. Durch Bluffen. Er hatte Boulaied damit erpresst, dass sie auf seinem Handy die Nummer von Delacour gefunden hätten. Nach einigem Hin und Her hatte dieser nicht nur zugegeben, dass er regelmäßig Kontakt mit dem Antiquitätenhändler gehabt hatte. Es kam noch besser. Es gab tatsächlich auch eine Verbindung zu Khaled Ashrafi. Khaled Ashrafi und er kannten sich aus Marseille. Ashrafi besaß dort eine Reederei, mit der Waren zwischen Algerien und Frankreich verschifft wurden. Und Menschen. Boulaied war mit einem dieser Schiffe als Fünfzehnjähriger nach Frankreich gekommen.

Philippe hatte sich bemüht, der Kommissarin seine Enthüllungen so lässig und gelangweilt wie möglich mitzuteilen. Charlotte Maigrets Sprachlosigkeit hatte er genossen. Und war dann aufgebrochen, um auf eigene Faust weiterzuermitteln.

KAPITEL 14

Er hatte Charlotte Maigret mit Idriss im Kommissariat zurückgelassen. Im Nieselregen war Philippe in die Rue Colbert gelaufen, hatte unterwegs ein 18-Uhr-Baguette mitgenommen. Und jetzt machte er es sich endlich zu Hause gemütlich. Er wollte diesem Tag noch etwas Positives abgewinnen, also hüllte er sich in seinen wattierten Hausmantel mit dem Paisley-Muster, legte eine Platte auf und öffnete eine Flasche Cabernet Franc von der Domaine de Noiré. Dazu bereitete er ein Schälchen mit Oliven und eines mit Crackern vor und stellte alles auf seinem Schreibtisch neben dem Computer bereit. Er wusste genau, was er zu tun hatte.

Der Pianist jazzte drauflos und Philippe klickte sich durch bis ans Ziel. Er hatte unterwegs bei Claire im OCBC angerufen und sie hatte ihm ein paar Listen geschickt. Verboten, aber nützlich. Er scrollte sich durch die lange Aufzählung gestohlener Kunstschätze, die in den Wirren der Kriege und Auseinandersetzungen der letzten Jahrzehnte in der arabischen Welt verloren gegangen waren. Dazu trug ab 2011 auch die Arabellion im Maghreb bei. Einem Kunstliebhaber wie ihm blutete das Herz, als er las, wie sprunghaft die Zahlen der Diebstähle angestiegen waren. Manches landete auf dem internationalen Kunstmarkt. Vieles verschwand für immer in den Safes millionenschwerer Sammler. Philippe störten dabei weniger die finanziellen Verluste. Was ihn betrübte, war die Tatsache, dass die Kunstwerke der Öffentlichkeit für immer verloren gingen. USA, Großbritannien, Westeuropa. Überall waren die Gesetze zu lasch. Nicht der Käufer musste die Herkunft des gekauften Objekts erklären, sondern der Ermittler beweisen, dass es Diebesgut war.

In einem Artikel von Interpol über eine Razzia, bei der fünfundsiebzig Personen vom östlichen Mittelmeer bis Gibraltar verhaftet worden waren, fand er schließlich den Namen, den er gesucht hatte: Khaled Ashrafi war ebenfalls ins Visier der Ermittler geraten. In seiner Villa in Marseille hatte man unter anderem eine assyrische Löwenskulptur aus Nimrud gefunden. Außerdem eine ägyptische Bronzeskulptur. Auch Ashrafi profitierte von der Gesetzeslage: Er behauptete, die Stücke von einem zypriotischen Zwischenhändler legal erworben zu haben, konnte Rechnungen vorlegen. Den Beweis, dass es Diebesgut war, blieben die Interpol-Ermittler schuldig, denn natürlich waren die Objekte in den Unruhen des Krieges nicht gelistet worden. Raubgrabungen befanden sich auf keiner Liste. Es war wirklich lächerlich. Jede Salatgurke konnte in Europa in ihrer Herkunft zurückverfolgt werden. Nicht aber Kulturgüter höchsten Ranges.

Khaled Ashrafi hatte eine weiße Weste. Er war definitiv einer der Großen, die man laufen gelassen hatte. Aber was wollte er mit den »Hirten auf dem Feld«? War ein Sammler hinter dem Bild her, in dessen Auftrag er handelte und wofür er den armen Idriss Boulaied und Laurent Delacour einspannte? Oder wollte er es selbst behalten? Philippe erinnerte sich an Ashrafis Auftreten: seine geschmackvolle Kleidung, die teure Uhr. Er hätte bei ihm eher abstrakte Kunst vermutet, etwas Modernes, keinen Renaissanceliebhaber. Aber er konnte sich natürlich auch täuschen.

Philippe nahm einen Schluck von dem Cabernet. Der Pianist entlockte der Tastatur eine Blue Note nach der anderen. Es war herrlich entspannend, auf diese Weise zu recherchieren, weit weg von der spröden Kommissarin. Der Stress des Tages war in kürzester Zeit von ihm abgefallen.

Dann öffnete er seine E-Mails. Charlotte Maigret hatte ihm mehrere Anhänge mit der Auswertung von Julia Bergers Handy-Daten geschickt. Er konnte daraus rekonstruieren, dass sie bereits am Vorabend des Events in Cotignac mit dem Flugzeug in Paris gelandet und mit dem TGV nach Tours weitergefahren war. Gegen 17 Uhr hatte sie Laurent Delacour angerufen. Philippe öffnete ein zweites Fenster auf seinem Bildschirm und glich die Uhrzeit des Anrufs mit dem Fahrplan ab. Er war circa eine halbe Stunde vor der planmäßigen Ankunft des Zuges getätigt worden, wahrscheinlich, um zu vereinbaren, dass Delacour sie pünktlich abholte.

Philippe hätte sich ohrfeigen können. Er hatte Laurent Delacour nur zu dem Kästchen und dem Bild befragt, nicht aber zu Julia Berger, und Delacour hatte den Kontakt auch nicht erwähnt. Zwar hatte er Bescheid gewusst, dass das Gemälde dem Duc de Cotignac gehörte, aber das hatte jeder in der Zeitung lesen können. Philippe vertiefte sich wieder in die Liste. Danach hatte es an diesem Abend nur noch einen Anruf gegeben: ein etwa siebenminütiges Gespräch mit einer Nummer in Deutschland.

Philippe nahm einen weiteren Schluck aus seinem Weinglas. Der Breton, wie man den Cabernet Franc an der Loire nannte, schmeckte frisch, ein Hauch von grünem Paprika konkurrierte mit pfeffrigen Noten und machte den Wein angenehm wach. Es passte gut, dass der Tonabnehmer gerade mit einem leisen Klicken nach oben ging und die erste Seite der Platte für abgespielt erklärte. In die so entstandene Stille hinein nahm Philippe sein Handy und wählte kurzerhand die deutsche Nummer.

»Billinger«, meldete sich eine nicht mehr ganz junge Frauenstimme am anderen Ende der Leitung.

Philippe kramte sein bestes Deutsch hervor und antwortete mit seinem Namen.

Er entschuldigte sich für die späte Uhrzeit und erklärte ihr, dass er im Auftrag der französischen Versicherung ein paar Fragen wegen der »Hirten auf dem Feld« an sie habe. Julia Bergers Tod sparte er sicherheitshalber zunächst aus. Er fragte nach dem Antiquitätenhändler und nach ihrem Verhältnis zu ihm.

»Laurent Delacour? Selbstverständlich kenne ich Laurent. Schon seit etlichen Jahren«, antwortete sie erstaunt.

Frau Billinger war Julia Bergers Kollegin bei der Rückversicherung. Weil Julia besser Französisch sprach als sie, hatte sie das Gemälde nach Frankreich begleitet.

Philippe wollte wissen, was Julia Berger mit ihr am Telefon besprochen hatte.

»Mit mir? Wir haben über das Event gesprochen. Sie wollte nur noch ein paar Daten abklären, während sie mit Laurent zusammensaß und alles mit seinem Terminkalender abglich. Denn wir wollen ja schließlich alle etwas davon haben.«

Philippe verstand nicht. Wovon wollten alle etwas haben? Ihm fiel ein, dass Delacour den Namen Stéphanie mehrmals am Telefon wiederholt hatte. Endlich machte es klick. Er fragte: »Madame Billinger, Sie heißen Stéphanie?«

»Ja. Stefanie. Steffi. Wie Steffi Graf, falls die Ihnen was sagt.«

Er bohrte weiter: »Hat Monsieur Delacour gestern mit Ihnen telefoniert?«

»Ja, das hat er. Er wollte übermorgen hierher nach Hofheim kommen, um alles zu besprechen. Die Gewänder wollte er auch gleich mitbringen. Wir nehmen immer die Original-Gewänder aus Chinon, wissen Sie? Wir wollen hier alles so authentisch wie möglich machen.«

Philippe verstand nicht, wovon diese Frau redete. Er hakte nach: »Madame Billinger, was wollte Monsieur Delacour mit Ihnen besprechen? Ging es um das Gemälde?«

Stefanie Billinger wurde ungeduldig: »Mir ist nicht klar, wieso Sie mich deshalb anrufen. Verstehen Sie mich nicht falsch, Ihr Akzent ist wirklich très charmant. Aber wäre es nicht viel einfacher, mit Laurent direkt zu sprechen? Oder mit Julia?«

Offenbar hatte sie keine Ahnung. Philippe erklärte vorsichtig: »Ich muss Ihnen leider mitteilen, dass Julia Berger tot ist. Sie wurde ermordet.«

Am anderen Ende der Leitung herrschte Stille, bis Stefanie Billinger ein tonloses »Was?« herausbrachte. Eine Pause entstand. Dann schien sie ihre Sprache wiedergefunden zu haben: »Was sagen Sie da? Ermordet? Aber um Himmels willen, wer tut so was? Und warum?«

»Das wollte ich gerne von Ihnen wissen, Madame«, antwortete Philippe resigniert. »Als Sie mit Madame Berger und Monsieur Delacour sprachen, ging es nicht um das Gemälde?«

»Aber nein. Es ging um das sechzigjährige Bestehen unserer Partnerschaft. Julia und ich, wir sind in der Weinbruderschaft von Hofheim, einem deutschen Ableger der Confrérie de Chinon. Und für das Jubiläum sind jede Menge grenzüberschreitende Aktivitäten geplant, unter anderem die Aufnahme neuer Mitbrüder und -schwestern. Das wollte Julia mit Laurent besprechen. Sie ist –«, Stefanie Billinger stutzte, »war sehr engagiert. Und seit Laurent und Julia ein Paar sind – ich meine, waren –, noch viel mehr. Das Jubiläum war ein willkommener Vorwand für beide, sich regelmäßig zu treffen. Da kam die Reise mit dem Gemälde gerade recht.«

Dann brach sie in Schluchzen aus. Sie konnte nicht weitersprechen. Philippe bedankte sich bei Stefanie Billinger für ihre Auskunftsbereitschaft und bat auch sie, sich bei ihm zu melden, wenn ihr noch irgendetwas einfiele, was ihm bei den Ermittlungen helfen könnte.

Ratlos legte er auf. Immerhin hatte er herausgefunden, dass es eine intime Verbindung zwischen dem Kunsthändler und der Versicherungsagentin gegeben hatte. Vielleicht hatten die beiden die gemeinsame Zeit nicht nur für Rendezvous genutzt, sondern auch für ein weiteres krummes Ding Delacours. Wie Charlotte Maigret es zuvor beim Verhör so schön gesagt hatte: Gelegenheit macht Liebe. Aber eigentlich hieß der Spruch ja: Gelegenheit macht Diebe.

Sein E-Mail-Provider riss ihn mit einem »Bing« aus seinen Gedanken. Eine Mail der Versicherung. Der Vorgesetzte von Julia Berger hakte nach, wie weit die Ermittlungen seien. Seine Versicherung gedenke nicht, auf die Summe zu verzichten, und erwarte baldige Ergebnisse. Der Tonfall, der in den Worten mitschwang, war neutral gehalten, aber dennoch unverschämt direkt. Dass die E-Mail spätabends eintraf, verstärkte den Eindruck, dass das Anliegen drängte.

Philippe antwortete nicht und markierte die E-Mail als Spam. Natürlich würde er weiter nach dem Gemälde suchen, schon allein dem Duc zuliebe, aber auf Kontroll-Mails der Rückversicherung konnte er verzichten.

Dann klappte er seinen Laptop zu und machte den Plattenspieler aus. Mit seinem Handy setzte er sich aufs Sofa, nachdem er seinen Apéritif auf den Couchtisch umgezogen hatte. Er ließ sich von der sprachgesteuerten Assistentin seines Smartphones den Wikipedia-Eintrag über die Confrérie von Chinon vorlesen und trank dabei seinen Wein aus.

Was für ein Zufall, dachte er. Als er vor dem Event in der Bibliothek des Duc im »Pantagruel« gelesen hatte, hatte er ausgerechnet das Kapitel über das Orakel von der göttlichen Flasche aufgeschlagen. In der Touraine kannte jeder die Geschichten von Gargantua und Pantagruel, den beiden Riesen mit dem schier unstillbaren Hunger und Durst, der in ganz Frankreich sprichwörtlich geworden war. Das Orakel von der göttlichen Flasche soll für Pantagruels Freund Panurge klären, ob dieser heiraten soll oder nicht. Eine

Frage, die Philippe als überzeugter Junggeselle bereits für sich geklärt hatte. Diese »dive bouteille«, die göttliche Flasche also, wird von den beiden Riesen ausgerechnet in Chinon gefunden: in den Caves Painctes, einem unterirdischen Gewölbe aus der Zeit der Renaissance, das heute noch Heimat und Treffpunkt der Weinbruderschaft von Chinon war und um das sich viele Legenden rankten. Von Untieren. Oder Schätzen. Hatte die Weinbruderschaft etwas mit dem Tod von Julia Berger zu tun? Fand er dort einen Hinweis auf den Verbleib des Gemäldes? Philippes Laune besserte sich ein wenig. Es würde sich auf jeden Fall lohnen, noch einmal in Chinon zu recherchieren. Eine willkommene Gelegenheit, die Caves Painctes zu besuchen und den einen oder anderen leckeren Chinonwein zu kosten. Abgesehen davon, dass er das Holzkästchen auftreiben musste.

Er machte es sich auf dem Sofa gemütlich und schaltete den Fernseher ein. Es lief irgendein Krimi, der in Paris spielte. Philippe sah eine Weile aufmerksam zu, dann merkte er, wie seine Augenlider schwerer und schwerer wurden. Charlotte Maigret und Idriss, die Tote Julia Berger, alles vermischte sich und verschwamm in seinem Gehirn. Er saß in dieser Bar. Irgendetwas passte nicht zum Plauderton, dem Lachen auf der dicht besetzten Terrasse. Er saß mit dem Rücken zur Straße, aber über der Bar hing ein langer Spiegel. Er sah den Barkeeper von hinten, die Flaschen in dem violett beleuchteten Regal, sein Spiegelbild vor dem Weißweinglas. Er sah gut aus, aber einsam. Endlich erschien Juliette zwischen den Tischen und lief auf ihn zu. Draußen erklangen plötzlich hektische Geräusche, Stuhlbeine schabten über den Asphalt, Tische stürzten um. In den Straßenlärm im Hintergrund hatte sich ein lauter Ton gemischt, ein schwarzes Auto stand mit laufendem Motor mitten auf der Straße.

Idioten. Dann geschah alles gleichzeitig. Ein schwarz gekleideter Typ. Explosionen. Wie eine Batterie Silvesterknaller. Schreie. Panik. »Maman!« Männer. Frauen. »Maman!« – »Au secours!«

Menschen duckten sich weg, rannten, stürzten. Die Salven der Kalaschnikow mähten durch die Feiernden. Mit einem Knall zerbarst die große Fensterscheibe. Kreischen. Noch mehr Schüsse. Dann Stille. Eine alles erdrückende, ohrenbetäubende Stille. Alles schwarz. Er lag gestreckt auf dem Rücken. Den rechten Arm spürte er nicht. Überall Splitter, der Spiegel, die Flaschen der Bar, neben ihm, auf ihm, in seinem Arm. Der Geruch nach Alkohol. Heißem Stahl. Getriebeöl. Nicht atmen. Nur nicht ausatmen. Kein Geräusch machen. In den Ohren der Herzschlag, bu-bum, bu-bum. Nicht so laut. Sonst finden sie dich. Bu-bum, bu-bum, bu-bum. Zu laut, das ist zu laut, sie kommen. Schritte. Sie sind gleich da. Ein Schuss. Nein!

Philippe fuhr hoch. Sein Puls raste, sein Hemd klebte an seinem Körper. Er keuchte wie nach einem Sprint. Sah sich panisch um. Erkannte endlich sein Wohnzimmer. Das Sofa, das Sideboard. Darauf der Plattenspieler. Der laufende Fernseher. Ein Showdown. Der Verbrecher ballerte gerade um sich. Hektisch suchte er die Fernbedienung, drückte endlich den erlösenden Knopf. War von den Geräuschen befreit. Er musste eingeschlafen sein.

Fast ein Jahr lang hatte er nicht mehr von dem Abend geträumt. Hatte Juliette nicht mehr vor sich gesehen, wie sie dalag, in ihrem Blut. Die Ermittlungen zu Khaled Ashrafi waren schuld. Mit allem, was er in den vergangenen Stunden hatte recherchieren können, war sein Albtraum zurückgekommen.

Er stand auf und schaltete alle Lichter an. Die Helligkeit holte ihn ins Hier und Jetzt zurück. Draußen dämmerte es bereits, es war gegen fünf Uhr. An Schlaf war nicht mehr zu denken.

Als er beim Kaffee in seiner Küche saß, hatte er das Gefühl, als ob die Wände sich immer näher schoben. Er musste etwas gegen das Adrenalin tun. Fünf Minuten später joggte er am Château de Tours vorbei und auf die Bibliothèque municipale zu. Die Loire schlief noch, plätscherte leise unter ihrer Decke aus Nebel. Die winzigen Wassertropfen legten sich wie ein erfrischendes Tuch auf sein Gesicht, er konnte sich wieder spüren. Philippe hörte nur noch sein gleichmäßiges Keuchen und seine tappenden Schritte auf dem feuchten, sandigen Uferboden. Er roch das Wasser, das Schilf. Und war wieder bei sich. Unter der Dusche wusch er die letzten Erinnerungen an diesen Albtraum ab. Als er sich angezogen hatte, war er bereit für einen neuen Tag und die Ermittlungen mit Maigret.

KAPITEL 15

Dieses Mal würde er sich nicht in ihr Chaos begeben. Nach einem aufschlussreichen Morgen mit vielen Telefonaten hatte Philippe sich mit ihr im »Vieux Tours« verabredet. Das Bistrot lag an der Place Plumereau in der Nähe von Daniels Café. Er trug Hose und Weste mit einem feinen hellgrünen Karostreifen, dazu passend eine hellgrüne Fliege. Das Karomuster wiederholte sich an der Seitenpartie seiner Schuhe. Das braune Haar hatte er mit Pomade nah hinten gelegt. Er war noch nicht ganz mit seinem Essen fertig, als sie das Bistrot betrat und sich suchend umsah. Wieder Cowboystiefel und Jeans, aber heute ein verwaschenes T-Shirt aus den Achtzigern mit dem Logo der Band »Téléphone« unter ihrer Lederjacke. Ihre Haare hatte Charlotte Maigret oben auf dem Kopf aufgetürmt.

»Haben Sie vor, einem Storchenpaar Herberge zu bieten?«, fragte Philippe frech nach einer knappen Begrüßung und deutete auf ihren Messy-Bun.

»Einer muss es tun. Auf Ihrer Haarpracht würden die Vögel ja glatt abschmieren.« Die Kommissarin grinste und bestellte sich eine Cola light.

Philippe nippte an seinem Rotwein und verspeiste dann mit Genuss die letzten Reste seines Entrecôte. Den Fleischsaft tupfte er mit einem Stück Baguette aus dem Teller.

»Wissen Sie, wie viel CO_2 die Rinderzucht weltweit produziert? Wie schädlich tierische Produkte für unser Klima sind?«, fragte Maigret, während die Bedienung den Teller abräumte.

»Das ›Vieux Tours‹ verarbeitet nur Fleisch von Charolais-Rindern«, erwiderte Philippe in entschuldigendem Ton.

Sie sah ihn ungläubig an. Er machte der Bedienung ein Zeichen und fuhr dann an Charlotte Maigret gewandt fort: »Oh, ich verstehe. Sie leben vegetarisch. Keine Sorge, diese Phase geht sicherlich wieder vorbei«, tröstete Philippe sie überheblich, aber mit einem Augenzwinkern.

»Phase? Sie verstehen wohl nicht. Tiere sind meine Freunde. Und meine Freunde esse ich nicht. Ich …«, setzte sie an, aber Philippe hatte keine Lust auf eine Diskussion über das Essen. Er wollte ihr schließlich seine Ergebnisse mitteilen. Er überging ihren Einwand und fiel ihr ins Wort: »Es gibt viel zu tun, Madame. Wir müssen herausfinden, ob Khaled Ashrafi, Idriss Boulaied und Laurent Delacour zusammen einen neuen Deal geplant haben.«

»Ich bin beeindruckt, Monsieur.«

»Und ob sie deshalb das Gemälde gestohlen haben«, ergänzte er.

»Erzählen Sie mir lieber etwas Neues, Monsieur du Pléssis.« Charlotte Maigret lächelte ihn spöttisch an. »Wenn wir nicht bald Beweise finden, müssen wir Boulaied wieder laufen lassen. Wir haben seine DNA und die Fingerabdrücke genommen. An der Sicherheitsanlage im Schloss sind aber nur die Fingerabdrücke des Duc und der Security-Leute zu finden. Keine Übereinstimmung mit Boulaied. Keinerlei Einbruchspuren. Die Spurenlage an Julia Bergers Leiche ist ähnlich. Die wenige DNA, die wir gefunden haben, ist noch nicht ausgewertet. Aber hier habe ich eine Neuigkeit für Sie: Sie hatte vor ihrem Tod Sex. Allerdings bereits einige Stunden zuvor. Leider.«

»Wieso leider? Schließlich ist das die schönste Nebensache der Welt«, erwiderte Philippe süffisant.

»Sparen Sie sich Ihre chauvinistischen Kommentare. Es geht hier um die Verwertbarkeit der Spuren. Und Boulaied scheidet damit als Sexualstraftäter aus. Wäre auch eine ungewöhnlich leichte Auflösung des Falls gewesen. Was wollten

Sie mir sagen, was wir nicht hätten in meinem Büro besprechen können?«

Philippe reagierte nicht sofort, sondern sah zufrieden zu, wie die Kellnerin zwei Teller mit je einem saftigen Stück Schokoladenkuchen und einer Kugel Pfefferminzeis vor ihnen abstellte. Dann antwortete er auf Maigrets Frage: »Ich wollte Ihnen sagen, dass der Mœlleux au chocolat hier ganz besonders gut ist. Überzeugen Sie sich selbst. Nichts geht über eine kleine Sünde zwischendurch.«

Er sah ihr in die Augen, aber sie schnaubte verächtlich und blickte sofort weg.

Immerhin nahm sie die Gabel und hatte innerhalb kürzester Zeit das Dessert verspeist. Währenddessen erzählte Philippe ihr davon, was er am Abend zuvor recherchiert hatte, und packte schließlich seinen Trumpf aus.

»Julia Berger hatte ein Verhältnis mit Laurent Delacour?«, wiederholte Charlotte ungläubig.

»Das ist eben der Charme von uns französischen Männern«, sagte Philippe achselzuckend.

»Für mich heißt das, wir müssen diesen Delacour noch einmal unter die Lupe nehmen. Vielleicht hat er keinen Coup mit Ashrafi und Boulaied geplant, sondern mit der schönen Julia? Es wäre ja immerhin möglich, dass die Dame durch ihren Liebhaber auf dumme Gedanken gekommen ist. Oder er durch sie?« Charlotte Maigret schien nachzudenken. Dann fuhr sie fort: »Zugegeben, kein ganz uninteressanter Gedanke, Monsieur du Pléssis. Aber mir stellt sich zunächst eine dringende Frage: Was wird aus Idriss Boulaied? Lange kann ich ihn nicht mehr grundlos festhalten.«

»Ich schlage vor, Sie lassen seine Verbindung zu Julia Berger untersuchen. Bis das geklärt ist, können Sie ihn noch in Polizeigewahrsam lassen. Das schenkt uns ein paar Stunden«, gab sich Philippe nun ganz professionell.

Wieder reagierte die Kommissarin anerkennend: »Ein paar Stunden, die wir mit Laurent Delacour verbringen können. Kompliment.«

Sie veranlasste per Telefon das Nötige. Dieses Treffen gefiel ihm. Am besten lief es jetzt immer so. In seinem Revier war er der Chef.

»Und jetzt?«, fragte sie und sah ihn dabei herausfordernd an. »Monsieur sind heute ja in Topform, da haben Monsieur auch sicherlich schon eine Idee, wie die Ermittlung weitergeht?«

»In der Tat«, lächelte Philippe charmant. Er winkte die Kellnerin herbei und bezahlte die Rechnung. Als Maigret protestierte, schlug er vor, sie könne ja die Fahrt nach Chinon übernehmen. Er verschwieg, dass er bei diesem regnerischen Wetter lieber in einem modernen und komfortablen Streifenwagen fuhr als in seiner klammen Déesse, bei der die Heizung je nach Tagesform mal funktionierte und mal wieder nicht.

Minuten später verließen sie in Maigrets altem Citroën Xsara die Stadt in Richtung Chinon. Philippe verfolgte den Flusslauf aus dem Seitenfenster heraus und versuchte, seine Aufregung zu unterdrücken. Das Gespräch mit Delacour durfte nicht schiefgehen. Es war seine erste Beteiligung an so einem großen Fall, aber er fand mehr und mehr Gefallen an seinem Job als Ermittler. Und außerdem wollte er der Kommissarin zeigen, wie schnell er den Fall lösen konnte. Er war sich sicher: Maigret würde Delacour dingfest machen können. Der Verdächtige musste wissen, wo das verschwundene Gemälde war. Maigret würde ihrer Wege gehen und ihm nicht länger auf die Nerven. Er bekäme Folgeaufträge vom OCBC. Er würde Delacour notfalls selbst in die Zange nehmen und die Informationen aus ihm herauskitzeln. Und zu guter Letzt würde er auch noch Onkel Jean-Baptistes Schatulle finden und die Familienehre retten. Komme, was da wolle.

Das Blaulicht sahen sie schon, als sie noch ein, zwei Querstraßen von der Rue Marceau entfernt waren. Beim Einbiegen wurde Philippes ungutes Gefühl Gewissheit: Die Einsatzwagen standen genau vor Delacours Laden. Beamte hatten die Straße für Verkehr und Fußgänger gesperrt, sodass das Antiquitätengeschäft von der Öffentlichkeit abgeschirmt war. Trotzdem reckten etliche Schaulustige ihre Hälse.

»Das darf doch nicht wahr sein! Ist das Delacours Laden?«, zischte Maigret, die noch nie hier gewesen war.

»Ich fürchte, ja«, gab Philippe zurück.

Maigret zeigte den Beamten ihren Dienstausweis. »Commissariat de Tours. Lassen Sie uns durch.«

Ein Fahrrad, das an der Hauswand des Ladens lehnte, verlieh der Szene den Eindruck von Normalität. Durch das Schaufenster aber konnte Philippe Beamte der Spurensicherung erkennen. Im Verkaufsraum herrschte dasselbe Chaos aus billigem Touristenplunder, antiquarischen Büchern und allerlei Artefakten, künstlichen wie echten, wie am Vortag. Im Halbdunkel saß eine Frau mit dem Rücken zur Tür. Sie kam ihm irgendwie bekannt vor.

»Merde«, fluchte Maigret, die bereits in das kleine Büro hinter dem Vorhang vorgedrungen war. »Merde, Merde, Merde!«

Schon bevor Philippe durch den Vorhang getreten war, roch er es: ranzig, metallisch, ekelhaft. Er würgte, griff nach seinem Taschentuch. Der dezente Duft seines Rasierwassers gewann die Oberhand, als er es sich über Nase und Mund drückte. So gerüstet wagte er sich weiter in den Laden hinein. Waren der Verkaufsraum und das Büro Laurent Delacours am Vortag noch reichlich unordentlich gewesen, so war das Durcheinander, das sich Philippes Blick hier bot, unbeschreiblich. Umgerissene Regale, die schief von der Wand abstanden, der Inhalt auf dem Boden zerstreut. Überall

Papiere, Bilder in zersplitterten Rahmen, Glasscherben. Eine Stehlampe, deren Schirm zerfetzt war, beleuchtete trüb das Szenario. Charlotte Maigret hatte Gummihandschuhe übergezogen und saß in der Hocke neben dem Schreibtisch. Dann sah er die olivgrüne Cordhose. Er machte einige Schritte nach vorne, folgte mit dem Blick dem Verlauf der Beine. Ein blutüberströmter Torso, das verzerrte Gesicht Delacours, das Weiß seiner Augäpfel. Wo der Bauch war, sah man nur noch eine unförmige rote Masse. Der Gestank des Bluts drang durch das Stofftaschentuch, Philippe würgte. Versuchte, den Brechreiz zu unterdrücken, der seinen Oberkörper durchzuckte. Tastete, die Augen geschlossen, nach der Tür, wuchtete sich nach vorn und erbrach sich in den Hinterhof.

»Nicht schon wieder!«, stöhnte Charlotte Maigret auf. »Wenigstens haben Sie diesmal meine Schuhe verschont.«

Philippe lehnte sich an den Türrahmen und vermied es, die Leiche Delacours anzusehen. Charlotte Maigret ließ sich von den Beamten ins Bild setzen. Die Frau, die im Vorraum saß, hatte Delacour gefunden und die Polizei verständigt. Die Spurensicherung war schon fast fertig und der Gerichtsmediziner unterwegs. Maigret begann, den Schreibtisch zu durchsuchen, die offenen Schubladen, die Papiere, die verstreut um die Leiche herum lagen. »Sieht aus, als habe Delacour gerade seine Buchhaltung gemacht. Lauter Rechnungen.« Zu den jungen Polizisten gewandt sagte sie: »Sichern Sie das«, und deutete auf die Unterlagen.

»Aber wo ist sein Laptop? Oder ein Taschenrechner?«, warf Philippe ein.

»Wir haben keinen Computer gefunden, Monsieur«, antwortete einer der jungen Beamten.

Charlotte Maigret fummelte an der Wand hinter dem Schreibtisch herum und kam mit einem Kabel wieder zum Vorschein.

»Hier. Ein Ladegerät. Der Täter hat den Laptop mitgenommen. Merde alors!«, fluchte sie.

In diesem Moment betrat der Gerichtsmediziner das Büro. Es war ein junger Mann um die dreißig, der am Hals und an den Handrücken tätowiert war. In seiner rechten Augenbraue trug er ein Piercing. Die Haare waren millimeterkurz geschoren. Philippe fand seine Erscheinung geschmacklos. Der Mediziner untersuchte den toten Körper und wandte sich an die Kommissarin, die gerade einen Aktenordner durchblätterte.

»Der Tod ist vor etwa zwei Stunden eingetreten, vielleicht drei. Das werde ich in der Rechtsmedizin sehen. Die Leiche weist ein paar bemerkenswert große Stichwunden auf, sieht nach einer massiven, großen Klinge aus. Der Magen wurde geradezu zerfetzt«, berichtete er mit unverhohlener Faszination. »So wie das hier aussieht, ist er beinahe ausgeblutet. Dürfte nicht mehr viel in den Adern sein.«

Philippe schloss wieder die Augen. Er kämpfte mit seinem Brechreiz.

»Kann ich ihn schon mitnehmen, Madame? Ich habe Zeit, kann mich gleich daranmachen«, sagte er zu Charlotte. Sie tauschten ihre Nummern aus und zwei Männer wuchteten den Körper auf eine Bahre. Die restliche Luft in den Lungen des Toten entwich und Delacours Leichnam entfuhr ein Stöhnen. Philippe würgte abermals. In seinem Magen rumorte es bedenklich.

»Vielleicht will der Herr Baron im Wagen warten? Sie sind ja fast so bleich wie der Tote. Wenn ich Ihr Gemälde finde, lasse ich Sie rufen«, machte sich Maigret lustig.

In seinem Stolz ein wenig gekränkt, aber auch erleichtert darüber, dass er den Tatort nicht länger ertragen musste, schwankte Philippe in den Verkaufsraum. Jetzt erkannte er in der schluchzenden Frau Christelle, die nette Archivarin aus dem Schloss.

»Oh, Mademoiselle, wie furchtbar. Es tut mir leid, dass Sie so etwas Schreckliches erleben mussten. Wieso sind Sie hier? Hatten Sie einen Termin mit Monsieur Delacour?«, sprach er sie an. Er ließ sich die Übelkeit nicht anmerken.

»Nein, ich war auf dem Weg von der Apotheke nach Hause und wollte ihm ein paar Bücher und Unterlagen mitbringen, die wir im Archiv für ihn herausgesucht haben. Ich mache das öfter so, mein Heimweg führt hier vorbei und Laurent und ich kennen uns schon lange. Ich wollte ihm einen Gefallen tun, wie schon so oft. Und dann …« Sie stockte. Ihre Stimme wurde brüchig.

Philippe wurde hellhörig. Unterlagen aus dem Archiv? Davon war gestern keine Rede gewesen. Es konnte ein normaler Vorgang sein, schließlich war das Archiv für jedermann offen und Delacour beschäftigte sich mit Antiquitäten und Geschichte. Oder ging es um die gestohlenen Gegenstände?

»Woran hat Monsieur Delacour gearbeitet? Ich würde die Unterlagen gerne einmal sehen.« Philippe sprach behutsam, um das Vertrauen der Archivarin zu behalten.

»Natürlich. Ich habe sie hier, in meiner Tasche.«

Christelle öffnete einen bunten Baumwollbeutel. Darin lagen zwei Medikamentenpackungen, Papiertaschentücher, einige Bücher und eine Papierrolle. Philippe rollte sie auseinander, es waren alte Zeichnungen der Festungsanlage und ihrer Keller. Er überflog die Titel der Bücher. Eins über die Baugeschichte der Festung von Chinon, ein dicker Schinken in reißerischer Aufmachung über die Templer. Nichts, was in Delacours Umfeld wirklich überraschte. Interessanter war der dritte Titel, ein dünnes Fachbuch über die Bedeutung von Rousseaus Werken in der französischen Kunstgeschichte. Also doch. Noch bevor er eine Frage stellen konnte, erklärte die Archivarin zaghaft: »Laurent hat über die Baugeschichte der Festung geforscht, besonders die Tour du Coudray, aber auch die Caves Painctes hier in Chinon. Oder besser gesagt ›unter‹ Chinon. Er arbeitete an einer Geschichte über die Caves Painctes, wie er mir gesagt hat. Für die Confrérie. Sie kennen die Confrérie?« Sie sah zu ihm auf, krampfte dabei die Hände um ihr Taschentuch.

Philippe nickte. Schon wieder die Caves Painctes, dachte er. »Und das hier?« Er zeigte auf das Fachbuch. »Wozu brauchte er das? Hat er Ihnen das auch erzählt?« Er fotografierte die Unterlagen.

Christelle schüttelte den Kopf.

»Nein. Ich weiß es nicht. Laurent war Antiquitätenhändler. Naturgemäß leiht er oft kunstgeschichtliche Fachbücher bei uns.«

Nach einer kurzen Pause fügte sie leise hinzu: »Ich meine, lieh sich Fachbücher aus.« Tränen stiegen ihr in die Augen.

»Selbstverständlich, Mademoiselle. Nichts Ungewöhnliches«, stimmte Philippe ihr zu. Er legte ihr die Hand auf den Oberarm. »Kann ich noch etwas für Sie tun, Mademoiselle?«, bot er ihr an, aber sie schüttelte den Kopf.

Philippe bedankte sich.

Die frische Luft auf der Straße tat gut. Die Schaulustigen glotzten ihn an, also wartete er im Auto. Er triumphierte innerlich. Zwar hatte Maigret ihn wie einen Schuljungen auf die Strafbank gesetzt, aber er hatte die Zeit nutzen können. Die Information der Archivarin gab ihm einen Vorsprung vor der Kommissarin, von dem diese noch nichts ahnte.

Endlich kam Charlotte Maigret aus dem Laden, ging jedoch am Polizeiwagen vorbei in einen Sandwichladen und kam wenig später mit einer prall gefüllten Tüte wieder heraus. Sie ließ sich hinters Steuer plumpsen und holte eine Aluschale voller Pommes und ein halbes Baguette, das mit Tomaten und Käse und einigen schlaffen Salatblättern belegt war, heraus.

»Auch was?«, fragte sie Philippe, bevor sie herzhaft in

das Baguette biss, und schob die Frittenschale auf ihn zu. Die weiße Soße, die aus ihrem Sandwich quoll, verbreitete einen Geruch von Knoblauch im Wagen, der sich mit dem fettigen Fritteusenduft der Pommes vermischte. Philippes Magen rebellierte.

»Greifen Sie ruhig zu, Monsieur le Baron. Es wird Ihrem Magen etwas zu tun geben, glauben Sie mir. Sind ja immer noch ganz grün um die Nase.«

»Schon wieder, wenn ich mir diese Bemerkung erlauben darf«, gab Philippe zurück.

Sie lächelte ihn an: »Aber nicht doch, Monsieur.«

Dann legte sie das Sandwich in ihren Schoß, startete den Motor und manövrierte das Auto aus den engen Altstadtgassen heraus. Bis sie am Kernkraftwerk von Avoine vorbei waren, hatte sie das riesige Sandwich verschlungen und pickte nun, eine Hand am Steuer, mit den Fingern einzelne Pommes aus der Schale. Philippe hielt die Luft an. Nicht nur wegen des Geruchs, sondern auch, weil sie unterwegs so manche Kurve schnitt.

»Die Spurensicherung hat Unmengen von Fingerabdrücken gefunden, ein Albtraum. Die Auswertung wird ewig dauern«, schmatzte die Kommissarin.

»Aber es hat ein Kampf stattgefunden. Haben die Nachbarn nichts bemerkt?«, wollte Philippe wissen und sammelte mit spitzen Fingern die Pommes wieder ein, die in der letzten Kurve aus der Schale gerutscht und auf seinem Schoß gelandet waren. Die zweite Hose mit einem Fettfleck innerhalb von zwei Tagen.

»Fehlanzeige. Niemand hat etwas bemerkt. Die Zeugin, die die Leiche gefunden hat, hat Delacour einige Bücher und Pläne aus dem Archiv von Chinon gebracht. Langweiliger Geschichtsplunder. Ihre Aussage ist nicht von Bedeutung«, berichtete Charlotte Maigret weiter. »Alles in allem haben wir viel zu wenig in der Hand. Die Kollegen suchen nach der Tatwaffe. Unsere Ermittlungen gestalten sich komplizierter als gedacht.«

»Unsere?« Philippe sah sie überrascht an.

»Ein gestohlenes Bild, zwei Morde. Unsere Fälle sind miteinander verknüpft. Wir haben also noch länger das Vergnügen miteinander, Monsieur du Pléssis.« Maigret grinste ihn an.

Das werden wir ja noch sehen, dachte Philippe.

KAPITEL 16

Philippe war, kaum hatte er die rasante Rückfahrt mit Charlotte Maigret überstanden, in seine Déesse gestiegen und wieder in die Richtung zurückgefahren, aus der sie gerade erst gekommen waren. Maigret und er hatten im Auto Überlegungen angestellt, wie die Fälle miteinander verknüpft sein könnten. Maigret glaubte, nicht zuletzt wegen seiner Vorstrafe, nach wie vor fest daran, dass Idriss Boulaied ihr Mann war. Die Zeugenaussage zu dem weißen Lieferwagen belastete ihn zusätzlich. Sie hoffte, die DNA-Untersuchung würde ihn als Mörder von Julia Berger bestätigen. Delacour hingegen konnte er nicht getötet haben, da er zur Tatzeit in Untersuchungshaft saß. Es würde noch eine Weile dauern, bis die Kollegen alle Nachbarn des Antiquitätenhändlers befragt hätten, aber bis jetzt war niemandem etwas Verdächtiges aufgefallen. Sie tappten völlig im Dunkeln: kein Hinweis, kein wirkliches Motiv, aber unzählige Spuren.

Philippe fragte sich, ob Delacour ihn angelogen und das Gemälde versteckt hatte, als Philippe zum ersten Mal bei ihm gewesen war.

Maigret hatte darauf bestanden, sich noch einmal Boulaied vorzuknöpfen und Khaled Ashrafi zu einer Vernehmung einzuladen, um mehr über die Verbindung der beiden herauszufinden.

Philippe hingegen sollte sich die Beziehung zwischen Julia Berger und Laurent Delacour genauer ansehen. Vielleicht hatte sie etwas über Delacours Geschäfte gewusst und ihrer deutschen Kollegin erzählt. Dass der Täter Delacours Computer und Handy hatte mitgehen lassen, sprach dafür, dass auf den Geräten wichtige Informationen gespeichert waren. Noch von unterwegs aus hatte Philippe versucht, Stefanie Billinger zu erreichen. Aber sie hatte nicht abgenommen.

Nun gut, dann würde er zuerst noch einmal die nette Archivarin befragen, Christelle Albert.

Wieder parkte er bei Jeanne d'Arc und stieg den Hang zur Forteresse de Chinon hinauf. Er baute darauf, dass sie von Delacours Laden zurück in ihr Archiv gegangen war. Wenn nicht, könnte man ihm dort bestimmt sagen, wo sie wohnte. Um den Eintritt zu sparen, ließ er sich von der Dame an der Kasse anmelden. Er hatte Glück und das richtige Gefühl gehabt. Christelle Albert kam kurz darauf ans Kassenhäuschen und sie gingen direkt ins »Le Lysandre«. Sie war blass und der Schrecken des grausigen Fundes stand ihr noch ins Gesicht geschrieben. Ihre Arme hatte sie eng um ihren schmalen Körper geschlungen. In ihrem geblümten, dünnen Kleid mit der beigen Strickjacke darüber wirkte sie zerbrechlich.

Philippe wählte eine ruhige Ecke aus, in der sie ungestört reden konnten. Christelle Albert bestellte eine Tisane, vermutlich nicht nur zur Beruhigung, sondern auch, um sich aufzuwärmen. Philippe trank Kräutertee nur, wenn er krank war. Er brauchte einen Petit Café.

Die junge Frau sah ihn scheu an. Dann erklärte sie: »Wissen Sie. Das mit Laurent …« Sie machte eine kurze Pause. »Ich musste mich ablenken. Diese schrecklichen Bilder in meinem Kopf. Ich wollte nicht damit in meiner Wohnung sitzen.«

Philippe nickte. »Sie leben allein, Mademoiselle?«, fragte er zutraulich.

»Mit meiner Katze Lucille. Und meiner Mutter. Sie ist dement, wissen Sie.«

»Das tut mir leid, Mademoiselle. Das ist sicher schwer für Sie.« Philippe machte eine taktvolle Pause, bevor er fortfuhr:

»Können Sie mir noch einmal genauer erzählen, woran Monsieur Delacour gearbeitet hat?«

Christelle Albert hatte inzwischen den Teebeutel aus der Tasse gezogen und mit dem Löffel ausgedrückt. Jetzt legte sie ihn auf die Untertasse.

»Das Wichtigste habe ich Ihnen schon erzählt. Laurent arbeitete an einem Aufsatz über die Templer. Sie kennen die Geschichte der Forteresse?«

»Ich weiß, dass Jeanne d'Arc hier den französischen König überredet hat, sich mit all seiner Kraft in den Krieg einzubringen, und damit die entscheidende Wendung im Hundertjährigen Krieg herbeigeführt hat. Einer meiner Vorfahren hat an ihrer Seite gekämpft.«

»Ein wichtiges Ereignis, ja. Ich sagte ja bereits, dass die Geschichte Ihrer Familie eng mit der Gegend verknüpft ist, Monsieur. Und über die Zeit davor? Wissen Sie auch Bescheid über die Templer?«, fragte Christelle Albert.

»Nur, was man eben über die Templer so weiß. Kreuzzüge, Pilger beschützen, Kommanderien in jedem zweiten Dorf.«

»Und ihre Verbindung zu Chinon? Laurent hat sich vor allem für die Zeit interessiert, in der die letzten drei großen Templer in der Festung gefangen gehalten wurden. Sehen Sie, dort hinten, der dicke Turm. Das ist die Tour du Coudray. Das war ihr Gefängnis. Dort kann man noch Graffitis an den Wänden sehen, die sie hinterlassen haben. Das sollten Sie sich einmal ansehen, durchaus einen Blick wert. Der große Jacques de Molay war darunter. Man hat die inhaftierten Templer schließlich als Ketzer verbrannt.«

»Hat Monsieur Delacour mit Ihnen über das Gemälde gesprochen, das auf Cotignac gestohlen wurde? Ich meine, bevor es entwendet wurde?«

Mademoiselle Albert verneinte. »Er hat sich mehr für das Mittelalter interessiert.«

»Und wissen Sie etwas über seine Geschäftspartner? Hat er jemals den Namen Ashrafi erwähnt? Oder Boulaied? Hatte er andere wichtige Kontakte?«, wollte Philippe wissen.

Sie schüttelte den Kopf. »Laurent hat sich sehr zurückgezogen seit damals. Sie wissen schon, seit er aus dem Gefängnis entlassen wurde. Er sagte immer, er wolle von Kunstgeschäften nichts mehr wissen, das sei nicht mehr sein Metier. Lieber verdiene er sein Geld mit Expertisen und kleineren Veröffentlichungen. Auf diesem Gebiet ist er nach wie vor sehr gefragt. War er«, verbesserte sie sich. Behutsam pustete sie in ihre Teetasse, die sie zwischen ihren Händen hielt, und nahm dann einen Schluck.

Philippe stürzte seinen Petit Café hinunter und das Wasser hinterher. Schweigend saßen sie einige Augenblicke lang einander gegenüber.

»Und privat? Soweit ich weiß, war Monsieur Delacour nicht verheiratet«, wagte sich Philippe vorsichtig weiter.

Ein Hauch von Röte stieg in Christelle Alberts Gesicht. Verlegen nestelte sie mit einer Hand am Kragen ihres Kleides herum. Mit der anderen hielt sie ihre Strickjacke fest über der Brust zusammen, so wie am Tag zuvor. Ihre Fingerknöchel traten weiß hervor, wie Philippe bemerkte.

Dann sagte sie zaghaft: »Laurent war nicht verheiratet, nein. Ich kannte ihn schon vor … Sie wissen schon. Ich weiß nichts von einer Partnerin, nein.«

»Kennen Sie diese Frau?«, fragte Philippe und hielt ihr, einer plötzlichen Eingebung folgend, das Foto von Julia Berger auf seinem Handy entgegen.

Wieder errötete sie leicht, betrachtete das Foto eingehend und verneinte dann.

»Das ist Julia Berger, eine deutsche Kunstsachverständige. Die Frau, die in Cotignac zu Tode gekommen ist. Wie ich erfahren habe, hatte sie mit Laurent Delacour ein Verhältnis«, erklärte Philippe.

Jetzt kam endgültig Farbe in Christelle Alberts Mausgesicht.

»Ach ja?«, wisperte sie und starrte in ihre Teetasse. »Das hat er mir nicht erzählt. Aber so intim war unsere Freundschaft ... unsere Bekanntschaft auch nicht. Wir haben nicht viel über Privates gesprochen.«

Ihre Stimme klang zögernd und Philippe meinte, einen bedauernden Unterton gehört zu haben. Dennoch fuhr er fort: »Chinon ist eine kleine Stadt, Mademoiselle. Fällt Ihnen noch etwas über Monsieur Delacour ein, was ich wissen sollte?«

Sie schüttelte den Kopf.

»Er hat seit seiner Entlassung ein aufrichtiges Leben geführt. Sehr zurückgezogen, wie ich schon sagte.« Sie sah auf ihre Armbanduhr.

Es war nur ein Gefühl und Philippe wunderte sich über sich selbst, als die Frage aus ihm herauskam: »Mademoiselle Albert, wo waren Sie eigentlich am Samstag zwischen 11 und 17 Uhr?«

Hatte die junge Frau bis jetzt noch zugänglich gewirkt, spürte Philippe nun, wie sie sich abschottete, als würde sie eine Wand zwischen ihnen hochziehen. Er sah Wasser in ihren Augen und hätte sich ohrfeigen können.

»Entschuldigen Sie meine Frage, Mademoiselle. Es ist wohl alles etwas viel für Sie heute.«

Er reichte ihr sein Taschentuch. Sie nickte zaghaft und wischte sich die Tränen aus den Augenwinkeln.

»Das Archiv hat auch samstags geöffnet. Bis 17 Uhr. Ich würde jetzt gerne gehen«, flüsterte sie. Sie sah ihn dabei nicht an.

»Selbstverständlich, Mademoiselle. Ich habe Sie wirklich

genug beansprucht. Sie haben meine Karte bereits, falls Ihnen noch etwas einfällt …«, erwiderte Philippe und hauchte ihr einen Handkuss auf die schmale weiße Hand. Kurz darauf war sie hinter der Archivtür verschwunden wie eine flüchtige Erscheinung.

KAPITEL 17

Die Ladentür war versiegelt, aber Philippe erinnerte sich an ein Tor in Delacours Hinterhof. Routiniert knackte er das Schloss innerhalb von Sekunden. An eine Versiegelung auf dieser Seite hatten die Polizisten von Chinon nicht gedacht. Philippe stutzte, als er einen weißen Lieferwagen entdeckte. Einen Renault Master, eines der gängigsten Nutzfahrzeuge. Genau so einen, wie ihn Boulaied hatte. Und auch Philippes Freund Daniel. War es Delacour gewesen, dessen Wagen am Château gesehen worden war? Er trat näher. Das Fahrzeug war verschlossen. Er notierte das Kennzeichen.

Er betrat den Laden. Sofort schlug ihm der Geruch ranzigen Blutes entgegen, gepaart mit dem Staub und Muff der vollgestopften Bücherregale. Sein Magen begann zu revoltieren. Er hielt sich wieder sein Taschentuch vor die Nase, das noch ein wenig tränenfeucht war. Die leichte Parfümierung half. Mit seinen behandschuhten Fingern ging er nun einige Regalreihen durch. Es waren tatsächlich allesamt Werke, die sich mit dem Mittelalter und der frühen Neuzeit beschäftigten. Kein Wunder in einer Gegend, die von Renaissanceschlössern und französischer Geschichte nur so strotzte. Gemälde wie die »Hirten auf dem Feld« schienen wirklich nicht zu Delacours Spezialgebiet zu gehören. Philippe vermied den Blick auf die Blutflecken an der Stelle, an der die Leiche gelegen hatte, und machte einen großen Schritt auf die andere Seite. Er durchsuchte mit der freien Hand eine flache Plastikschale mit Post. Delacour hatte sie akribisch geordnet und abgestempelt, was gar nicht zu dem Chaos passte, das ansonsten in seinem Laden herrschte. Doch auch hier: nichts Auffälliges, keine Post aus Deutschland, kein Hinweis auf Boulaied und Ashrafi. An einer Wand stand ein antiker Sekretär aus Kirschholz. Er erinnerte Philippe an den seiner Großmutter, für den er sich als Kind schon begeistert hatte. Das Möbelstück hatte ihm vor allem wegen einer Besonderheit gefallen: Es besaß ein Geheimfach. Neugierig zog er in der Mitte des Aufsatzes eine Schublade heraus, die sich direkt unter dem Spiegel befand. Und richtig. Nur wer genau hinsah, merkte, dass die Lade kürzer war als die Tiefe des Schrankes. An deren Ende befand sich ein Fach. Philippe öffnete es. Es war der gleiche Mechanismus wie bei dem Sekretär seiner Großmutter. Aufgeregt tastete er in die Höhlung hinein, es knisterte. Hatte Delacour hier Unterlagen versteckt, die ihn als Dieb belasten würden? Philippe zog mehrere Bündel Papier heraus. Die Briefumschläge waren mit Schleifen zusammengebunden. Enttäuschung machte sich in ihm breit. Nur alte Liebesbriefe? Philippe hatte sich mehr erhofft, einen Hinweis auf Ashrafi zum Beispiel. Er zog einige Bögen heraus. Sie waren auf Französisch verfasst. Die älteren waren durchweg mit »Adrienne« signiert. Sie waren so alt, dass es sich nicht lohnte, nach dieser Adrienne zu suchen, es musste eine Jugendliebe Delacours sein. Einige der Briefe waren nach Nanterre ins Gefängnis geschickt worden. Doch auch diese enthielten außer Liebesbekundungen und Alltäglichem nichts, was Philippe für seine Ermittlungen gebrauchen konnte. Unterschrieben hatte ein gewisses »Mäuschen«. Ein Briefumschlag war mit einem großen Herz und den Initialen »LC« verziert. Was sollte das bedeuten? »Laurent chéri« vielleicht, »geliebter Laurent«? Jedenfalls stammten die Briefe nicht von Julia Berger. Damals hatten sie sich noch nicht gekannt.

Philippe verstaute die Liebesbriefe wieder da, wo er sie gefunden hatte. Er fühlte sich, als wäre er dem Toten zu nahe getreten, hätte seine Intimsphäre verletzt. Obwohl sein Verstand ihm sagte, dass das Unsinn war und solche Gefühlsduseleien in einer Ermittlung nichts verloren hatten. Hatten seine adeligen Verwandten am Ende recht, wenn sie ihn verspotteten und seinen Job als Privatermittler auf seine kindliche Vorliebe für Detektivromane zurückführten? Mit diesem Fall hatte er es in der Hand, allen zu beweisen, dass er ein guter Ermittler war und einen wertvollen Beitrag zur Verbrechensbekämpfung leisten konnte. Nicht nur seiner Verwandtschaft. Er wollte es sich vor allem selbst beweisen. Und diesem Cowgirl. Er tastete weiter das Geheimfach ab und hielt plötzlich einen Umschlag in der Hand, der sich dicker anfühlte als die Liebesbriefe. Er war verschlossen. Philippe ertastete etwas Hartes. Er beschloss, den Umschlag mitzunehmen und zu Hause zu untersuchen. Danach konnte er ihn wieder zurückbringen oder einfach vergessen. Der Antiquar hatte keine Erben, die darauf warteten.

Unschlüssig sah er sich in Delacours Büro um. Hätte Philippe nur seinen Computer gefunden. Sein Blick schweifte über einige Bilder, die die schmale Wand zwischen den beiden Fenstern verzierten. Stiche von der Festung, ein vergilbtes Titelblatt einer alten »Gargantua et Pantagruel«-Ausgabe, Fotos. Er ging näher heran, vermied es wieder, auf den Fundort der Leiche am Boden zu achten. Der Geruch war hier unerträglich. Ein Foto zeigte eine Gruppe festlich gekleideter Menschen vor der Jeanne-d'Arc-Statue in Chinon. »Abschluss der Restaurierungsarbeiten durch den Geschichtsverein Chinon«, stand darunter. Delacour strahlte in der ersten Reihe. »Festakt zur Einweihung des Archivs von Chinon« lautete die Bildunterschrift unter dem Foto eines Zeitungsartikels. Darauf wieder eine Gruppe, Delacour in der ersten Reihe. Und: Philippe pfiff leise durch die Zähne. Daneben standen Charles Trichet und Christelle Albert. Es sah aus, als habe Delacour den Arm um sie gelegt. Daneben der Duc. Na, sieh mal einer an. Trichet. Selbstverständlich stand der Bürgermeister mittendrin. Vielleicht nicht nur im Mittelpunkt des Fotos. Hatten Maigret und er mit Khaled Ashrafi aufs falsche Pferd gesetzt?

KAPITEL 18

Philippe nahm die Straße nach Cotignac. Irgendwie passte das regnerische Wetter zu seiner Stimmung. Im Radio warnte man bereits vor Hochwasser. Er konnte noch kein Ergebnis vorweisen. Dabei wollte er vor Charlotte Maigret unbedingt glänzen. Weiterhin fehlte ein Anhaltspunkt für die Aufklärung des Diebstahls. Was, wenn Delacour wirklich unschuldig gewesen war? Stellte Khaled Ashrafi den Dreh- und Angelpunkt dar, auf den Philippe sich konzentrieren sollte? Oder sollte er Charles Trichet und der Comtesse auf den Zahn fühlen? Aber auch diese beiden waren bestens bekannt mit Khaled Ashrafi. An ihm schien kein Weg vorbeizuführen. Maigret hatte ihm zu verstehen gegeben, dass sie sich um Ashrafi kümmern wollte. Klar. Das Cowgirl wollte die Lorbeeren selbst einheimsen. Zu allem Überfluss musste er außerdem nach der Holzschatulle suchen. Von der er nur wusste, dass sie für die Familie sehr wertvoll war, nicht aber, wie sie genau aussah. Es gab kein Foto davon, nur eine Beschreibung durch den Duc und Tante Aude.

Das Entenpaar zog seine Bahnen im Wassergraben, als Philippe die Platanenallee hochfuhr. Wenn die Sonne schien, strahlte Cotignac trotz seiner fünfhundert Jahre unter dem blauen Himmel so hell wie das Prinzessinnenschloss in Disneyland. Dorthin würden ihn keine zehn Pferde bringen. Davon, dass in diesem grellbunten Klamauk nur amerikanisches Fastfood angeboten wurde, einmal ganz abgesehen. Heute stand der Brunnen im Schlosshof jedoch inmitten einer grauen Tristesse.

Philippe hatte auf der Fahrt hierher versucht, seinen eigenen Standpunkt zum France-de-cœur-Projekt der Comtesse zu finden. Sie hatte vielleicht recht damit, dass man die vielen Kunstschätze, die in den privaten Loireschlössern schlummerten, der Öffentlichkeit besser präsentieren sollte. Man musste mit der Zeit gehen. Die großen Touristenmagneten wie Chambord nahmen viel Geld damit ein, dass sie ihr Kulturerbe gnadenlos vermarkteten. Er dachte an das Histo-Pad in Chinon, das ihm selbst großen Spaß bereitet hatte. Andererseits ächzte die Touraine jetzt schon unter dem Massentourismus. Sollte man also tatsächlich noch mehr Touristen anlocken? Und sollten sich Seinesgleichen wie eine lebende Sehenswürdigkeit in ihren Schlössern anglotzen lassen?

Philippe schritt durch die Halle und nahm im Südturm die große Treppe nach unten in die Schlossküche. Er hatte richtig vermutet. Madeleine stand in dem riesigen Gewölbe am Herd und klapperte mit Töpfen und Pfannen, sodass sie ihn zunächst nicht bemerkte.

»Bonjour, meine Schöne«, begrüßte er sie.

Sie zuckte zusammen.

»Philippe! Was fällt dir ein! Mich so zu erschrecken. Wo fürchterliche Dinge passieren in diesem Gemäuer«, schimpfte sie ihn.

»Aber Madeleine. Du bist doch bewaffnet. Um dich muss ich keine Angst haben.« Philippe deutete auf ein großes Messer, das sie in der Hand hielt. Dann beugte er sich über den Herd und sah unter den Deckel des größten Topfes, in dem eine sämige Soße blubberte. »Was kochst du da Leckeres?«

»Es gibt eine Blanquette de veau. Davor eine Kressesuppe. Und als Dessert eine Tarte Tatin. Das hast du wohl gerochen. Du bleibst zum Essen? Ich bin mir nicht sicher, ob es reicht.«

Philippe lief das Wasser im Mund zusammen. Er schwärmte für Madeleines bodenständige Küche: »Madeleine, du bist die beste Köchin, die ich kenne. Und es ist immer zu viel. Ich kann das Dîner kaum erwarten.«

»Die Kresse ist vom Markt. Die aus dem Schlossgraben kann man nicht mehr nehmen, seit…«, Madeleine schluckte schwer, dann setzte sie neu an, »… seitdem hier das Verbrechen eingezogen ist. Und die Äpfel mussten weg. Resteverwertung.«

Die schlechte Laune der Köchin tat Philippes Vorfreude auf Suppe, zartes Kalbfleisch und karamellisierten Apfelkuchen keinen Abbruch. Er ließ die grummelnde Madeleine zurück und suchte den Duc. Aus der Bibliothek hörte er Stimmen. Vorsichtig öffnete er die Tür. Über einen der Tische gebeugt standen der Duc und von ihm zur Hälfte verdeckt ein Mann. Sie studierten etwas auf einem großen, vergilbten Papierbogen. Es sah aus wie ein Bauplan oder der Grundriss eines Gebäudes.

»Messieurs, bonjour«, grüßte Philippe und schritt auf die beiden zu. Bevor er etwas sagen konnte, polterte der Duc de Cotignac los: »Falls du auf das Abendessen spekulierst: Du bist noch ein wenig zu früh. Essen gibt es erst um 20.30 Uhr. Madeleine macht da auch für dich keine Ausnahme.«

»Eine gute Blanquette de veau will Weile haben«, erwiderte Philippe.

»Michel, das ist mein Neffe, Philippe du Pléssis. Er ermittelt für die Versicherung wegen des Gemäldediebstahls. Philippe, darf ich dir Monsieur Bayol vorstellen? Er ist Winzer. Er hat sich vorgenommen, das Weingut ›Caves de la Rose‹ wieder flott zu machen. An der Vienne unten, du erinnerst dich?«

Philippe nickte, obwohl er sich nicht daran erinnern konnte, jemals etwas über das Weingut gehört zu haben. Noch mehr wunderte er sich darüber, dass Michel Bayol bei ihrem ersten Zusammentreffen in der Bibliothek nicht erwähnt hatte, dass er eigentlich Winzer war und nicht ein Gehilfe des Duc.

Der Mann streckte ihm seine Hand entgegen. »Monsieur le Baron. Wie schön, Sie wiederzusehen.«

Bayols Stimme war bemerkenswert warm und markant wie bei einem Hörbuchsprecher. Wenn er lächelte, hatte er einnehmende Grübchen auf den Wangen. Das war Philippe bei der ersten Begegnung in der Bibliothek nicht aufgefallen. Sein schlanker Körper steckte heute wieder in einer beigen Chino und einem teuer aussehenden Hemd, dessen Ärmel er nach oben gerollt hatte. Um den Hals trug er eine Art Medaillon mit einem Tatzenkreuz.

»Ihr kennt euch bereits?« Der Duc sah ratlos von einem zum anderen.

»Aber natürlich, Onkel. Du hast uns einander in der Bibliothek vorgestellt, kurz bevor das ganze Schlamassel losgegangen ist. Das hast du wohl in der Aufregung der letzten Tage vergessen.« Zu Bayol gewandt sagte er: »Die Freude liegt ganz auf meiner Seite. Ich hoffe wirklich, dass ich demnächst dazu komme, einen Ihrer Weine zu verkosten.«

Keine fünf Minuten später hatte der sympathische Winzer Philippe zu einer Weinprobe eingeladen, seine Unterlagen in der türkisfarbenen Mappe zusammengerafft und sich von den beiden verabschiedet. Philippe bedauerte, dass Bayol nicht zum Essen blieb. Andererseits wollte er unter vier Augen ein paar klare Worte mit dem Duc sprechen.

Beim Apéritif kamen sie auf das gestohlene Gemälde, den Stand der Ermittlungen und die Comtesse zu sprechen. Die Polizei hatte den Duc zu Idriss Boulaied befragt. Die Kommissarin schien sich ziemlich sicher gewesen zu sein, dass er der Täter war. Aber der Duc selbst hatte weder den jungen Mann noch den weißen Lieferwagen vor der Abendveranstaltung auf dem Schloss gesehen.

»Und außerdem«, schnaubte er, »gibt es weiße Lieferwagen wie Sand am Meer. Jeder hat einen weißen Lieferwagen.

Der Metzger, der Bäcker, der Klempner. Und offenbar auch die Kunstdiebe.«

Und der Antiquitätenhändler, ergänzte Philippe im Geiste.

Madeleine servierte und die beiden Männer langten kräftig zu. Der Duc wirkte zufrieden, als er sich Gabel um Gabel des Fleischgerichts in den Mund schob. Also wagte sich Philippe an die heikleren Fragen.

»Ich war im Büro der Comtesse de Crécy«, sagte er. »Schick und teuer.«

»Wie sie«, schnaubte der Duc. »Sie wirft mit dem Geld ihres armen Mannes nur so um sich. Die de Crécys konnten noch nie mit Geld umgehen. Kein Wunder, dass sie ihren Familiensitz verkauft haben. Völlig unter Wert und noch dazu an einen Kulturbanausen. Amerikaner! Stell dir vor, zum Ausreiten zieht er sich an wie ein Cowboy und prescht kreuz und quer durch die Felder.«

»Ja, dieses Cowboygehabe kann einem wirklich auf die Nerven gehen«, warf Philippe in Gedanken an die Cowgirl-Kommissarin ein.

»Dass sich Joséphine einen reichen alten Knacker geangelt hat, war ihr Glück. Sie bekam sein Geld, er ihren Titel. Lächerlich.«

Der Duc ließ sich seine Missbilligung deutlich anmerken. Dass der Mann den Titel der Comtesse angenommen hatte, war neu für Philippe, vielmehr hatte er bis eben gar keine Ahnung gehabt, dass sie verheiratet war. Das Gejammer darüber, dass sich jemand wegen seines Titels heiraten ließ, hatte er sich zigfach bei Tante Aude anhören müssen. Es war unter den echten alten Adelsfamilien so verpönt, als ob man seinen Titel gleich zum Kauf auf dem Jahrmarkt anbieten würde. Man blieb unter sich. Und man heiratete schon gar nicht nach unten. In diesem Moment wurde Philippe klar, dass es abwegig war zu glauben, der Duc könnte mit der

Comtesse und Trichet gemeinsame Sache machen. Alter Adel gab sich mit Emporkömmlingen und gefallenen Engeln nicht ab. Die weiteren Worte des Duc bestätigten seine Gedanken:

»Was hast du bei der Schreckschraube erreicht? Hast du etwas Neues über ihre Pläne zu meinem Schloss herausgefunden? Sie will es sich unter den Nagel reißen, nicht wahr? Trichet und die Comtesse. Sie stecken unter einer Decke. Und dann haben sie ständig diesen Widerling im Schlepptau, diesen Algerier. Du hast ihn bei dem Event gesehen. Er hat sich mit mir unterhalten, wusste erstaunlich gut über Rousseau und das Bild Bescheid. Ich habe mir nicht viel dabei gedacht. Aber er hat erwähnt, dass er früher einmal eine Galerie besessen hat. In Algier.«

»Ja, es hängen großformatige Pläne in ihrem Büro. Sie will ein Museum aus Cotignac machen.« Philippe zögerte, sprach es dann aber doch aus: »Eigentlich ist diese Idee, die Regionalkultur ans Licht zu bringen, doch gut. Wieso sträubst du dich so dagegen?«

»Ein Museum? Das wäre ja noch schöner! Ich lebe hier in Cotignac, so wie schon meine und deine Vorfahren hier gelebt haben. Cotignac ist ein Wohnsitz, kein Museum. Was hat sie vor? Will sie mich ausstopfen und in einer Glasvitrine ausstellen? Oder soll ich am Ende hier noch den Fremdenführer machen? Das könnte dem Weib so passen.«

»Wie viel hat sie dir denn geboten? Ich habe gesehen, die Nebengebäude könnten eine Renovierung vertragen.«

»Papperlapapp. Auf wessen Seite bist du eigentlich? Wenn du darauf anspielen willst, dass ich das Geld gut gebrauchen könnte, dann muss ich dich enttäuschen. Ich gebe Cotignac nicht her. Solange ich lebe und solange Wasser die Loire hinunterfließt, wird niemand seine Hand an den Stammsitz derer von Cotignac rühren. Und schon gar keine de Crécy! Es ist auch dein Stammsitz, vergiss das nicht. Wir Cotignacs kämpfen bis zum Schluss.« Schwungvoll nahm sich der Duc ein riesiges Stück der Tarte Tatin und garnierte es mit einem großen Löffel Schlagsahne.

Auch Philippe griff zu, obwohl er eigentlich schon satt war. »Au bout«, war das Familienmotto, bis zum Ende. Wie oft hatte ihm Tante Aude schon damit in den Ohren gelegen. »Au bout« galt auch für Madeleines Dîner. Den Nachtisch konnte er sich nicht entgehen lassen.

Die unmissverständliche Meinung des Duc bezüglich der Pläne der Comtesse kannte er jetzt. Philippe lenkte das Gespräch zurück zum Diebstahl der »Hirten auf dem Feld«. Sie überlegten gemeinsam, ob der Duc Feinde hatte und wem er im Vorfeld von der Präsentation des Gemäldes erzählt hatte. Auch hier ließ sich keine Spur entdecken.

Philippe schlug die angebotene Zigarre aus. Er wollte lieber zurück nach Tours. Es war ein langer Tag gewesen und der morgige würde nicht weniger anstrengend werden. Er brauchte seinen Computer. Musste telefonieren, raus aus dem Funkloch in Cotignac.

Der Duc ließ seine Hand schwer auf Philippes Schulter fallen, bevor er ihn abschließend noch einmal beschwor: »Vergiss mein Kästchen über dem ganzen Ärger mit der deutschen Angelegenheit nicht. Ich vertraue dir voll und ganz. Und jetzt: Mach's gut, mein Junge. Fahr vorsichtig mit deiner alten Karre.«

Philippe wurde warm ums Herz. Auch wenn sein eigener Bruder und der Rest der Familie ihn mieden. Tante Aude und der Duc hielten zu ihm. »Au bout!«, rief der Duc ihm hinterher und hob die rechte Faust in die Luft.

Au bout, dachte Philippe. Und nahm sich vor, Ashrafi und der Comtesse noch einmal auf den Zahn zu fühlen. Und Trichet.

Zu Hause fiel ihm der Umschlag aus Delacours Laden aus

dem Jackett, als er es über die Lehne des Küchenstuhls warf. Er hätte ihn fast vergessen. Was mochte Delacour darin versteckt haben? Philippe zog seine Krawattennadel aus dem Knoten und schlitzte den Umschlag auf. Überrascht pfiff er durch die Zähne. Darinnen waren Fotos einer Holzschatulle, womöglich der des Duc? Sie war von allen Seiten abgelichtet. Deutlich erkannte Philippe eine Inschrift auf dem Holz. Es hätte zur Beschreibung des Kästchens durch den Duc passen können. Weitere Fotos zeigten in Kalkstein geritzte Figuren: die berühmten Graffitis aus der Festung von Chinon, die man den dort festgehaltenen Templern zuschrieb. Noch etwas befand sich in dem Umschlag. Philippe zog eine kleine Münze heraus. Er kannte sich nicht wirklich damit aus, aber sie schien antik zu sein. Das Konterfei eines Mannes war darauf, vermutlich irgendein alter König. Wie hing das alles zusammen? Und warum hatte Delacour es in einem Geheimfach aufbewahrt?

KAPITEL 19

Das, was seine Homepage und die Pressestelle über Charles Trichet aussagten, hätte schon ausgereicht, um ihn für Philippe zu einem wichtigen Verdächtigen zu machen. Kurz gesagt ließ er sich als Retter der Regionalkultur feiern. Das Gemälde eines regionalen Künstlers von nationalem Rang, eng verknüpft mit der Geschichte eines altehrwürdigen Châteaus und einer ebenso alten Familie, mit einem Museum zu ehren, wäre das Tüpfelchen auf dem i für Trichets Selbstdarstellung.

Nach außen gab sich Trichet den Anstrich eines Mannes einfacher Herkunft und Bildung, der es aus eigenem Antrieb zu einer Karriere in der Politik geschafft hatte. Ausbildung in der väterlichen Bäckerei, Engagement in der Kommunalpolitik, Sympathiebekundungen für den Front National unter Jean-Marie Le Pen, der sich erst nach der Wahl Emmanuel Macrons in Rassemblement National umbenannte. Marine Le Pens Karriere stellte die ihres Vaters in den Schatten. Demokratiefeindlichkeit, Ausländerfeindlichkeit, Europafeindlichkeit, aus all diesen Ansichten machte sie keinen Hehl, was ihr die Sympathie all derer einbrachte, die sich vom Staat vergessen und abgehängt fühlten. Die kleinen Leute in den ländlichen Regionen. Die einfachen Arbeiter, die in gelben Westen gegen Macrons Reformpolitik demonstrierten. Kein Zweifel, wenn man in Frankreichs Politik Karriere machen wollte, dann war man in einer Partei wie dem RN gut aufgehoben; auf regionaler Ebene noch besser in der AN, Action Nationale, in die Trichet als Einundzwanzigjähriger eintrat. Noch war sie eine kleine Splitterpartei, aber mit ihrer wertkonservativen Ausrichtung fand sie mehr und mehr Zuspruch. Für diese Parteien ging es seit Jahren nur aufwärts. Und auf dieser Welle war auch Trichet nach oben geschwappt.

Philippe dachte an die Rufe aus dem Publikum während der Rede des Duc. In einer konservativen Gegend wie der Touraine gab es viele Anhänger des AN, wenn auch glücklicherweise die Mehrheit bei den Présidentielles noch die bürgerliche Mitte gewählt hatte.

Philippe klickte sich durch die Homepage des Lokalpolitikers und rief danach Charles Trichets Facebook-Profil auf. Trichet beim Bad in der Menge. Trichet mit der Trikolore. Trichet mit Marine Le Pen. Trichet bei der Jagd am Château de Chévigny.

Auch die nationalistischen Videos, die er auf seiner Seite teilte, waren nur etwas für Hartgesottene. Philippe war ein Anhänger der Französischen Revolution und ihrer Ideen von Freiheit, Gleichheit und Brüderlichkeit. Von der Abneigung deren Anhänger gegen Adelige und der Tatsache, dass diese mit vielen seiner Vorfahren kurzen Prozess gemacht hatten, einmal abgesehen.

An einem Video blieb er hängen: Es zeigte Trichet bei einem Wahlkampfauftritt. Das Rechtssystem war ihm zu lax, die Einwanderung zu viel und die »echten« Franzosen wollte er alle in Arbeit bringen. Er. Der Diener des Volkes. Den Einwohnern der Touraine wollte er ihr Geld und ihr Land zurückgeben. Philippe fragte sich, von welcher Landrückgabe er sprach. Er konnte sich nicht daran erinnern, dass seit den Engländern im Hundertjährigen und den Deutschen im Zweiten Weltkrieg jemand versucht hatte, sich die Region unter den Nagel zu reißen.

Philippe schloss die Seite des sozialen Netzwerks. Er hatte genug gesehen.

Trichet, der Diener des Volkes, der Anwalt des einfachen Mannes. Trieb sich mit Adeligen und Großindustriellen herum, zum Beispiel wie zuletzt auf Schloss Cotignac. Und mit steinreichen Geschäftsleuten wie Khaled Ashrafi. Als Philippe gegen Mitternacht seinen Laptop zuklappte, kam ihm eine Idee. Auch der nächste Tag würde anstrengend werden.

KAPITEL 20

Hélène Simon von der Nouvelle République hob den Hörer sofort ab, obwohl es noch früh war. Sie war um die vierzig und äußerst attraktiv. Philippe betrachtete während des Gesprächs ihr Foto auf der Homepage. Er saß bereits tadellos gestylt an seinem Schreibtisch und fühlte sich zum Durchbruch in der ganzen Angelegenheit bereit.

»Madame Simon, Sie wurden mir als Kennerin der lokalen Politikszene genannt«, kam er direkt mit einer nicht ganz wahrheitsgemäßen Behauptung zur Sache, nachdem er sich vorgestellt hatte.

»Ich bin im Bilde, Monsieur du Pléssis. AAD, Agence des Affaires Délicates in Tours. Neffe des Duc de Cotignac. Das Interesse an einem Gespräch liegt durchaus auf meiner Seite«, erwiderte die Journalistin. »Haben Sie schon eine Spur von den ›Hirten auf dem Feld‹? Oder tappen Sie genauso im Dunkeln wie die Polizei bei der Suche nach dem Mörder der Deutschen?«, versuchte sie sofort, das Gespräch zu lenken. Offenbar war sie bestens informiert. Ihr Unterton klang leicht mokant. Aber Philippe ließ sich nicht das Heft aus der Hand nehmen.

»Charles Trichet«, antwortete er stattdessen.

Am anderen Ende entstand eine kurze Pause. Dann brachte Hélène Simon misstrauisch hervor: »Was könnte ich Ihnen sagen, was nicht schon längst durch alle Medien gegeistert ist?«

»Was könnte ich Ihnen über den Fall sagen, was für Auge und Ohr der Öffentlichkeit nicht bestimmt ist?«

»Eine Hand wäscht die andere, Monsieur«, forderte sie genüsslich.

Dann legte sie los. Als sie das France-de-cœur-Projekt erwähnte, wurde er hellhörig. Hélène Simon wusste von einem geheimen Geldgeber, der auch kräftig in Trichets Wahlkampf investiert hatte. Außerdem war das Projekt viel weiter gediehen, als Philippe nach Ansicht der Pläne im Büro der Comtesse gedacht hatte. Angrenzend an den Schlosspark von Cotignac sollte ein Family-Fun-Park entstehen. Ponyreiten, Bogenschießen im Ritterkostüm, Escape-Room. Das volle Programm. Und für die kulturinteressierten Studienräte ein Regionalmuseum. Man war bereits mit lokalen Unternehmern im Gespräch. Networking. Offenbar ging Trichet davon aus, dass der Duc zustimmen würde. Mehrere private Sammler hatten schon zugesagt, Ausstellungsobjekte zur Verfügung zu stellen. Fehlten nur noch die »Hirten auf dem Feld«. Was Hélène Simon schuldig blieb, war der Name des Geldgebers. Den konnte ihr Philippe auch nicht nennen, obwohl er einen ziemlich drängenden Verdacht hatte.

Während er noch überlegte, wie er möglichst wenig seiner Erkenntnisse preisgeben konnte, fragte sie bereits frech: »Ich habe gehört, die Polizei hat einen Verdächtigen im Mordfall der Deutschen. Es soll ein junger Mann aus Tours sein, aus einem Lebensmittelladen an der Markthalle. Stimmt das, Monsieur du Pléssis?«

Es ging ihr also um den armen Idriss Boulaied. Eine vergleichsweise ungefährliche Frage.

»Ja, aus Tours. Aber es ist kein Lebensmittelgeschäft, sondern ein Feinkostladen. Übrigens: Es gibt dort einen hervorragenden Linsensalat mit Kreuzkümmel«, versuchte Philippe, sie durch Plaudern abzulenken. Feinkostläden gab es schließlich etliche in Tours, die Information war einigermaßen unverfänglich.

Aber Hélène Simon blieb dran. Sie stellte noch allerhand Fragen zu Idriss, allesamt Informationen, die ohnehin schon durch die Presse gegangen waren. »Ich bin ein wenig enttäuscht, Monsieur. Das waren nicht wirklich Insiderinformationen. Dann ist also dieser Boulaied der Täter. Und das Motiv? Eine Sexualstraftat und ein Diebstahl. Das überzeugt mich nicht. Das sind doch zwei Delikte mit völlig unterschiedlichen Zielsetzungen, wenn ich es einmal so salopp sagen darf. Wer etwas Wertvolles stehlen will, lässt sich nicht von seinen Trieben dazwischenfunken, sondern geht geplant vor. Nun ja, kein Wunder, dass Ihre Kollegin Maigret das in einen Topf wirft. So jung und unerfahren, wie sie ist.«

»Madame Maigret ist nicht meine Kollegin, Madame Simon. Noch dazu sind wir ziemlich unterschiedlich, wie mir scheint. Unerfahren, wie meinten Sie das?« Philippe freute sich, etwas mehr über die Kommissarin zu erfahren.

»Sie sollten die Nouvelle République lesen, Monsieur. Da stand alles drin. Charlotte Maigret hat eine steile Karriere bis zur Kommissarin hingelegt und es ist bei ihrem Ehrgeiz zu erwarten, dass sie so weitermachen will. Bevor sie nach Tours zurückkam, hat sie in der Banlieue von Paris gearbeitet, keine der ganz harten Vorstädte, aber Alfortville ist auch kein Zuckerschlecken. Dort hat sie jede Menge Mist erlebt. Und sich bei der Verfolgung von Drogen- und Sexualdelikten ihre Lorbeeren verdient. Wenn Sie mich fragen, dann passt Idriss Boulaied genau in ihr Täterbild von damals. Damit will ich nicht sagen, dass es hier um Alltagsrassismus geht. Aber vielleicht wird etwas bei ihr getriggert. Und vielleicht ist ihre erste richtige Mordermittlung eine Nummer zu groß für sie.«

Er hörte, wie Hélène Simon an einer Zigarette zog und den Rauch in einem langen Zug ausatmete.

»Das erklärt einiges. Und ich dachte schon, dass sie einfach nur sehr schlecht erzogen worden ist.«

»Ihr Vater, Romain Maigret, war vor ein paar Jahren an der Spitze der Gelbwesten unterwegs. Als Ältester. Hat fast jede Protestaktion mitgemacht. Blockierte Verkehrskreisel waren seine Spezialität. Trotz Rollator. Er ist vor einem halben Jahr gestorben. Sie hat sich wohl um ihn gekümmert, er war ihr einziger Verwandter. Zeitungsleser wissen mehr, Monsieur du Pléssis.«

Wieder das Geräusch des entweichenden Zigarettenrauchs. Ihrer dunklen Stimme nach war Hélène Simon Kettenraucherin.

Als Philippe schließlich das Gespräch beendete, schien sie seltsam zufrieden und bot ihm weiterhin die Zusammenarbeit an.

Es war einfacher gewesen, als er gedacht hatte. Aber für Philippe ging der Tag jetzt erst richtig los. Es stand jede Menge Recherchearbeit über Khaled Ashrafi an. Er musste beweisen, dass Ashrafi der Geldgeber für Trichet und die Comtesse war.

Danach hatte er einen Termin auf der Préfecture mit Daniel. Er hatte versprochen, ihn zu begleiten und die Genehmigung für die Guinguette zu erwirken. Für dieses Vorhaben gab Philippe gerne seinen guten Namen als Türöffner bei der Stadtverwaltung her.

Zunächst nahm er sich die Dateien noch einmal vor, die er bereits über Ashrafi zusammengestellt hatte.

Auffällig bei den Informationen über Ashrafi war, dass sie so unauffällig waren. Hin und wieder tauchte sein Name bei Artikeln über Wohltätigkeitsveranstaltungen auf. Auch spuckte die Suchmaschine etliche Fotos aus, auf denen er mit Geschäftsleuten zu sehen war, deren Namen Philippe nichts sagten. Über Ashrafis Leben in Algier fand er im Internet gar nichts heraus. Ashrafi war über sechzig. Seine dortige Tätigkeit als Galerist lag eindeutig im analogen Zeitalter. Woher hatte der Duc davon gewusst? Auch in den wenigen Nachrichten über Delacours Verhaftung tauchte der Name Ashrafi erwartungsgemäß nicht auf. Er war ein unbeschriebenes Blatt. Beziehungsweise eine völlig unbeschriebene Internetseite, was seine Nähe zu schmierigen Geschäften betraf.

Nach Hélène Simon fiel Philippe jetzt nur noch eine weitere Frau ein, die ihm helfen konnte: Claire. Und ihr Zugang zu den Recherchemaschinen der OCBC. Er rief sie an. Natürlich blockte sie am Telefon erst einmal ab. Das sei vertraulich. Sie dürfe Philippe diese Infos nicht geben, auch nicht im Rahmen der Kooperation mit der Versicherung. Aber kurze Zeit später checkte er seine privaten E-Mails. Und fand darin eine Nachricht von Claire mit mehreren Anhängen. Sie half ihm, weil er Daniels Freund war. Und wegen seines Einsatzes für die Guinguette.

Die Guinguette! Philippe sah auf die Uhr: Wenn er sich beeilte, könnte er es gerade noch rechtzeitig zum Termin in der Préfecture schaffen. Daniel saß sicher schon auf Kohlen. Schließlich wollten er und Eric das Lokal eröffnen, bevor die Saison begann und die Touristen kamen.

KAPITEL 21

Der Termin auf der Préfecture war erfolgreich verlaufen. Der Eröffnung der Guinguette im Mai stand nun endlich nichts mehr entgegen. Nicht die Bürokratie jedenfalls. Ein Haufen Arbeit war es dennoch. Daniel und Eric hatten zusammen mit Philippe im »Café du Roi« darauf angestoßen.

Währenddessen hatte Charlotte Maigret mehrmals versucht, Philippe zu erreichen. Wenn es wirklich wichtig war, sollte sie es eben noch einmal versuchen, fand er und machte sich in seiner Déesse auf den Weg Richtung Chinon.

Er war bestens gelaunt, denn ihm war eingefallen, dass er das Angenehme mit dem Nützlichen verbinden und seinen Freunden nebenbei einen Gefallen tun konnte.

Die Wiesen rechts und links der Loire leuchteten in saftigem Grün. Der Regen machte eine Pause und lockere Wölkchen trieben gemächlich über den zartblauen Himmel. Selbst das Braun der Loire, die sich, von den vielen Niederschlägen aufgewühlt, schwerfällig in Richtung Atlantik schob, wirkte freundlicher als in den letzten Tagen.

Philippe passierte Avoine, ließ die Festung und das Städtchen Chinon hinter sich und bog schließlich auf den Schotterweg zu den Caves de la Rose ein. Das Gebäude-Ensemble zeigte sich zur Straße hin trutzig wie eine kleine Burg. Aber der Innenhof war malerisch. In der Mitte des gepflasterten Platzes stand ein Brunnen, der mit üppig blühenden Blumentöpfen geschmückt war. An den Wänden der Gebäude wuchsen Stockrosen empor. Die Fensterläden und das große Tor, das zum Weinkeller führte, waren rot gestrichen und wirkten einladend. Bayol hatte aus dem maroden, alten Gebäude das Beste herausgeholt, stellte Philippe anerkennend fest.

»Bonjour, sind Sie für eine Weinprobe hier?«, sprach ihn eine helle Frauenstimme an.

Philippe drehte sich überrascht um. Eine hübsche Frau in Arbeitshose, offenem kariertem Hemd über einem T-Shirt und Gummistiefeln kam auf ihn zu. Sie hatte helles Haar und goldbraune Augen mit Lachfältchen, die aus dem wettergegerbten Gesicht hervorstachen.

»Madame Bayol? Ich bin Philippe du Pléssis, ein Verwandter des Duc de Cotignac«, stellte er sich vor.

»Oh nein, ich bin nicht Michels Frau. Ich bin Florence. Ich arbeite für Michel. Als Winzerin«, erklärte sie und wischte sich mit dem Handrücken eine Haarsträhne aus dem Gesicht. »Michel ist hinten«, sagte sie und deutete durch einen Torbogen in Richtung der Weinfelder. Dann nickte sie Philippe zu und war auch schon wieder in der Halle mit den Weinfässern verschwunden.

Philippe verließ den schönen, sonnigen Innenhof und blieb nach wenigen Schritten unschlüssig stehen. Er trug seine feinen neuen Country-Brogues. Die Feldwege rings umher glichen einer Schlammwüste, die sein Schuhwerk ruinieren würde.

»Monsieur Bayol?«, rief er und rettete sich auf ein kleines Wiesenstück. Der regenweiche Untergrund quietschte wie ein Schwamm. Es kam keine Antwort. Aber auf einer kleinen Anhöhe außer Rufweite entdeckte er zwei Männer, die dort zu arbeiten schienen. Wenn er seinen Deal einfädeln wollte, blieb ihm wohl nichts anderes übrig, als dorthin zu gehen. Vorsichtig setzte er einen Fuß vor den anderen, immer darauf bedacht, seine Schuhe vor dem Ruin zu bewahren.

Die Zeilen der Weinberge waren allesamt von Rosenstöcken begrenzt. Auch das viele Unkraut zwischen den Reben ließ darauf schließen, dass Michel Bayol hier nicht nur uralte Rebsorten kultivierte, sondern auch nach alten Methoden seinen Weinbau betrieb. Das gefiel Philippe und er war neugierig darauf, wie die Weine schmeckten. Nach den Ereignissen und Recherchen der letzten Tage hätte sich der Spaziergang an der frischen Luft wie Erholung anfühlen können, wären da nicht die Gedanken an seine Ermittlungen gewesen, die ihn nicht losließen. Und dieser Dreck. Der schwere Boden klebte inzwischen zentimeterdick unter seinen Schuhsohlen. Wenn er nicht ausrutschen wollte, musste er höllisch aufpassen. Dazu kamen noch die Schnecken, die ihre Häuser umherzogen und schillernde Schleimspuren auf dem Weg hinterließen. Es war Philippe ein Rätsel, wie manche Menschen sie essen konnten. Vermutlich nur wegen der leckeren Kräutermarinade. Aber die konnte man auch ohne die Tierchen haben. Er erinnerte sich, dass er in seinem schweizerischen Internat manchmal als Frosch- und Schneckenfresser gehänselt worden war. Dabei konnte man wie er Franzose sein und beides nicht mögen.

Er war inzwischen näher an die Männer herangekommen und erkannte jetzt, dass sie mit ungewöhnlichen Gerätschaften hantierten. Der eine peilte durch eine auf einem Dreifuß befestigte Linse. Ein Landvermesser. Der andere Mann war Bayol. Er hielt ebenfalls irgendein technisches Gerät in der Hand. Seine Füße steckten in denselben Gummistiefeln wie die seiner Winzerin Florence. Die Marke war weltberühmt und wurde in der Touraine produziert. Auf jedem Château der Gegend gehörten sie zur Grundausstattung. Philippe hätte sehr gut welche gebrauchen können. Die Ledersohlen seiner Schuhe konnte er wohl vergessen.

Die beiden Männer hatten ihn noch nicht entdeckt, weil sie mit dem Rücken zu ihm standen. Gesprächsfetzen drangen zu Philippe hinüber. Es ging, wenig überraschend, um die

Einteilung des Gebiets in Gemarkungen. Der Mann erklärte Bayol gerade, dass sich die Methoden und Arbeitsweisen der Landvermesser seit dem Mittelalter kaum geändert hatten. Bayol schien sehr interessiert. Philippe schlitterte weiter auf sie zu. Endlich hatte er sie erreicht und machte sich bemerkbar.

»Ich lasse mir gerade eine kleine Lektion über das Metier des Landvermessers geben«, integrierte ihn Michel Bayol freundlich in das Gespräch.

»Wir überprüfen die Kartierung. Die Karten sind nicht mehr aktuell. Der Sous-Préfet möchte, dass alles auf dem neuesten Stand ist«, sagte der junge Vermessungstechniker bescheiden.

Philippe wurde sofort hellhörig. Trichet hatte die Vermessung in Auftrag gegeben. Das France-de-cœur-Projekt also.

»Stellen Sie sich vor, Monsieur du Pléssis, der junge Mann hat mir gerade erklärt, dass hier auf dem Hügel einmal eine kleine Kapelle stand. Kaum zu glauben, wenn man sich den wilden Erdhügel anschaut, nicht wahr?«, erklärte Bayol.

»Eine geschichtsträchtige Gegend«, ergänzte der junge Arbeiter. »Sehen Sie? Die Tour du Coudray der Festung, diese ehemalige Kapelle hier und der Taubenschlag des Weinguts stehen in einer Flucht. Sie stammen alle etwa aus derselben Zeit. Nur die Kapelle hat den Jahren nicht standgehalten. Wenn Sie hier in der Gegend anfangen zu graben, dann finden Sie mit Sicherheit überall etwas mit mehr oder weniger archäologischem Wert.«

Bayol und Philippe folgten der Handbewegung des jungen Mannes mit den Augen. Philippe erkannte in der Tat eine Linie, die ihm nicht aufgefallen wäre, wenn er nicht darauf hingewiesen worden wäre.

Sein Blick blieb an Bayol hängen. Das Gerät in seiner Hand war eine Magnetsonde, wie sie Hobby-Schatzsucher verwendeten.

»Sie wollen auch graben?«, fragte Philippe und deutete auf das Gerät.

Bayol lachte.

»Aber nein. Ich habe meine Armbanduhr hier irgendwo verloren. Ärgerlich. Aber noch ärgerlicher ist Trichets Großprojekt. Wie ich heute von diesem jungen Mann erfahren habe, ist davon ein Teil meines Weinguts betroffen. Dieses ganze Weinfeld hier. Dabei brauche ich für den Erhalt des Guts jeden einzelnen Rebstock.«

Er zeigte die ungefähren Ausmaße mit seinen Armen an.

»Ich mache hier nur meine Arbeit«, wehrte der junge Mann ab.

»So war das auch nicht gemeint. Ich weiß schon, an wen ich mich wenden muss«, verkündete Bayol.

Waren die meisten Winzer hier aus der Gegend, die Philippe kannte, im Umgang so knorrig wie ihre Weinstöcke, wirkte der Pächter des Ducs erfrischend weltmännisch und aufgeschlossen.

Nachdem Philippe erklärt hatte, warum er gekommen war, verabschiedeten Bayol und er sich von dem Landvermesser und gingen zurück zum Weingut. Er kam den weit ausholenden Gummistiefelschritten des Winzers kaum hinterher.

Als sie sich dem Hof näherten, begann ein Hund, laut zu bellen. Philippe wurde unbehaglich. Mit Hunden stand er auf Kriegsfuß. Für ihn waren sie unberechenbare Bestien, seit ihn als Kind ein Jagdhund seines Vaters gebissen hatte. Er blieb stehen. Schon schoss ein riesiges Tier aus dem Hof heraus und auf sie zu. Philippe riss abwehrend beide Arme hoch und hielt sie sich schützend vors Gesicht.

»Keine Angst, Monsieur du Pléssis. Das ist Hector. Der tut Ihnen nichts.«

Natürlich. Bayol benutzte denselben Beruhigungsspruch wie alle Hundebesitzer. Aber immerhin packte er den Hund am Halsband und hielt ihn fest. Hector beäugte Philippe mit offenem Maul. Er hechelte, wobei ihm der Sabber in Fäden von den Lefzen baumelte. Dann knurrte er und legte die Ohren an.

»Einen Moment, Monsieur. Ich lege ihn Ihnen zuliebe an die Kette«, versprach Bayol.

Philippe atmete auf. Die sich anschließende Verkostung von Bayols Weinen dauerte länger als geplant. In der großen Weinhalle, die Philippe schon beim Betreten des Hofs gesehen hatte, jazzte es gemütlich vor sich hin und Michel war ein sympathischer Gastgeber. Er hatte Baguette, Oliven und eine Kerze auf ein Fass gestellt und zusammen mit Florence sechs Flaschen unterschiedlicher Sorten entkorkt. Diese Art Ermittlungen gefiel Philippe außerordentlich gut. Nach der zweiten Flasche verabschiedete sich der Winzer allerdings, weil er noch Termine hatte, und überließ die weitere Verkostung seiner Mitarbeiterin. Man merkte Florence an, dass sie eine Menge Ahnung von Wein hatte. Sie kam aus der Gegend von Romorantin-Lanthenay im Département Loir-et-Cher. In dem kleinen Ort zwischen dem Château de Valençay und dem Château de Chéverny hatte sie Erfahrungen mit der alten Rebsorte Romorantin gemacht, die nur noch dort in einem besonderen Mikroklima kultiviert wurde. Sie hatte vor, in den Caves de la Rose damit zu experimentieren. Außerdem war sie überzeugte Anhängerin von Bio-Weinbau und hatte gerade ein Pferd angeschafft, das ihr bei der Arbeit im Weinberg helfen sollte. Während sie sprach, gestikulierte sie lebhaft mit den Händen, strich sich ihr glänzendes Haar immer wieder aus dem Gesicht. Philippes Augen folgten den blonden Strähnen, den schlanken Hals entlang. Gerade als er bemerkte, dass sie eine zarte goldene Kette trug, erklärte sie stolz: »Wussten Sie, dass schon im 11. Jahrhundert Weine von der Loire in die Niederlande, nach England und Skandinavien geliefert wurden? Und einer der ältesten Weinberge der Welt, der Coulée de Serrant im Savinnières-Gebiet, war der erste Betrieb weltweit, der auf Bio umgestellt hat. Hier an der Loire gibt es viele Weinberge, die nie anders als Bio bewirtschaftet wurden.«

Philippes Blick, der an dem zierlichen Herzanhänger ihrer Kette hängen geblieben war, wanderte zurück in ihr lächelndes Gesicht. »Interessant«, bemerkte er.

Am Nachmittag erst machte sich Philippe wieder auf den Weg nach Tours. Die Caves de la Rose hatten einen neuen Absatzmarkt und ein Standbein in Tours in der Tasche und die Guinguette einen außergewöhnlichen neuen Weinlieferanten aus der Region. Bayol und Florence hatten eingewilligt, ihren Romorantin an Daniel zu verkaufen. In seiner Gartenwirtschaft sollten nur einzigartige regionale Produkte verzehrt werden.

Während der Weinprobe hatte Charlotte Maigret weiter versucht, Philippe zu erreichen, aber er hatte das Handy lautlos gestellt und die Anrufe erst gesehen, als er wieder ins Auto gestiegen war. Sollte sie es noch mal versuchen, sie würde ihn früh genug erreichen. Er wollte sich seine gute Laune nicht von dem Cowgirl verderben lassen.

Beschwingt dudelte ein altes Chanson aus dem Autoradio, als die Déesse plötzlich zu ruckeln begann. Der Motor stotterte. Philippe sah auf die Tachonadel, die nach unten fiel, obwohl er weiterhin Gas gab. Er fluchte innerlich, konnte aber nichts dagegen unternehmen. Der Wagen machte noch ein paar Sätze vorwärts und rollte aus. Philippe schaffte es gerade noch, ihn an den Straßenrand zu lenken. Er schaltete den Warnblinker an und versuchte, den Motor wieder zu starten, aber es geschah nichts.

Die Zündspule, fuhr es ihm durch den Kopf. Natürlich. Der Wagen war in letzter Zeit so schlecht angesprungen. Nichts zu machen. Die Déesse hatte 180.000 Kilometer auf dem Tacho. Der Automechaniker seines Vertrauens hatte ihn schon bei den letzten beiden Werkstattbesuchen schonend darauf vorbereitet, dass die Zündspule bald fällig war. Aber doch nicht an einem Tag wie heute. Und vor allem nicht hier, mitten im Wäldchen von Rigny, kurz vor dem Dornröschenschloss von Ussé.

Von hinten rauschte ein Wagen an ihm vorbei, laut hupend und mit einem solchen Karacho, dass der alte Citroën zitterte. Es war nicht ungefährlich, an der Landstraße zu stehen. Philippe sah in den Rückspiegel und über die Schulter, stieg aus und fummelte das Warndreieck aus dem Kofferraum. Dann stellte er es mit einigem Abstand hinter dem Auto auf und trat auf die Wiese neben der Fahrbahn. Dreckiger als die Feldwege der Caves de la Rose konnte es hier auch nicht sein. Seine Stimmung hatte schlagartig einen Dämpfer erfahren.

Er wollte gerade Daniel anrufen, als er hörte, dass hinter ihm ein Fahrzeug langsamer wurde und schließlich in zehn Metern Entfernung anhielt. Es war ein perlmuttweißer Mercedes SL 280. Am Steuer des Cabrios saß eine Dame, die im Stil der Fünfzigerjahre einen Seidenschal um den Kopf geschlungen hatte. Eine große Sonnenbrille in Schmetterlingsform verdeckte ihr zartes Gesicht. Die Lippen waren knallrot geschminkt.

»Wir teilen wohl eine Vorliebe für alte Autos«, rief sie ihm zu.

Philippe näherte sich der Fahrerin. Als er neben ihr stand, erwiderte er: »Nennen wir es eine Vorliebe für das Schöne.«

Galant nahm er ihre Hand und hauchte einen Kuss darauf.

»Soll ich dich wirklich zu einer Werkstatt fahren, Philippe, oder ist das der alte Trick mit der Autopanne?«, fragte sie.

»Hätte ich gewusst, dass du gerade jetzt denselben Weg nimmst wie ich, hätte ich vielleicht über diesen Trick nachgedacht. Aber leider ist die Panne echt und kein plumper

Annäherungsversuch, Madame. Ich war auf dem Nachhauseweg. Deinem Angebot, mich mitzunehmen, kann ich daher nicht widerstehen.«

»Du kannst dich ja erkenntlich erweisen, mein lieber Philippe«, antwortete Joséphine de Crécy mit einem lasziven Unterton.

Als er eine halbe Stunde später seine Wohnung betrat, war der Abschleppdienst bereits mit seiner Déesse unterwegs in die Werkstatt. Er hatte ihn während der Fahrt organisiert. Und nicht nur das. Bis zum Abendessen blieben ihm nur noch drei Stunden. Joséphine de Crécy hatte keine großen Anstalten machen müssen, um ihn zu dem Date zu überreden. Keine Zeit also, um Charlotte Maigret zurückzurufen. Er musste sich fertigmachen.

KAPITEL 22

Philippe wollte, dass alles perfekt war. Er hatte einen Tisch im »Colbert« reserviert, den kleinen in der intimen Fensternische. Im Kühlschrank lagerten eine Flasche Crémant und die ersten reifen Erdbeeren aus der Markthalle.

Er drehte den Zulauf der Badewanne ab, ließ seinen Hausmantel vom Körper gleiten und stieg in das herrlich duftende Schaumbad. Auf dem Tablett vor ihm standen ein Glas bretonischer Whisky und eine bereits zugeschnittene Cohiba. Philippe entzündete die Zigarre, paffte mehrere kleine Wölkchen in die Luft, bis sie glühte, und zappte durch die Fernsehsender. Er hatte zwei Spiegel so installiert, dass er den Bildschirm von der Wanne aus gut erkennen konnte.

Bei TVTours blieb er hängen. Der Fernseher zeigte eine aufgebrachte Menschenmenge vor einem mit Trikoloren geschmückten Gebäude. Philippe machte den Ton lauter. Die Kommentatorin berichtete gerade, dass es in den Ermittlungen des Diebstahls von Cotignac einen Durchbruch gegeben habe und man den Präfekten zu einer kurzen Pressekonferenz erwarte. Hinter ihr hielt die schreiende und pfeifende Menge Transparente in die Kamera. Die üblichen Gemeinplätze: »Frankreich den Franzosen«, »Ausländer raus«, »Hände weg von unseren Frauen«. Die Menge drängte nach vorne, in Richtung einer breiten Treppe. Gereckte Hälse. Smartphones, die über die Köpfe gehalten wurden. Mikrofone. Die Logos von TVTours und RTL.

Philippe wurde klar, dass Charlotte Maigrets Anrufe offenbar wichtig gewesen waren. Nun gut, gleich wäre er ja im Bilde. Ein Raunen lenkte die Aufmerksamkeit auf die Tür, durch die ein jovialer, gut aussehender und Philippe nur allzu bekannter Mann trat: Charles Trichet, der Sous-Préfet. Er trug wieder seine blau-weiß-rote Schärpe über dem figurnah sitzenden grauen Anzug. Philippe tippte auf Hedi Slimane oder Yves Saint Laurent. Der Stoff schimmerte seidig.

Eine Entourage aus Bodyguards und Stiefelleckern stellte sich im Halbkreis hinter Trichet, der wie ein Dirigent seine Arme zu einer beschwichtigenden Geste ausbreitete und lächelnd die Lautstärke der Schaulustigen drosselte. Blitzlichter zuckten, die Reporter schrien ihre Fragen nach vorne. Trichet berichtete jetzt von Cotignac, als ob er der ermittelnde Kommissar persönlich wäre. Er teilte der Menge mit, ein Verdächtiger sei gefasst, der den Diebstahl bereits gestanden habe.

Philippe stutzte. War Idriss Boulaied tatsächlich der Schuldige? Dann würde er sicher auch damit herausrücken, wo das Bild war, und Philippes Fall wäre gelöst. Aber als er Idriss im Kommissariat vernommen hatte, hatte sein Bauchgefühl ihm gesagt, dass der junge Mann so unschuldig war wie sein Linsensalat.

Trichet führte indessen weiter aus, dass die Wahrscheinlichkeit hoch sei, dass es sich bei dem Mörder der deutschen Versicherungsangestellten auch um den Dieb des Gemäldes »Hirten auf dem Feld« handele. Eine gewagte These, wie Philippe fand. Er fragte sich, ob der Politiker die Informationen alle von Maigret hatte. Trichet ergänzte einen letzten Satz. Es sei nur noch eine Frage der Zeit, bis der Fall gänzlich gelöst und das Gemälde wieder bei seinem rechtmäßigen Besitzer sei.

Na also. Wunderbar. Philippe nahm einen Schluck von seinem Whisky und pustete einige Schaumflocken von seiner Hand. Gerade wollte er umschalten, als ein Journalist brüllte: »Stimmt es, dass der Täter Algerier ist?« Er war so klein, dass er kaum über die Köpfe seiner Vordermänner schauen konnte, aber umso mehr eiferte er.

Wie ein kleiner Pitbull, dachte Philippe. Nur, dass Pitbulls keine Selfiesticks mit filmenden Smartphones in die Höhe hielten.

Aus der Menge kamen anfeuernde Rufe wie: »Ja, genau! Das wollen wir wissen. Typisch. Immer nur Ärger mit den Maghrébins. Wir haben das Recht zu erfahren, wer in unserem Land abscheuliche Verbrechen begeht.«

»Hat er die Deutsche getötet? Und was ist mit dem Antikfritzen aus Chinon? Hat er den auch auf dem Gewissen?«, schob der kleine Schreiberling hinterher.

Hatte Maigret die Presse auch schon über Delacours Tod informiert? Philippe ärgerte sich. Sein Ausflug heute hatte dazu geführt, dass die Kommissarin ihn als Privatermittler alt aussehen ließ. Wenn er den Fall nicht selbst löste, wäre das sicher Wasser auf die Mühlen von Constant. An Tante Audes Laune mochte er gar nicht erst denken.

»Mörder!«, rief es aus der Menge. »Vergewaltiger und Mörder! Dem gehört lebenslänglich. Kastriert ihn!« Der Mob kam jetzt erst richtig in Rage.

»Messieurs dames«, hob Trichet wieder an. »Meine Landsleute, ich verspreche euch, dass ich gegen die Überfremdung unserer gesellschaftlichen Werte vorgehen werde. Ihr habt es in der Hand, in welche Richtung unser Land steuern soll. Nutzt eure Stimme bei der Wahl am Sonntag in zwei Wochen. Ich verspreche euch hier und heute, dass wir den Fall bis dahin aufgeklärt haben.«

Es war nicht zu fassen. Trichet nutzte die Verhaftung von Idriss Boulaied schamlos aus, um Wahlkampf zu machen. Darum ging es ihm eigentlich in seinem Statement. Nicht um die Morde oder den Diebstahl.

Wie es aussah, konnte sich Philippe keinen großen Erfolg

ins Portfolio schreiben, der deutlich über die Beschattung untreuer Ehemänner hinausging. Aber immerhin wäre die Zusammenarbeit mit Charlotte Maigret schneller zu Ende als gedacht. Philippe nuckelte an seiner Cohiba. Andererseits – Ashrafi und Trichet hatten sowohl für den Diebstahl als auch den Mord an Delacour ein Motiv. Ihm gingen die Ermittlungen von Maigret und die Verhaftung von Idriss Boulaied zu schnell. Was, wenn es nicht so einfach und offensichtlich war, wie Trichet es gerade vor laufenden Kameras verbreitete? Der Politiker war ein fieser Selbstdarsteller, der nur seinen eigenen Vorteil suchte. Was, wenn er mit Ashrafi unter einer Decke steckte? Ein Schuldiger wie Idriss passte nur zu gut in seinen Kram. Irgendetwas stimmte nicht. Es war Philippe alles zu glatt. Was, wenn die Berger und Delacour unglücklicherweise sterben mussten, weil sie ihm auf die Spur gekommen waren oder das Geschäft mit dem Bild in Gefahr gebracht hatten? Zwei Ganoven, die sich nach anfänglicher Zusammenarbeit selbst gegenseitig die Beute abjagten, das war nichts Neues.

Der Sender hatte den Einspieler von der Préfecture beendet und war in eine Werbepause gegangen. Philippe zappte weg und fand einen Sender mit französischen Musikclips. Er wollte sich von diesem Widerling nicht die Laune verderben lassen. Morgen würde er Maigret eine Lektion über Geldwäsche im großen Stil verpassen. Und sie würde verstehen, dass Ashrafi der Mann war, nach dem sie eigentlich suchten. Und sie Idriss wohl oder übel wieder laufen lassen musste. Vielleicht wurde es ja doch noch etwas mit Philippes Portfolio.

Ein weiterer Zug an der Zigarre, ein Schluck aus dem Tumbler. Die Aussicht auf einen Abend mit der schönen Joséphine, der er vielleicht die eine oder andere Information entlocken konnte. Seine Situation war mit etwas Abstand betrachtet besser als die der Kommissarin, fand Philippe.

KAPITEL 23

Es war alles nach Plan verlaufen. Joséphine lag auf der Seite, ein Bein ausgestreckt und eines nach oben gezogen. Wie ein Flamingo. Nicht so rosig, aber so lang und schlank. Ihre blonden Haare ergossen sich über einen makellosen Rücken. Erschöpft von der Liebe schlummerte sie in seinem Bett. Philippe stand leise auf, räumte den Sektkühler mit der leeren Flasche und die Gläser in die Küche und machte sich über die restlichen Erdbeeren her.

Wie spät mochte es wohl sein? Er nahm sein Handy. Das Telefonhörersymbol zeigte eine rote Fünf an. Er ging in die Anrufliste. Charlotte Maigret. Keine Nachricht hinterlassen. Es konnte also so dringend doch nicht sein. Er rief die Fotos auf. Das Selfie mit Joséphine im »Colbert«. Gut, dass er seinen Bart noch einmal geölt hatte. Philippe ging zum Kühlschrank und schenkte sich ein großes Glas Orangensaft ein, als sein Handy vibrierte.

Schon wieder die Kommissarin? Um diese Uhrzeit? Aber sein Smartphone lag ruhig auf dem Küchentisch. Der Ton kam aus Joséphines Handtasche, die auf einem Stuhl stand und bläulich leuchtete. Philippe zögerte kurz, nahm dann aber Joséphines Handy heraus und suchte den Knopf, um es lautlos zu stellen. Das Modell war ungewöhnlich, keines der gängigen Marken. Er hatte es zuletzt gesehen bei … Philippe dachte angestrengt nach. Daniel hatte dasselbe Modell wie er. Der Kommissarin vielleicht?

Nein! Jetzt wusste er es. Es war dasselbe Telefon wie das von Boulaied. Ein Adrenalinschauer durchströmte ihn. Warum zum Teufel hatte die schöne Joséphine ein Kryptohandy? Und was hatte sie mit Idriss Boulaied zu schaffen? Konnte das Zufall sein oder war alles eine abgekartete Sache und Boulaied, Joséphine und Maigret führten ihn an der Nase herum? Philippe schaltete das Gerät ganz aus. Nicht, dass es überdies eine Abhörfunktion hatte. Er drehte sich zu seinem Bett um. Was für ein Spiel spielte diese Frau, die dort friedlich schlief? Er erinnerte sich an das Event in Cotignac. Sie war zusammen mit Trichet und Coligny angekommen. Er sah sie vor seinem geistigen Auge mit einem betuchten schwarzhaarigen Mann sprechen. Die Patek an seinem Handgelenk. Khaled Ashrafi, Kunstmäzen und dubioser Geschäftsmann. Und Freund von Joséphine?

Gerade als er das Handy zurück in ihre Tasche gleiten lassen wollte, riss ihn das schrille Rasseln der Türglocke aus seinen Gedanken. Was war nur auf einmal los? Von der Idylle, die noch vor fünf Minuten geherrscht hatte, war nichts mehr übrig. Er sah an seinem nackten Körper herunter. Es läutete wieder, diesmal länger, nachdrücklicher. Es würde schneller gehen, sich etwas Frisches aus dem Schrank zu nehmen, als im Chaos nach seiner Hose zu suchen. So leise wie möglich ging er ins Ankleidezimmer, Joséphine war trotz der Türklingel noch nicht wach geworden. Wieder schrillte es; dazu kam Klopfen. Philippe griff sich, ohne hinzusehen, Boxershorts und streifte sie über. Dann öffnete er die Wohnungstür einen Spaltbreit. Auch das noch.

»Morgenstund hat Gold im Mund, Monsieur le Vicomte. Ist Ihr Telefon in die Loire gefallen?«

Charlotte Maigret stand da, als wäre es das Selbstverständlichste auf der Welt, ihn um sechs Uhr morgens aus dem Bett zu klingeln. Seine Schrecksekunde nutzte sie aus, um die Tür ganz aufzuschieben und unter seinem Arm hindurch in die Wohnung zu schlüpfen. Zwei junge Beamte folgten ihr.

»Ihr wartet hier«, wies Maigret sie an, vor dem Eingang stehen zu bleiben.

»Was soll der Auftritt? Woher wissen Sie, wo ich wohne?« Philippe hatte seine Sprache wiedergefunden.

»Jeder weiß, dass Superman in Metropolis wohnt«, sagte Charlotte Maigret grinsend und sah demonstrativ auf seine Boxershorts. Er hatte in der Hektik ausgerechnet das Scherzgeschenk von Daniel erwischt. Blau, mit dem Superman-Logo.

Sie machte ein paar Schritte in den Flur hinein. Er eilte ihr hinterher und überlegte fieberhaft, in welchen Raum er sie lenken könnte. Im Schlafzimmer schlief Joséphine, im Wohnzimmer lagen ihre Klamotten über den Boden verstreut und ihre Handtasche stand in der Küche. Dennoch schien die Küche der unverfänglichste Raum zu sein. Mit einem großen Schritt überholte er Maigret und manövrierte die Tasche vor den Kühlschrank.

Die Kommissarin ließ sich auf einen Stuhl plumpsen und schlug die Beine übereinander. Heute trug sie zu ihren Cowboystiefeln einen Minirock, das Tour-T-Shirt von »Téléphone« hatte sie gegen eines von »Les Rita Mitsouko« ausgetauscht. Dazu die Lederjacke. Statt einer Antwort auf Philippes Frage entgegnete sie: »Der frühe Vogel fängt den Wurm. Wie ich sehe, sind Sie auch schon wach.«

Philippe schob ihr ein Glas Wasser hin.

»Oh, ein echter Château La Pompe, welche Ehre. Ein Superhelden-Drink.«

»Was wollen Sie hier und warum kann das nicht bis zu einer humanen Uhrzeit warten?«, versuchte Philippe, von seiner Unterhose abzulenken. Er ließ sie seinen Unmut deutlich spüren.

»Gegenfrage: Was fällt Ihnen ein, der Presse Details aus unserer Ermittlung zu nennen? Sind Sie wahnsinnig? Aber was kann man von einem diplomierten Provinzschnüffler auch anderes erwarten.« Sie schnaubte. Dann schob sie provozierend hinterher: »Ich hoffe, ich erfahre nicht noch mehr

Interna, wenn ich die Fernsehnachrichten anschalte.« Mit einem Knall legte sie die neueste Ausgabe der Nouvelle République auf den Tisch. »Doppelmord in Chinon – Polizei verhaftet Idriss B.«, titelte sie. Der Artikel stammte von Hélène Simon. Philippe kam ins Schwitzen.

Maigret nahm einen Schluck aus dem Wasserglas. Als sie es wieder abstellte, bemerkte sie das Handy, das Philippe auf dem Tisch liegen gelassen hatte. »Na, sieh mal einer an! Was haben wir denn da?«

Noch bevor Philippe es verschwinden lassen konnte, hatte sie das Gerät schon gegriffen und betrachtete es eingehend. Als sie wieder aufsah, blickte sie Philippe direkt in die Augen und sagte betont lässig: »Ich muss wohl einen Trend verpasst haben. Hat man das jetzt so? Bei Ihnen hätte ich eher das neueste iPhone erwartet als so einen hässlichen schwarzen Klotz.«

Philippe bemühte sich, nicht auf ihre Provokation einzugehen, als er antwortete: »Öfter mal was Neues.«

»Seltsam, nicht wahr? Dasselbe Modell wie bei Idriss Boulaied.«

Es war wie verhext. Der neue Tag hatte noch nicht einmal angefangen und dieses Cowgirl dichtete ihm etwas an. Wie sollte er ihr klarmachen, dass das Joséphines Handy war und nicht sein eigenes? Warum hatte er es nur ausgeschaltet?

»Sehr hässlich, ja«, erwiderte er knapp. Das Rendezvous gestern Abend ging sie nichts an.

»Ich hoffe, Sie haben eine gute Erklärung«, bohrte sie weiter.

»Ich wüsste nicht, was Sie das angeht«, wagte er die Flucht nach vorn.

»Oh, es ist also tatsächlich Ihres. Hätten Sie die Freundlichkeit, es einzuschalten? Damit würden Sie meinen Kollegen eine Menge Arbeit ersparen.«

Sie hielt ihm das Gerät hin, während Philippe nach einer passenden Antwort suchte.

In diesem Moment entdeckte sie die Handtasche. Sie stand auf, nahm sie hoch und pfiff durch die Zähne.

»Nanu, Damenbesuch?«, fragte sie spöttisch. Maigret ging zum Wohnzimmer. Sie stieß die nur angelehnte Tür auf. Eine Spur aus Joséphines und seinen Kleidern lag auf dem Boden. Sie führte ins Schlafzimmer. »Eine Schnitzeljagd?« Die Kommissarin genoss sichtlich jede Silbe.

Philippe versuchte, Joséphines BH mit den Füßen unter das Sofa zu schieben, aber es war zu spät.

Gerade als Charlotte Maigret mit spitzen Fingern Joséphines Hauch von Nichts in die Höhe hob, trat diese, ins Bettlaken gewickelt, in die Tür zum Schlafzimmer.

»Madame de Crécy, welch Überraschung!«, flötete die Kommissarin, und zu Philippe gewandt spöttelte sie: »Sagen Sie doch gleich, dass das hier ein Arbeitstreffen ist.« Das Wort »Arbeit« hatte sie besonders betont.

»Es ist nicht so, wie Sie denken, Madame Maigret«, stotterte Philippe alles andere als souverän.

»Nein, gewiss nicht«, gab diese zurück, »das wäre ja auch nur ein Klischee. In Wahrheit ist es nämlich viel schlimmer. Ein Privatdetektiv, der Details aus den laufenden Ermittlungen ausplaudert und sich dazu mit einer Verdächtigen einlässt. Verstehen Sie das unter professioneller Teamarbeit, Monsieur du Pléssis?«

»Lassen Sie Joséphine da raus«, zischte Philippe sie an. Aber es war zwecklos. Maigret fuhr fort.

»Wenn wir schon alle so gemütlich hier beisammen sind, nutze ich doch gleich die Gelegenheit: Madame de Crécy, wo waren Sie vorgestern zwischen 11 und 17 Uhr?«

»Ich verstehe nicht …«, antwortete Joséphine.

»Sie verstehen sehr wohl, Madame. Julia Berger wurde zwischen 11 und 17 Uhr ermordet. Sie wissen über die Rückführung des Gemäldes Bescheid, Sie kennen den Ablauf der ganzen Veranstaltung. Und was noch wichtiger ist: Sie kennen Ashrafi.«

»Jeder im Business von Paris kennt Ashrafi«, konterte Joséphine kühl.

Business. Joséphine und dieser Araber. Philippe schauderte. Hatte er die Nacht mit einer Mörderin verbracht?

»Ich habe eben Ihr Handy in der Küche gefunden. Ich wette, meine Kollegen sichern darauf die Nummern von Ashrafi und Boulaied.«

Philippe war angespannt. Er fragte sich, ob Charlotte Maigret mehr wusste oder nur bluffte.

»Mein Handy?« Joséphine zog die Augenbrauen hoch. Dann ging sie erhobenen Hauptes zu ihrem Blazer, der auf dem Boden lag. Das Bettlaken, das sie hinter sich herzog, gab ihr dabei etwas Majestätisches. Sie fummelte in der Jacke herum und hielt ein schickes Smartphone hoch.

»Das hier ist mein Handy. Haben Sie davon gesprochen?«

Die Kommissarin schüttelte den Kopf. »Ich meine dieses«, antwortete sie und zeigte das schwarze Kryptohandy, das Philippe in Joséphines Handtasche gefunden hatte.

»Das hässliche Ding habe ich noch nie gesehen«, sagte die Comtesse schnippisch und zog das Laken fester um sich. Dann fuhr sie lächelnd fort: »Aber Philippe, ist das nicht deines? Du hast doch gestern Abend damit telefoniert, nicht wahr? Der Anruf aus Paris?«

Wie bitte? Philippe starrte fassungslos die schöne Blondine an. Was fiel ihr ein? Er spürte Maigrets Blick.

»Interessant«, wandte diese sich wieder ihm zu.

»Man kann auch zwei Handys besitzen«, erwiderte er und merkte im selben Moment, dass er alles nur noch schlimmer machte. Er hatte Joséphine damit gemeint. Aber er konnte es der Kommissarin wegen seiner ungeschickten Wortwahl nicht einmal verübeln, dass sie die Aussage auf ihn bezog.

Diese nahm die Steilvorlage, ohne mit der Wimper zu zucken, an.

»In der Tat, Monsieur du Pléssis. Verschiedene Handys für verschiedene Tätigkeitsbereiche, nicht wahr? Ich finde, wir sollten unserem gemütlichen Beisammensein hier ein Ende bereiten und unser Gespräch im Kommissariat fortsetzen.« Sie deutete auf Philippes Superman-Boxershorts und ergänzte: »Das darf man übrigens nur bekleidet betreten. Schlechte Zeiten für Superhelden.«

Philippe wusste nicht, welche dieser beiden Frauen abgebrühter war. Würde Joséphine mit ihrer Nummer tatsächlich davonkommen? Ihm einfach das Handy unterzuschieben? Er sah in ihr lächelndes Gesicht. Dann auf die grinsende Maigret. Etwas lief grundlegend schief. Sollte er das Opfer zweier Hyänen werden?

Charlotte Maigret kostete noch einen Moment ihrer Überlegenheit aus, sah von Joséphine zu ihm, bevor sie die Katze gänzlich aus dem Sack ließ: »Monsieur du Pléssis hat recht. Man kann auch zwei Handys besitzen. Madame de Crécy, Sie werden dringend verdächtigt, mit Khaled Ashrafi zu kooperieren und bei der Akquise erheblicher Geldsummen behilflich gewesen zu sein. Die Frage ist noch, wozu diese dienen sollen. Waffenhandel, die Vorbereitung eines Verbrechens. Ich bin gespannt auf Ihre Erklärung, Madame. Ich muss Sie bitten, uns ins Kommissariat zu begleiten. Sie können die Aussage verweigern und dort auf Ihren Anwalt warten.«

Maigret rief die beiden jungen Beamten herein, die wenig später mit Joséphine de Crécy Philippes Wohnung verließen. Joséphine hatte ihn keines Blickes gewürdigt.

»Und nun zu uns beiden«, wandte sich die Kommissarin ihm zu.

Philippe verstand nicht mehr, was los war. Eben hatte Maigret erst Idriss Boulaied verhaftet. Es ging um den Mord an Delacour und den Tod von Julia Berger. Und auf einmal ging es um die Machenschaften von Joséphine und diesem Ashrafi.

Philippe sank auf das Sofa. Wie war er, Baron Philippe, harmloser Bonvivant und Dandy, hier hineingeraten? Und was noch wichtiger war: Wie kam er unbeschadet aus diesem Schlamassel wieder heraus? Er dachte an die Familienehre. An den Duc und Tante Aude. Constant, der ihm das niemals verzeihen würde.

Und blickte Charlotte Maigret an, die sich genüsslich an der Szene weidete.

KAPITEL 24

»Cognac?«, fragte Daniel.

Philippe nickte und zeigte Daumen und Zeigefinger der rechten Hand.

»Okay«, sagte Daniel gedehnt und stellte ihm einen doppelten hin. Philippe stürzte ihn in einem Zug hinunter. Der Alkohol brannte, schuf Klarheit in seinem Kopf. Diese Maigret hatte ihn behandelt wie einen Schuljungen. Und erst im Kommissariat hatte sich offenbart, dass sie nicht gegen ihn, sondern gegen die Comtesse ermittelte. Was hatte er für eine lächerliche Figur abgegeben.

»Schenk mir nie wieder Unterhosen«, forderte er von Daniel, der ihn belustigt beobachtete, »und grins nicht so blöd.«

»Was ist los, Philippe? Welche Laus ist dir über die Leber gelaufen? Ist doch ein wunderschöner Tag heute.« Daniel machte eine Kopfbewegung in Richtung Tür.

Tatsächlich regnete es ausnahmsweise heute einmal nicht und eine milde Frühlingssonne streichelte die Seele. Die Place Plumereau war voller Menschen, die in der Sonne ihre Mittagspause verbringen wollten. Ständig drängten neue Gruppen hinzu und suchten nach den letzten freien Plätzen. Wer zusammen im Büro arbeitete, ging zusammen Mittagessen. Die Lautstärke auf der Place überzeugte auch die letzten Zweifler, dass die dunklen Wintertage hinter ihnen lagen. Aber nicht für ihn, dachte Philippe. Er erzählte seinem Freund von seinem Morgen. Davon, wie herablassend Maigret ihn behandelt hatte. »Provinzschnüffler« hatte sie ihn genannt.

»Wäre ich nur bei meinen Observierungen untreuer Ehemänner geblieben«, jammerte er, »dann könnte ich mein schönes Leben weiter genießen, anstatt mich von dieser Maigret herumkommandieren zu lassen, die mir nur die Hälfte erzählt und für die ich offenbar nur ein Idiot bin.«

»Maigret? Wie *der* Maigret? Sind die verwandt?«, wunderte sich Daniel, während er eine Getränkebestellung auf sein Tablett lud.

»Ja, wie *der* Maigret und nein, Sie sind natürlich nicht verwandt. Man kann mit einer fiktiven literarischen Figur nicht verwandt sein, Daniel, jetzt stell dich nicht dümmer, als du bist.« Philippe ließ seine schlechte Stimmung an Daniel aus, obwohl der es nicht verdiente.

»Schon gut, schon gut.« Daniel hob abwehrend die Hände. »Meine Güte, du bist wirklich schlecht gelaunt.« Dann schnappte er sich das Tablett und trug es hinaus an einen Tisch mit einer Gruppe junger Männer in schlecht sitzenden Anzügen von der Stange.

Philippe sah an sich herunter. Trotz des überstürzten Aufbruchs aus seiner Wohnung war er immer noch um Längen besser gekleidet als neunzig Prozent der Gäste draußen auf der Place. Immerhin etwas. Bis dieser Gemäldediebstahl in sein Leben getreten war und mit ihm zwei Tote, war er mit sich und seinem neuen alten Leben in der Touraine rundum zufrieden gewesen. Jetzt verdarb ihm das Cowgirl seinen Flow. Aber es half alles nichts. Er musste sich mit Maigret zusammenraufen und den Fall lösen, das war er dem Duc schuldig. Erst dann wäre er sie wieder los. Am besten machte er aus der Not eine Tugend und ergriff die Flucht nach vorne. Schließlich hatte er dank Claire eine ganze Menge über Ashrafi herausgefunden. Er durfte nicht aufgeben. Maigret hatte ihm vorhin eröffnet, dass sie die Theorie verfolgte, Artnapping könnte hinter dem Gemäldediebstahl und den Morden stehen. Damit war, wie er inzwischen wusste, die Erpressung von Lösegeld für ein zuvor gestohlenes Kunstwerk gemeint. Hatten die Diebe den Duc erpresst? Und waren die Kunstsachverständige und der Antiquitätenhändler zwischen die Fronten geraten?

»Lass dich von der Krimikommissarin doch nicht einschüchtern, Philippe. Was ist nur los mit dir? Wo bleibt das Selbstbewusstsein, Monsieur le Baron?« Daniel klang, als hätte er Philippes Gedanken gelesen. Der Wirt stellte ihm einen Teller mit einem saftigen Croque Monsieur hin.

»Daniel, du bist der Beste!« Philippe sah seinen Freund dankbar an. Daniel kannte seine Vorliebe für dieses einfache Bistrotgericht. Ein echter Seelentröster seit seiner Kindheit. Und hatte damit Philippes Welt wieder geradegerückt.

Der geschmolzene Käse blubberte kleine, heiße Blasen. An einer Stelle war die himmlische Béchamelsauce zwischen den Toastscheiben herausgelaufen. Eric, der hinten in der Küche Töpfe und Pfannen dirigierte, schwor auf das Geheimrezept seiner Großmutter. Von der Béchamel hing alles ab, betonte er stets. Einen guten Croque Monsieur erkannte man an der Béchamel. Philippe lief angesichts der sämigen Soße das Wasser im Mund zusammen. Er hatte gar nicht gemerkt, wie viel Hunger er hatte. Unter den Augen eines zufriedenen Daniel ließ er das Messer durch das warme Sandwich gleiten und schob sich den ersten Bissen in den Mund. Das üppige Gericht verbreitete sofort ein wohliges Gefühl in Philippes Magen. Es schmeckte wie damals, wenn ihm die alte Jeanne, Haushälterin seiner Familie, nach einem Streit mit seinem Vater oder seinem Bruder einen Croque gemacht hatte. Damals, als er noch zu Hause im Schloss gewohnt hatte. Aber Erics Béchamel war noch besser. Um Welten.

»Habe ich dir schon von dem Pächter auf dem Weingut meines Onkels erzählt? Er versucht sich am Romorantin. Ich habe ein paar Kisten davon für die Guinguette bestellt. Alte Tradition und alte Rebsorten. Das passt doch.«

Philippe dachte, dass genauso wie zwischen Jeannes und Erics Béchamelsauce auch Welten zwischen seinem Verständnis von Tradition und dem von Charles Trichet und seinen Anhängern lagen. Obwohl es jeweils um lebendiges Kulturerbe ging.

Dann zeigten Eric und Daniel ihm ihre Entwürfe für die Guinguette am Computer. Sie hatten die Aufstellung der Tische und Stühle, die Dekoration mit Lampions und den kleinen Pavillon für Musikauftritte und zum Tanzen designt. Philippe war beeindruckt. Seine Freunde machten mit ihrem Enthusiasmus ihr Herzensprojekt auch zu seinem. Er genoss die Ablenkung von dem Ärger über Maigret. Die Guinguette würde ein Zugewinn für die Stadt werden. Sie sah so aus wie die Gartenlokale auf den alten Schwarz-Weiß-Fotos, die er vor einiger Zeit zusammen mit Eric und Daniel in der Bibliothèque municipale gesichtet hatte. Sie hatten sogar die Anordnung der Tische von den Fotos übernommen.

Die Bibliothèque! Philippe kam eine Idee. Er musste noch etwas erledigen, bevor er wieder mit der Kommissarin sprach. Und das konnte er in der gut sortierten Stadtbibliothek tun, ohne ins Archiv nach Chinon fahren zu müssen. Informationen über die Regionalgeschichte fand er auch hier. Seine Déesse war schließlich noch in der Werkstatt. Und nach der Nummer, die sie gerade mit ihm abgezogen hatte, galt: erst das Vergnügen, dann die Arbeit. In der Bibliothek hatte er schon in seiner Jugend einen Stammplatz am Fenster gehabt, hoch über der Loire. Dort alte Bücher zu wälzen, war für ihn noch immer ein besonderer Genuss.

KAPITEL 25

Philippe zog seine Taschenuhr aus der Weste. Schon fünf Uhr durch. Einer dieser Frühlingsabende kündigte sich an, an denen der Himmel farblos erschien und die Sonne hinter einem weißen Schleier verschwand. Kühle statt Abendrot. Er spürte, dass er noch immer erschöpft war von den Erlebnissen der vorangegangenen Nacht beziehungsweise dem Morgen auf dem Polizeirevier, an dem die sinnlosen Fragen der Kommissarin seine eigenen Ermittlungen aufgehalten hatten. Es war wohl am besten, nach Hause zu gehen und sich auszuruhen. Auf dem Weg besorgte er sich ein Sechs-Uhr-Baguette und nahm sich in der Fromagerie eine kleine Käseauswahl mit. Mit einem guten Saint-Nicolas-de-Bourgueil würde das ein bescheidenes, aber leckeres Abendessen werden. Als er zu Hause alles auf den Küchentisch stellte, fiel ihm das Kryptohandy der Comtesse wieder ein. Er hatte am Morgen mit Maigret nicht abschließend klären können, wie die Geschäfte, die die Comtesse mit Trichet machte, mit Ashrafi zusammenhingen. Maigret konzentrierte sich auf die Comtesse und Boulaied. Immerhin hatte Joséphine zugegeben, dass es ihr Handy war und nicht Philippes. Denn Maigret hatte ihr klargemacht, dass die Polizei das ohnehin leicht herausfinden konnte. Es war verflixt. Er brauchte endlich einmal etwas Handfestes. Musste die Ermittlungen auf eine neue Ebene heben. Hin zum Erfolg.

Er sah auf sein eigenes Handy. Auf dem Display blinkten allerhand rote Punkte auf: mehrere Anrufe in Abwesenheit, Nachrichten in der Mailbox und zahlreiche E-Mails. Er hörte zunächst die Mailbox ab. Es war eine Nachricht von Tante Aude und eine von der Lokaljournalistin Hélène Simon. Er entschied sich für das Unangenehme und hörte zunächst die von Tante Aude ab, aber außer einigen kratzigen Geräuschen war nichts zu hören. Wie so oft. Tante Aude war von der Technik mitunter überfordert. Die Nachricht von Hélène Simon: Sie hatte Neuigkeiten für ihn, Trichet betreffend.

Er suchte gerade ihre Nummer aus der Anrufliste, als sein Handy den alten Partyhit der Band von Téléphone abspielte, den er Charlotte Maigret als Klingelton gegeben hatte und dessen Text andeutete, dass etwas mit ihr nicht stimmte.

»Madame la Commissaire?«, meldete sich Philippe, um Sachlichkeit bemüht.

»Monsieur du Pléssis, wir haben ein Problem. Es geht um Idriss Boulaied.«

»Der junge Mann ist Ihr Problem, Madame. Ich glaube ihm, dass er Julia Berger nicht umgebracht hat. Und Delacour auch nicht. Ich habe eine neue …« »Theorie«, wollte er ergänzen, aber da war sie ihm schon ins Wort gefallen.

»Wir haben jetzt keine Zeit für Geplänkel. Wo sind Sie? Es gab einen Notruf aus Boulaieds Feinkostladen.«

»Zu Hause. Was habe ich mit …«, versuchte Philippe, sich gegen sie zu wehren.

»Gut. Ich bin in fünf Minuten da. Kommen Sie runter, ich nehme Sie mit dem Einsatzwagen mit.«

Sie hatte einfach aufgelegt. Merde. Diese Frau trieb ihn in den Wahnsinn, aber nicht in die Art Wahnsinn, in die sich Philippe gerne von Frauen treiben ließ. Reflexartig hatte er den Fall Boulaied von sich weisen wollen. Aber der Privatermittler in ihm wusste, dass jede neue Wendung ihn weiterbringen konnte.

Sie hatte nur drei Minuten zu ihm gebraucht. Wieder raste Charlotte Maigret wie eine Verrückte, nur diesmal durch die engen Sträßchen der Altstadt von Tours. Dabei berichtete sie Philippe das Wenige, das sie wusste. Etwa fünfzehn

Minuten zuvor war der Notruf bei der Polizei eingegangen, der Onkel von Idriss hatte ihn abgesetzt. Zwei Männer mit Baseballschlägern waren in den Feinkostladen gestürmt, als er gerade schließen wollte, und hatten alles kurz und klein geschlagen. Er hatte von mehreren Verletzten geredet, aber es war offenbar niemand zu Tode gekommen. Glücklicherweise. Noch eine Leiche hätte Philippe gerade noch gefehlt.

Maigret parkte den Wagen mitten auf der Straße vor der Markthalle, mit laufendem Blaulicht. Es waren bereits mehrere Beamte und ein Krankenwagen vor Ort. Und die Presse. Hélène Simon in Begleitung eines Fotografen stritt gerade mit einem jungen Brigadier, der den Tatort gegen ihre neugierigen Blicke abschirmte.

»Merde. Wie haben die so schnell Wind davon bekommen?«, schimpfte Maigret und trat auf die Journalisten zu. »Dies ist ein Tatort. Sie behindern die Ermittlungsarbeit«, herrschte sie Hélène Simon an.

»Und Sie sind?«, fragte die Angesprochene schnippisch. Dann erkannte sie Philippe. »Monsieur le Baron! Was für ein Zufall. Sie ermitteln hier?«

Philippe führte ihre Hand geschickt zum Mund und begrüßte sie charmant.

»Ach. Man kennt sich. Monsieur le Baron hat wohl die Presse informiert, bevor er zu mir ins Auto gestiegen ist.« Charlotte Maigret brodelte wie die Béchamelsauce auf Erics herrlichem Croque Monsieur.

Philippe hob fragend die Arme und schüttelte den Kopf. »Aber nein, es ist wirklich ein Zufall, dass wir hier aufeinandertreffen.«

»Ihren Hang zu Zufällen kenne ich zur Genüge, Monsieur du Pléssis. Sagen Sie Ihrer Bekannten, sie soll ihren Fotografen ins Schlepptau nehmen und Leine ziehen. Alle Informationen, die für die Öffentlichkeit gedacht sind, kann sie morgen bei unserem Pressereferenten erfragen. Hier hat sie nichts mehr verloren.«

Bevor Maigret mit ihrer Tirade fortfahren konnte, sagte Hélène an Philippe gewandt: »Was meinen Sie, Monsieur. Hängt der Anschlag mit den Fällen aus Cotignac und Chinon zusammen? Dem Mord an der Deutschen und an dem Antiquitätenhändler? Schließlich ist Idriss Boulaied ein Verdächtiger, oder?«

»Madame Simon, Madame la Commissaire meint es nicht so. Wir haben den Tatort noch nicht einmal betreten, geschweige denn mit den Opfern geredet, daher ist es zu früh, solche Spekulationen anzustellen. Madame la Commissaire bittet Sie höflich, unsere Arbeit nicht zu behindern, Sie haben es ja gehört. Wir müssen Sie auf morgen vertrösten, Madame Simon. Bestimmt ist dann nicht nur der Pressereferent, sondern auch Madame Maigret zu einem kurzen Gespräch bereit.«

»Pffff«, machte Maigret und verschränkte die Arme vor ihrem Oberkörper. Demonstrativ wandte sie sich um und ließ die beiden stehen. Sie ging auf die zertrümmerte Schaufensterfront des Ladens zu. Auf Hélène hatten Philippes Worte allerdings gewirkt. Sie zog tatsächlich mit dem Fotografen ab, bat ihn aber, sie dringend zurückzurufen. Er triumphierte innerlich, als er zu Maigret in das Ladenlokal trat.

»Madame la Commissaire meint es nicht so«, äffte ihn die Kommissarin nach. »Und ob Madame la Commissaire es so gemeint hat.«

»Was für ein Jammer«, seufzte Philippe theatralisch.

»Was kommt jetzt? Ein Benimmkurs? Grundkurs adelige Konversation?«, zischte sie, aber Philippe ging professionell darüber hinweg. Obwohl er die Idee mit dem Benimmkurs gar nicht so schlecht fand.

»Ein Jammer!«, wiederholte er und betrachtete die Auslage. Die feinsten Leckereien lagen vor ihnen in der Theke,

Philippe erkannte den Linsensalat mit Kreuzkümmel wieder, Couscous, gefüllte Weinblätter und Auberginenpaste, Tintenfischsalat mit Zitrusfrüchten, Kichererbsencurry. Alles war übersät mit Glassplittern. Ungenießbar geworden, die Theke selbst stellenweise zertrümmert. Die Fliesen mit Spraydosen besprüht, die arabischen Schriftzüge waren nicht mehr zu erkennen. Dahinter hingen Regalbretter schief und zerbrochen an der Wand. Die Gewürzdosen, die darauf gestanden hatten, waren alle heruntergerutscht und über den Boden gerollt, auf dem sich ebenfalls Glas und Lebensmittel mischten. In einem See aus ausgelaufenem Arganöl schwammen getrocknete Tomaten wie Boote. Es roch nach einer Mischung aus Markthalle und orientalischem Basar.

Im Durchgang zur Küche saß Idriss Boulaied der Ältere und hielt sich eine Kompresse auf die Stirn. Er blickte betrübt auf den Boden, wo zwei Sanitäter den jungen Idriss versorgten. Er war bei Bewusstsein, aber atmete schwer und stöhnte vor Schmerzen. Sein Gesicht steckte in einer Plastikschiene.

»Mehrere Rippenbrüche, vermutlich Unterkieferbruch. Blutergüsse, sicher auch innerlich. Wir müssen sofort mit ihm ins Krankenhaus, Monsieur le Commissaire«, wandte sich der Sanitäter an Philippe. Maigret wollte etwas sagen, aber Philippe war schneller: »Tun Sie das. Wir schicken eine Streife mit, die vor dem Krankenzimmer Posten beziehen wird. Falls da noch was nachkommt. Haben Sie die Täter gesehen?«

»Nein, Monsieur.«

»Irgendetwas Verdächtiges? Ein rasendes Auto? Oder rennende Passanten?«

»Nein, Monsieur. Wir müssen jetzt wirklich los. Im Sinne des Patienten.« Die Sanitäter hoben Idriss auf die Bahre und fuhren ihn über Scherben und Couscous nach draußen.

Maigret hatte sich an die Wand gelehnt und nach wie vor die Arme vor ihrem Brustkorb verschränkt.

»Wo hat Monsieur le Commissaire denn seine Vernehmungstechnik gelernt? Im Fernsehen?«, spöttelte sie.

»Würden Sie bitte Ihre Kollegen beauftragen, den Krankenhaustransport zu eskortieren?«, fragte Philippe in ausgesucht höflichem Tonfall.

»Sie glauben wohl, mit Höflichkeit können Sie alles erreichen, was?«, ranzte sie ihn nochmals an, löste sich dann aber von der Wand und veranlasste das Nötige. Geht doch, kommentierte Philippe innerlich.

Dann befragten sie zusammen Idriss' Onkel. Sein Neffe sei nach der Entlassung aus der U-Haft sofort in den Laden gekommen, über dem sich auch die Wohnungen der beiden befanden. Als sie zur Feier des Tages etwas früher als sonst schließen wollten, seien zwei schwarz gekleidete Männer mit Sturmhauben und Baseballschlägern hereingestürmt und hatten alles kurz und klein geschlagen. Idriss hätten sie mit Schlägen und Tritten traktiert. Dann seien sie auf einem Motorrad davongerast. Während er sprach, liefen ihm Tränen über das Gesicht. Immer wieder musste er sich unterbrechen und Kraft schöpfen, um weiterzureden. Sein Laden lag in Trümmern. Sein Lebenswerk war zerstört. Er tat Philippe leid. Wer solche Köstlichkeiten produzierte, der konnte einfach kein Verbrecher sein. Davon war Philippe überzeugt. Dann bemerkte er es: »Da, sehen Sie mal«, sprach Philippe die Kommissarin an und deutete auf die Wand mit den Regalbruchstücken. »Denken Sie, was ich denke?« Die Spur, die die Sprayer hinterlassen hatten, hatte eine Form, die er nur allzu gut kannte: eine stilisierte Flamme.

Maigret pfiff durch die Zähne. »Die Action Nationale. Frankreich den Franzosen und so weiter.«

»Könnte natürlich auch absichtlich gesprüht worden sein,

um von einem anderen Motiv abzulenken«, überlegte Philippe laut. »Andererseits: Haben Sie die ganzen Hasskommentare im Netz gegen Boulaied gesehen? Es spricht viel dafür, dass die Täter aus dieser Ecke kommen.«

Maigret hatte ihm aufmerksam zugehört und antwortete: »Dann wollen wir mal Charles Trichet einen Besuch abstatten.«

»Jetzt noch?«, wunderte sich Philippe.

»Jetzt noch«, bekräftigte Maigret.

Kurze Zeit später klingelten sie an einem schicken Stadtpalais in Saint-Symphorien.

Charles Trichet hatte Gäste. Es war eine reine Männerrunde und außer Jérôme Coligny kannten Philippe und die Kommissarin niemanden. Trichet ließ seine Gäste am Esstisch zurück und ging mit den beiden Ermittlern in einen Nebenraum, der mit geschmackvollen Antiquitäten ausgestattet war. Irgendetwas störte jedoch die Behaglichkeit. Philippe konnte nicht sagen, was es war. Er lobte die Einrichtung, um das Eis zu brechen und Trichet zum Reden zu bewegen.

»Alles aus der Touraine. Die meisten Antiquitätenhändler in der Gegend wollen einem englischen Plunder verkaufen. Aber das hier ist alles echte französische Handarbeit«, betonte Trichet, der Philippes aufmerksame Blicke bemerkt hatte, und strich mit der Handfläche über eine Kirschholzkommode. Er trug heute zu seiner blauen Anzughose ein enges weißes Hemd, das seinen trainierten Oberkörper optimal zur Geltung brachte. Vermutlich wieder Yves Saint Laurent. Am kleinen Finger seiner rechten Hand prangte ein Siegelring. Alles an ihm atmete Luxus und Geschmack, selbst die akkurat frisierten grau melierten Haare.

Die Anwesenheit von Philippe und der Kommissarin schien ihn nicht im Geringsten aus der Ruhe zu bringen. Stammten die Möbel von Delacour?

Maigret erzählte Trichet von dem Überfall auf die Boulaieds. Er zeigte keine Regung.

»Wissen Sie etwas über diesen Vorfall, Monsieur Trichet?«, fragte sie.

»Aber, aber, Madame. Sie sehen doch, ich habe Gäste. Was wollen Sie mir unterstellen?«, antwortete er mit einer Gegenfrage. Sein Ton war charmant, aber lauernd. Die weiteren Provokationen der Kommissarin perlten an ihm ebenfalls ab. Ein schmieriger Typ. Er straffte seinen Oberkörper. Und hinter dem Oberkörper sah Philippe, was er bisher nur gespürt hatte: In der Ecke des Raumes stand ein großer Käfig, in dem zwei weiße Fellkörper herumwuselten. Sie hatten rosa Schnauzen und Pfoten. Die langen Schwänze jagten Philippe einen Schauer des Ekels durch seinen Magen. Es waren Ratten. Charles Trichet hielt sich weiße Ratten als Haustiere. Wie gebannt starrte Philippe auf die Nager, die aufgeregt hinter ihrem Gitter hin und her rannten.

»Reicht es nicht schon, was Sie der armen Joséphine angetan haben? Untersuchungshaft, die Comtesse de Crécy! Lächerlich! Morgen kommt mein Anwalt. Sie werden sie gehen lassen müssen. Ein Skandal, dass es überhaupt so weit kommen musste«, fuhr Trichet fort und blickte Maigret kampfeslustig an. Sie hatte die Ratten noch nicht bemerkt, zuckte nur jedes Mal kurz, wenn das Gitter durch die Bewegungen der Tiere klirrte.

»Frankreich ist ein Rechtsstaat, es steht Ihnen frei, das zu tun. Monsieur Trichet, in welchem Verhältnis stehen Sie zu der Comtesse?«, fragte Maigret weiter. Sie schien vollkommen unbeeindruckt von seinem Auftritt zu sein.

»Ich weiß zwar nicht, was Sie das angeht, aber wir sind Partner«, trotzte der Politiker.

»Auch im Bett?« Philippe war aufrichtig neugierig, erntete aber ein Kopfschütteln von Maigret, die fortfuhr: »Erzählen Sie uns von Ihrem Projekt, Monsieur Trichet.«

»›France de cœur‹ ist nicht mein Projekt, es ist Joséphines Idee. Ich versuche nur, sie, so gut es geht, zu unterstützen.«

»Monsieur Trichet, wir haben Unregelmäßigkeiten auf dem Konto der Comtesse entdeckt. Größere Summen, die auf Ihr Konto verschoben wurden. Müsste der Geldfluss nicht eher umgekehrt sein, wenn Sie Madame de Crécy unterstützen?«

Diese Information war auch für Philippe neu. In seinem Gehirn begann es zu arbeiten. Das war die Gelegenheit. Er beschloss, eine provokante Frage nachzuschieben. Einen Versuch war es wert: »Wissen Sie, dass das Geld von Khaled Ashrafi stammt?«

Die Dickere der beiden Ratten nahm in diesem Moment eine geduckte Haltung ein und saß sprungbereit wie zum Angriff da. Die andere strampelte sich in einem Laufrad ab. Charlotte Maigret hatte sie offenbar noch immer nicht entdeckt, obwohl das Laufrad ein wenig surrte.

»Oder unterstützt Madame de Crécy vielleicht Ihren Wahlkampf? Sie wollen Préfet werden, daraus machen Sie keinen Hehl. Eine Wahlkampagne ist teuer.« Charlotte Maigret hatte das Wort »teuer« gedehnt ausgesprochen. Dann entdeckte die Kommissarin den Käfig. Sie wich angeekelt zurück und stieß einen kurzen Schrei aus.

Charles Trichet zuckte. Das Zucken verstärkte sich zu einem Schütteln und dann brach er in schallendes Gelächter aus.

»Sie fürchten sich vor so kleinen Tierchen? Sie sind reinrassig, wissen Sie? Es werden nur kerngesunde Tiere zusammen in einen Käfig gegeben. So ist gewährleistet, dass sich die besten Gene weiter fortpflanzen. Ratten sind sehr intelligente Tiere, wussten Sie das? Ich halte sie seit ein paar Monaten als Haustiere.«

Maigret schüttelte den Kopf, noch etwas blass um die Nase.

»Haustiere scheinen unter Politikern sehr beliebt zu sein. Auch wenn die Auswahl nicht immer glücklich ist. Immerhin können Ratten in einem Käfig nicht so viel anrichten wie freilaufende Hunde und Katzen.«

Dass der Dobermann von Jean-Marie Le Pen die Katze von dessen Tochter Marine zerfleischt hatte, war zwar schon ein paar Jahre her. Aber in Frankreich kannte die Geschichte jeder.

Dann hatte sie sich so weit berappelt, dass sie einige Fragen zum France-de-cœur-Projekt nachschießen konnten. Obwohl er dem widerlichen Politiker, der sich wand wie eine Schlange, sehr gerne einen Strick gedreht hätte, hatte Philippe das Gefühl, dass er die Wahrheit sprach. Irgendetwas sagte ihm, dass Trichet nichts mit den Morden und dem Diebstahl zu tun hatte. Der Comtesse hingegen käme der Verkauf des gestohlenen Gemäldes auf dem Schwarzmarkt gerade recht, um ihre leere Kasse wieder aufzufüllen. Er war wirklich naiv gewesen, sich mit ihr einzulassen. Philippe hatte einfach nicht widerstehen können. Er wurde das Gefühl nicht los, dass alles miteinander zusammenhing. Aber objektive Beweise fehlten noch immer. Warum hatte der Antiquitätenhändler sterben müssen? Er wäre ein nützliches Zahnrad im Getriebe gewesen, wenn man mit Artnapping Geld verdienen wollte.

Ob er wollte oder nicht, es wäre von Vorteil, wenn die Zusammenarbeit mit Maigret in Zukunft harmonischer verliefe. Auf dem Rückweg im Auto könnte er ihr endlich erzählen, was er über Ashrafi herausgefunden hatte. Damit würde er sicher bei ihr punkten können. Sie konnte doch nicht ewig resistent gegen seinen Charme sein.

Aber es kam nicht dazu. Maigret telefonierte im Auto ununterbrochen über Funk mit den Kollegen, die noch am Imbiss der Boulaieds beschäftigt waren. Also verabredete er sich für den nächsten Vormittag mit ihr und dachte darüber nach, wie er seine Charmeoffensive gestalten könnte. Während er die Treppenstufen zu seiner Wohnung nach oben stieg, kam ihm plötzlich ein neuer Gedanke. Er wollte sich die Verbindungen von Ashrafi zu dieser Stiftung, auf die er gestoßen war, noch einmal genauer ansehen. Deren Name wurde manchmal im Zusammenhang mit der Finanzierung islamistischer Vereinigungen genannt. Damit würde er Maigret sicher beeindrucken.

KAPITEL 26

Philippe hatte den Kampfplatz selbst gewählt: Er saß bei Daniel. Noch war er allein. Maigret hatte angekündigt, dass sie sich verspätete. Sie glaube nun auch, dass Idriss Boulaied nicht der Mann sei, den sie suchten. Der Überfall auf seinen Laden sei ganz offensichtlich nur erfolgt, um den Verdacht auf ihn zu verstärken. Denn ein schneller Ermittlungserfolg seiner Polizei und ein Täter aus dem Einwanderungsmilieu spiele einem Politiker, der in der AN Karriere machen wollte, in die Hände. Trichets Anwalt hatte die Comtesse aus der U-Haft geholt. Außerdem hatte er Scherereien gemacht wegen des nächtlichen Auftritts der Ermittler bei dem Politiker. Es gebe eine Menge Papierkram zu erledigen, hatte sie erklärt. So wie er sie einschätzte, hatte sie auf Papierkram keine Lust. Sie wäre bestimmt noch schlechter gelaunt als sonst, wenn sie endlich kam. Nicht die besten Aussichten für seine Charmeoffensive.

Philippe nutzte die Zeit, um Hélène Simon anzurufen.

»Gut, dass Sie sich endlich melden. Ich habe eine Information für Sie, die Ihnen gefallen wird, Monsieur du Pléssis«, begann sie ohne Umschweife das Gespräch. Ihre Stimme klang kühl. Philippe hörte, wie sie an einer Zigarette zog und den Rauch wieder ausatmete, während sie weitersprach. »Es geht um die Comtesse.«

Sie machte eine Pause. Wusste sie etwa über Joséphine und ihn Bescheid? Er zögerte seine Antwort heraus. Dann sagte er so gelangweilt wie möglich: »Ich habe über Madame de Crécy recherchiert. Und außerdem: Unsere Familien kennen sich schon seit Jahren oder besser gesagt seit Jahrhunderten. Was sollte es da geben, was ich nicht weiß?« Er wusste ja sogar, dass sie ein kleines Tattoo knapp oberhalb der linken Leiste hatte.

»Dann können Sie mir sicher etwas über das France-de-cœur-Projekt sagen, Monsieur du Pléssis?«, kommentierte sie seine Antwort.

Philippe berichtete ihr, was er wusste. Dass er zufällig bei der Begegnung mit dem Landvermesser auf dem Weingut gesehen hatte, wie weit die Vorbereitungen bereits gediehen waren, verschwieg er jedoch.

»So weit war ich auch schon, Monsieur. Kommen wir zu Idriss Boulaied. Wer sind die Männer, die ihn verprügelt haben, und vor allem: Wer hat sie geschickt? Ich habe die Schmierereien gesehen.«

»Sie stellen nur Fragen. Ich sollte Sie anrufen, weil Sie *mir* eine Information geben wollten. Was ist nun?«, reagierte Philippe ungehalten. Diese freche Journalistin würde sich an ihm die Zähne ausbeißen, er würde keine Ermittlungsergebnisse preisgeben. Noch in der Nacht hatten Maigrets Leute eine kleine Razzia in der rechten Szene durchgeführt. Trichets Schläger waren für die Polizei keine Unbekannten. Und in der Tat hatten sie Erfolg gehabt: Sie hatten den Typen mit dem Motorrad gefunden und in seiner Wohnung Baseballschläger und Sturmhaube. Über seinen Helfer und auch den Auftraggeber schwieg er allerdings noch beharrlich, wie ihm Maigret heute früh am Telefon berichtet hatte. Trichet habe sie dazu auch bereits befragt, aber ohne seinen Anwalt sage er gar nichts. Aber all das musste er der Journalistin nicht auf die Nase binden. Er konnte sie aber vielleicht für eine andere Sache gebrauchen. Eine Frage, die ihn bereits die ganze Zeit umtrieb und bei der ihm eine Lokalreporterin möglicherweise behilflich sein könnte.

»Madame Simon, eine Hand wäscht die andere«, fuhr Philippe nonchalant fort. »Sprechen wir über das Château de Cotignac.«

»Was wollen Sie denn jetzt mit dem Château de Cotignac? Selbstverständlich kenne ich Cotignac. Alle haben darüber berichtet, wir auch«, antwortete sie ungeduldig. Hastig zog sie an ihrer Zigarette.

Philippe nutzte die Pause, um seine Frage zu stellen. Und er hatte recht, Hélène Simons Schnüfflerinstinkt war gekitzelt worden, sie sprang sofort darauf an.

»Sehr schön, Madame. Dann verrate ich Ihnen jetzt etwas. Es wird im Sommer eine Ausstellung in Chinon geben, in der Forteresse. Dort werden einige wertvolle Gegenstände aus dem Privatbesitz meines Onkels zu sehen sein.«

»Diese Neuigkeit ist für mich weniger interessant, aber immerhin für meinen Kollegen vom Feuilleton ganz brauchbar, Monsieur du Pléssis. Merci.«

»Dann kommen wir endlich zum Anlass meines Anrufs: Was wollten Sie mir unbedingt mitteilen?«

»Die Comtesse de Crécy hatte nicht nur ein Verhältnis mit Charles Trichet. Ich habe noch einen weiteren Liebhaber der Dame identifiziert. Für Sie sicherlich eine höchst brisante Information.«

Philippe fühlte sich, als hätte sie ihm einen Schlag in die Magengrube verpasst. Wie auch immer sie von ihm und Joséphine erfahren haben mochte, sie wusste Bescheid. Diese Lokalreporter hatten überall Augen und Ohren. Wie hatte er nur so naiv sein können? Eine schlimme Ahnung überfiel ihn: Hatte sie etwa die Absicht, einen reißerischen Artikel über sein Techtelmechtel mit der Comtesse in der Nouvelle République zu veröffentlichen, Ressort Klatsch und Tratsch? Constant würde toben. Es sah nicht gut aus für ihn.

»Sicher?«, fragte er vorsichtig.

»So sicher wie die Tatsache, dass die Loire in den Atlantik mündet«, fuhr Hélène Simon fort. Ihre Stimme wies keinen Anklang von Süffisanz auf. Ging es doch nicht um ihn?

»Mit einem gewissen Khaled Ashrafi, einem steinreichen Algerier«, ließ Hélène Simon die Katze aus dem Sack.

Das war allerdings eine Neuigkeit, mit der Philippe nicht unbedingt gerechnet hatte. Aber wirklich überraschend, dass sie auch mit Ashrafi mehr als nur geschäftliche Beziehungen hatte, war es auch nicht. Dafür würde sich auch Charlotte Maigret interessieren. Die Comtesse de Crécy, alter Adel und ultrakonservative Gesinnung, trieb einen Riesendeal mit einem der einflussreichsten rechten Politiker der Gegend voran, der sich reinrassige weiße Ratten als Haustiere hielt und keinen Hehl daraus machte, was er von Immigranten hielt. Und hatte dabei vollen Körpereinsatz gezeigt, wenn man es so ausdrücken wollte. Das war nicht verwunderlich, wenn es auch die Frage aufwarf, wer bei ihrem Date hier wen erobert hatte. Joséphine war noch immer der männerverschlingende Vamp wie früher. Obwohl sie heute verheiratet war. Er war ein wenig gekränkt. Ging sie mit allen Männern gleich ins Bett, mit denen sie etwas zu tun hatte?

Ashrafi war sein Hauptverdächtiger. Er hatte eine Menge an Informationen über ihn gesammelt, die er heute unbedingt noch mit Maigret teilen wollte. Er beendete das Gespräch mit der Journalistin und sah auf die Uhr. Wenn Maigret pünktlich war, wäre sie in ein paar Minuten da. Die Neuigkeit von Hélène Simon war wie die Sahnehaube auf der Torte zu dem, was er über Ashrafi herausgefunden hatte. Philippe freute sich schon auf die Augen der Kommissarin, wenn er ihr zeigte, wie man Ermittlungen vorantrieb und dass er seine eigenen Quellen hatte.

Seinen Triumph schmälern konnte allerdings sein Date mit der Comtesse. Dafür schämte er sich umso mehr vor der Kommissarin, die ihn mit der blonden Schönheit ertappt hatte. Die übliche Ausrede für seine amourösen Eskapaden – »Das Verlangen war stärker als ich!« – mochte vielleicht Daniel und Eric zum Lachen bringen. Charlotte Maigret sicher nicht. Ihr Bild über ihn als nichtsnutzigen Schwerenöter und Lebemann war bestätigt. Und nicht nur ihres. Wenn er daran dachte, dass Tante Aude Wind davon bekommen könnte, strömte ein heißer Schauer durch seinen Körper. Er wurde rot, obwohl er allein an seinem Tisch in der Ecke saß. Sein Handy vibrierte. Eine Nachricht von Maigret: »Bin in zwei Minuten da.« Er musste sich zusammenreißen.

KAPITEL 27

Es war kurz nach zehn, als Charlotte Maigret das Café betrat. Die jazzigen Klänge des alten Hits, den Daniel im Café erklingen ließ, beruhigten Philippe. Er hatte sich gefasst und die Vielzahl an Informationen, die er inzwischen in seinem Kopf gesammelt hatte, sortiert. Er würde die Kommissarin davon überzeugen, dass er ein ernstzunehmender Ermittlungspartner war. Und er würde seinen Zwischensieg genießen.

Als ob die alten Chansons aus den frühen Siebzigern ihr Soundtrack wären, kam Charlotte Maigret heute in einem in der Mitte geknöpften Wildledermini und einem engen Pulli mit orange-rot-braunem Siebzigerjahre-Wellenmuster. Dazu trug sie braune Schaftstiefel mit hohem Absatz. Sie sah gut aus. Daniel, der hinter dem Tresen hantierte, zwinkerte Philippe zu, als sie sich zu ihm an den Tisch setzte. Er hatte offenbar völlig falsche Vorstellungen vom Zweck dieses Treffens.

»Madame la Commissaire. Endlich.«

Philippe beugte sich über den kleinen Bistrottisch und hauchte ihr einen Kuss auf ihre schmale rechte Hand. Die Kommissarin zog sie erschrocken zurück und fuhr sich verlegen durch die Haare, bevor sie ihn mit einem knappen »Bonjour« begrüßte.

Daniel kam mit einem Tablett und stellte zwei Tassen Café au lait, zwei Gläser Crémant und ein Körbchen mit buttrig duftenden Croissants zwischen ihnen ab.

»Ich wüsste nicht, dass ich etwas bestellt habe. Gibt's was zu feiern?«, fragte Maigret.

»Ist das Leben nicht Grund genug?«, erwiderte Philippe, griff nach dem Crémant und prostete ihr zu.

»Ich bin im Dienst.«

»Natürlich.«

»Wollen Sie mich nach Ihrer Nummer mit der Comtesse milde stimmen?«, spöttelte sie und wies auf den gedeckten Frühstückstisch.

»Ich will frühstücken, Madame. Ich dachte, Sie vielleicht auch? Greifen Sie zu, es schmeckt alles köstlich«, flötete Philippe sie in freudiger Erwartung seines eigenen großen Auftritts an.

»Die sind fettig und haben keinerlei Nährwert. Und ich habe keine Zeit. Also. Worum geht's?«, nörgelte Maigret.

»Ihren unverwechselbaren Charme und Ihr Einfühlungsvermögen haben Sie von Ihrem literarischen Namensvetter geerbt, oder?« Philippe grinste sie an und ließ sich sein Buttercroissant schmecken.

Charlotte Maigret sah kurz so aus, als ob sie etwas Bissiges entgegnen wollte, besann sich aber und nahm zögerlich die Kaffeetasse hoch. Sie nippte daran und schaute Philippe über den Tassenrand hinweg an.

»Madame Maigret, was wissen Sie über den internationalen Kunstmarkt?«, begann Philippe.

»Nicht mein Ressort, da müssen Sie sich ans OCBC wenden. Aber eins weiß ich: Es ist ein heißes Pflaster«, erwiderte Maigret. Dann setzte sie spitz hinterher: »Was wollen Sie mir eigentlich erzählen, Monsieur du Pléssis?«

»Nun, ich suche keinen Ansprechpartner, ich habe dazu selbst einiges in Erfahrung gebracht. Ich habe noch einmal zu Laurent Delacour recherchiert. Dem geplatzten Deal mit Ashrafi. Das OCBC hat beide schon länger auf ihrem Radar. Dubiose Kunstgeschäfte im großen Stil. Mal war Delacour der Zwischenhändler, mal Ashrafi. Vor zehn Jahren lief ein Geschäft aus dem Ruder: Sie stahlen romanische Fresken aus einer Templerkapelle hier im Loiretal, vermutlich im Auftrag eines Sammlers. Eine fingierte Auktion, ein Angestellter, der plaudert, und der ganze Deal geht schief. Delacour kam ins Gefängnis und Ashrafi kann man bis heute nichts nachweisen. Nicht einmal über die Bank, über die alles gelaufen ist.« Philippe nippte an seinem Crémant.

Maigret fragte: »Das ist nichts Neues. Und?«

Philippe fuhr unbeirrt fort. Er kam richtig in Fahrt. »Die Bank, über die die Summe abgewickelt wurde, weiß nur, was alle Banken wissen: Sie kennen ihre Kunden, aber nicht diejenigen, die das Geld einzahlen. Die Spur führte damals nach Saudi-Arabien.«

»Saudi-Arabien? Ein Scheich hängt sich romanische Fresken aus der französischen Provinz auf?« Charlotte Maigret klang ungläubig. »Kaufen die eigentlich alles, was nicht niet- und nagelfest ist? Rostige Nieten aus dem Eiffelturm? Abgebrannte Balken aus Notre-Dame?«

»Ein romanisches Fresko ist mehr wert als Ihre Beispiele, Madame, aber ja: Es gibt für allerlei Absonderlichkeiten Nischen im Kunstmarkt. Ein Paradies für Geldwäsche. Der Finanzmarkt wird stark kontrolliert, aber in der Kunst ist die Preisgestaltung völlig intransparent. Der Kunstmarkt toppt die beiden anderen Geldwäsche-Eldorados Immobilien und Fußball bei Weitem. Es läuft immer ähnlich ab. Käufer und Verkäufer bleiben meist anonym. Die Herkunft der Werke in der Regel ebenfalls. ›Collection of a Gentleman‹ ist eine sehr häufige Provenienz, vielleicht die häufigste.« Wieder nippte Philippe an seinem Crémant und lehnte sich zufrieden in seinem Stuhl zurück. Die Kommissarin schien ihm aufmerksam zuzuhören. »Der Verkauf läuft meistens über Auktionen. Da werden die Preise dann hochgetrieben: Galeristen und Sammler steigern hoch, um ihren Bestand zu schützen. Auktionatoren geben fiktive Gebote ab. Oder es gibt Absprachen unter den Käufern. Die Zwischenhändler haben meist eine Sitzgesellschaft im Ausland. Briefkastenfirma. Das funktioniert einwandfrei. Der Kunstmarkt selbst hat kein Interesse daran, reguliert und kontrolliert zu werden. Den beteiligten Banken, die die Geldwäschegeschäfte melden könnten, legt man Berechtigungserklärungen vor, die oft nicht hinterfragt werden. Dahinter kann alles Mögliche stecken: Drogengeschäfte, organisiertes Verbrechen, korrupte Politiker. Afrikanische Potentaten und ihre Frauen beispielsweise mischen da kräftig mit.«

»Monsieur du Pléssis, schweifen Sie nicht vom Thema ab. Bei Ihrem Vortrag muss ich eher an unseren Ex-Präsidenten Sarkozy und seine, nennen wir es einmal ›unkonventionelle‹, Wahlkampf-Finanzierung denken«, unterbrach ihn die Kommissarin.

»Aber Carla Bruni-Sarkozy ist eine sehr schöne Frau.« Philippe grinste Charlotte Maigret an, die mit einem genervten »Was tut das denn zur Sache?« reagierte. Es machte ihm einen Heidenspaß, sie zu reizen, aber er musste jetzt langsam zum Höhepunkt seiner Ausführungen kommen.

»Es geht um noch viel größere Summen als die von Sarkos Wahlkampf. Für eine Giacometti-Figur sind neulich 141,3 Millionen Dollar über den Tresen gegangen. Käufer unbekannt. Die Summen sind das eine. Das andere aber ist der schreckliche Umstand, dass auf diese Weise unveräußerliche Kulturgüter außer Landes gebracht werden. So wie die ›Hirten auf dem Feld‹.«

Er hatte seinem letzten Satz einen theatralischen Schlusspunkt verpasst. Es dauerte nicht lang und Charlotte Maigret reagierte: »Heißt das, dass Khaled Ashrafi hinter den beiden Morden steckt?«

»Das heißt, dass er hinter dem Diebstahl steckt«, triumphierte Philippe.

Sie hatte angebissen. Jetzt konnte er seine letzten Trümpfe ausspielen. Also redete er weiter: »Um es kurz zu machen:

Ich bin dem Dieb auf der Spur. Ob er auch der Mörder ist, ist Ihr Problem, Madame. Meinen Erkenntnissen nach könnte das Bild in einem Zollfreilager in der Schweiz lagern. In Genf. Herrliche Gegend. Ich hatte dort einmal hervorragende Egli-filets aus dem See und danach eine Honig-Mandel-Torte. Waren Sie schon einmal in Genf? Wissen Sie, dass eine Genfer Köchin im 17. Jahrhundert die Soldaten, die die Stadt erstürmen sollten, mit ihren Kochtöpfen beworfen hat? Die Genfer feiern das jedes Jahr mit winzigen Töpfchen aus bester Schokolade.«

»Monsieur le Baron, ich bin nicht hergekommen, um mir Ihre kulinarischen Abschweifungen anzuhören. Also: Wie sind Sie auf dieses Zollfreilager gekommen?«

»Wenn man die richtigen Quellen hat, ist es ganz einfach. Der Mann, von dem Sie bisher nur glaubten, dass er ein Kunstmäzen und zwielichtiger Händler sei, hat wesentlich mehr Dreck am Stecken. Khaled Ashrafis Name steht auf einer Liste des UN-Sicherheitsrats. Und zwar schon seit Langem. Er gibt sich als frommer Muslim mit einem Hang zur Wohltätigkeit, den er in mehreren Wohlfahrtsverbänden auslebte. Und lebt. Er soll über seine Wohlfahrtsverbände in den Neunzigerjahren Milizen im Jugoslawien-Krieg finanziert haben. Außerdem ist er Teilhaber oder Eigentümer von mindestens acht verschiedenen Firmen. Darunter ist auch eine Stiftung, die eine wichtige Geldquelle von Al-Qaida sein soll. Das Finanzministerium hat mehr als eine Merkwürdigkeit auf den Konten dieser Firmen beobachtet. Beispielsweise Einzahlungen, die zwanzigfach höher als der Umsatz der Firma sind.«

»Und?«, fragte Maigret nur lapidar, aber man konnte ihr ansehen, dass es in ihr arbeitete.

»Und dann hat das Finanzministerium die Ermittlungen gegen ihn wegen Terror-Finanzierung eingestellt. Einfach so.

Er sei ein der Wohltätigkeit verpflichteter Geschäftsmann. Zu mehr gebe es keine Anhaltspunkte.«

»Sie wollen, dass ich das überprüfen lasse?«

»Madame la Commissaire, Kompliment. Die Zusammenarbeit mit Ihnen ist wirklich ein Quell der Freude.«

»Und wie hängt das Ganze mit meinen Mordfällen zusammen?«, überging sie seinen Kommentar.

»Kunstdiebstahl. Terrorfinanzierung. Was sagt Ihnen das?«

»Sie meinen, dass das Bild nicht um seiner selbst willen gestohlen wurde, sondern um damit dunkle Machenschaften zu finanzieren«, murmelte Charlotte Maigret nachdenklich.

»Richtig. Vielleicht geht es hier um Machenschaften, die weit dunkler sind als das France-de-cœur-Projekt, auf das wir bisher unsere Aufmerksamkeit gerichtet haben.«

»Das würde bedeuten, dass wir es mit einem Fall von Artnapping zu tun haben. Julia Berger und Laurent Delacour wussten etwas und mussten deshalb sterben. Ich muss gestehen, Monsieur du Pléssis, das ist sehr gute Arbeit. Es ist zwar vermutlich besser so, wenn ich nicht weiß, aus welchen Quellen Sie Ihre Informationen haben. Aber diese Puzzleteile scheinen sich perfekt ineinander zu fügen.«

Charlotte Maigret griff nun endlich zu ihrem Crémant-Glas und nahm einen großen Schluck.

Die Atmosphäre entspannte sich. Zum ersten Mal, seit sie gemeinsam ermittelten. Einvernehmlich schweigend saßen sie zusammen da und leerten das Körbchen mit den Croissants. Aus den Lautsprechern dudelte inzwischen eine Rockballade von Johnny Hallyday. Maigret lehnte sich in ihrem Stuhl zurück und ließ den Blick durch das Café schweifen. Dann ließ sie zwei Tütchen braunen Zucker in ihren Kaffee sacken, rührte um und nahm einen Schluck. Als sie die Serviette wieder vom Mund nahm, mit dem sie die Milchschaumreste weggewischt hatte, lächelte sie. Philippe konnte es kaum glauben. Aber sie lächelte ihn tatsächlich an. Er nutzte den Moment.

»Wissen Sie, Madame. Die Ratten gestern. Ich verstehe Ihre Abneigung. Widerliche Viecher.«

»Genau wie ihr Besitzer. Ich hatte für eine Sekunde Angst, sie könnten aus dem Käfig abhauen«, gab sie zu.

»Bei mir sind es Hunde. Für viele sind sie der beste Freund des Menschen. Aber ich kann darauf verzichten, dass sie mir zu nahe kommen.«

Jetzt lächelten beide. Es war ein Augenblick völligen Einverständnisses zwischen ihnen.

»Ich mag es auch nicht, wenn man mir zu nahe kommt. Egal ob Tier oder Mensch.«

»Nicht dass ich das in den letzten Tagen nicht schon bemerkt hätte.« Philippes Lächeln ging in ein Grinsen über.

»Sie haben uns einen großen Schritt weitergebracht, Monsieur du Pléssis. Merci.«

Sie berührte kurz Philippes Hand mit ihrer. Ihre Finger waren warm und ein bisschen rau.

Wie zur Bestätigung ihres Einvernehmens sang Hallyday in die entstandene Stille hinein, dass erst durch das Aneinanderreiben zweier Steine ein Funke entstehe, mit dem man ein Feuer entfachen könne.

Sie ist ein besonders harter Brocken, aber: eins zu null für mich, freute sich Philippe.

KAPITEL 28

Der junge Mann zuckte, als das Telefon die Stille im Raum durchbrach. Er zog das Band unwillkürlich zusammen. Philippe röchelte. Mit weit ausgebreiteten Armen stand er da, die Brust seinem Peiniger zugewandt. Die kleinen Nadeln stachen ihn an der Schulter und am Nacken. Unwillkürlich versuchte er, den Kopf wegzuziehen. Doch das Band war zu straff.

»Wie lange noch?«, jammerte Philippe.

»Stillhalten! Sonst passiert hier ein Unglück«, warnte der junge Mann. »Ich habe einen Auftrag. Ich mache keine halben Sachen. Konzentriert bis zum Schluss.«

»Warum werde ich so gequält? Das habe ich nicht verdient.« In Philippes Stimme lag echte Verzweiflung.

»Daran sind einzig und allein Sie selbst schuld, Monsieur.« Der Tonfall des jungen Mannes war streng und vorwurfsvoll. Mit einem Ruck riss er das Kragenband herunter und steckte es ab.

Wieder meldete sich das Telefon.

»Machen Sie ruhig weiter. Wir ignorieren das einfach«, sagte Philippe.

»Sehr wohl, Monsieur. Ich habe hier noch ein kleines Problem mit der Ausschnitttiefe des Hemds. Helfen Sie mir: Hatten wir uns auf einen oder zwei Knöpfe geeinigt?«

»Zwei. Und mit Billetttasche, bitte.«

»Die Ärmellänge? Wie immer auf Manschette abgestimmt, Monsieur?«

Der junge Schneider legte jetzt das Maßband an der Schulter an und führte es bis zum Handgelenk. Er verstand etwas von seinem Handwerk. Philippe war schon über eine Stunde im »L'homme moderne«, dem besten Herrenausstatter in Tours.

Zum dritten Mal spielte sein Handy die Melodie von »Je t'aime«.

»Gehen Sie ruhig ran, Monsieur. Ich habe alle Maße, die ich brauche, überprüft. Lassen Sie die Dame Ihres Herzens nicht zu lange warten.«

Verschwörerisch zwinkerte der Schneider ihm zu. Zu der vornehm zurückhaltenden Atmosphäre der Maßschneiderei wollte sein impertinentes Grinsen nicht passen. Diskretes Auftreten musste er noch lernen. Philippe nahm sich vor, sich beim nächsten Mal wieder vom Chef persönlich bedienen zu lassen. Er warf einen Blick auf das Display. Eine deutsche Nummer. Wahrscheinlich die Versicherung. Das musste warten. Schließlich war er schon länger nicht mehr im »L'homme moderne« gewesen. Er widmete sich mit heiligem Ernst dem Glastisch mit den Neuheiten. Seine Laune war großartig. Er hatte es dem schnippischen Cowgirl gezeigt. Zur Feier des Tages gönnte er sich zusätzlich zu den neuen Maßhemden noch eine Fliege mit dem dazu passenden Einstecktuch in einem rot-blau-grünen Würfelmuster. Beides legte er sofort an. Es war das Tüpfelchen auf dem i zu seinem braunen Sakko und dem hellblauen Hemd.

Langsam schlenderte er durch die Altstadt in Richtung Place Plumereau und fasste im Kopf den Stand der Dinge zusammen. Er hatte Maigret erfolgreich in seine Ermittlungen eingespannt. Sicher hatte sie sofort alle Hebel gegen Ashrafi in Bewegung gesetzt. Wenn sie das Bild tatsächlich in dem Zollfreilager fänden, wäre sein Fall erledigt. Dann musste Maigret in Sachen Mord allein weiterermitteln und er konnte sich um seine eigenen Angelegenheiten kümmern. Es war beinahe schade darum. Die Arbeit an dem Fall hatte begonnen, ihm Spaß zu machen. Nur dieser einen Sache wollte er unbedingt noch nachgehen. Notfalls auch nur für sich. Er musste einfach wissen, ob er falschlag oder nicht.

Wieder das Telefon. Diesmal kündigte der alte Hit von »Téléphone« auf seinem Handy die Kommissarin an.

»Gerade habe ich an Sie gedacht, Madame. Geht es um unseren gemeinsamen Freund Ashrafi?«, begrüßte er sie.

»Es gibt Neuigkeiten, Monsieur le Baron«, kam sie ohne Umschweife zur Sache. »Die Rechtsmedizin hat eine stark erhöhte Dosis Diazepam in Julia Bergers Blut gefunden.«

Philippe überlegte, woher er den Namen des Medikaments kannte.

»Diese Idioten haben den Befund schon seit vorgestern, aber der Herr Doktor hat es nicht für nötig befunden, mich sofort zu informieren.«

»Aber wir wussten doch die ganze Zeit schon, dass es Mord war«, erwiderte Philippe.

»Das ist noch nicht alles«, fuhr Maigret fort. »Julia Berger war im zweiten Monat schwanger.«

Philippe pfiff durch die Zähne: »Das ist allerdings eine Überraschung.«

Er dachte an die Information von Stefanie Billinger. Dass die Berger schwanger war, brachte ihn sofort auf eine Idee. Charlotte Maigret schien keine Ahnung davon zu haben, dass die Kunstsachverständige und Delacour ein Verhältnis gehabt hatten.

»Ich habe das gesamte Umfeld von Julia Berger überprüfen lassen. Die deutschen Kollegen haben ihre Ergebnisse geschickt.«

»Ja – und?«, fragte Philippe.

»Nichts und.« Sie zögerte. Dann setzte sie hinzu: »Auf Deutsch.«

Diese Steilvorlage konnte er sich nicht entgehen lassen.

»Sicher benutzen Sie auch diese hervorragende neue Übersetzungssoftware aus den USA? Wirklich erstaunlich, was die KI heutzutage schon alles zu Wege bringt. Ich habe gelesen …«

»Hören Sie, Monsieur du Pléssis. Ihre Meinung dazu würde mich wirklich interessieren. Würden Sie vorbeikommen und einen Blick darauf werfen?« Maigret bemühte sich, resolut zu klingen. Es musste sie große Überwindung gekostet haben, Philippe um etwas zu bitten. Er überlegte, ob er sie noch ein wenig zappeln lassen sollte. Andererseits sollte er den Bogen wohl besser nicht überspannen. Noch war der Fall nicht abgeschlossen.

»Wann können Sie da sein?«, drängelte Maigret.

Als er eine Viertelstunde später in ihrem Büro saß, war die Kommissarin so freundlich zu ihm wie noch nie. Bevor sie ihm einen Stuhl anbot, wischte sie selbst mit der Handfläche zweimal über das Kunstleder. Dann berichtete sie, was sie verstanden hatte. Die deutsche Polizei hatte das Umfeld Julia Bergers in ihrer Heimat überprüft und keinerlei Hinweise auf eventuelle Feinde oder Unregelmäßigkeiten gefunden. Sie war eine völlig unbescholtene Versicherungsangestellte. »Wir tappen weiterhin im Dunkeln. Und unseren Hauptverdächtigen mussten wir laufen lassen. Warum nur kommen wir in beiden Fällen nicht weiter?«, stöhnte Maigret.

»Vielleicht haben wir bisher einfach an der falschen Stelle gesucht. Und vielleicht …«, er machte eine Pause und suchte auf Maigrets überhäuftem Schreibtisch einen Platz für die deutschen Unterlagen, »… und vielleicht sogar im falschen Land. Was wäre, wenn der Mord an Julia Berger und der Diebstahl des Gemäldes gar nicht in Zusammenhang stehen?«

Auf der einzigen freien Schreibtischecke war ein Kaffeetassenrand. Philippe entschied sich für den Papierstapel und legte die dicke Akte schwungvoll darauf. Der Blätterstoß neigte sich bedrohlich zur Seite.

Charlotte Maigret sah Philippe aufmerksam an: »Sondern? Ein Unfall? Sie erwischt aus Versehen zu viel Diazepam, ist benommen, stürzt und stößt sich den Kopf. Tot. Unwahrscheinlich. Schließlich gibt es die Kopfverletzung mit einem stumpfen Gegenstand.«

»Und Diazepam nicht an jeder Straßenecke. Außerdem nimmt man das nicht, wenn man schwanger ist. Ich könnte mir auch ein anderes Motiv vorstellen: Eifersucht. Oder Rache.« Philippe wollte sie noch einen Moment lang auf die Folter spannen.

»Eifersucht?« Maigret zog die Augenbrauen hoch und verschränkte ihre Arme vor der Brust.

»Julia Berger hatte ein Verhältnis mit Laurent Delacour«, eröffnete Philippe der Kommissarin.

Charlotte Maigret blickte ihn kurz ungläubig an. Dann sprang sie wie von der Tarantel gestochen von ihrem Stuhl auf und stieß an die Tischkante.

Der Papierstoß kam ins Wanken und eine Akte nach der anderen segelte auf den fleckigen Teppichboden, zuletzt die deutsche. Sie wirbelte eine Staubwolke auf. Philippe hüstelte in sein Taschentuch.

»Das sagen Sie mir erst jetzt? Erst der vertrödelte Rechtsmediziner und dann kommt heraus, dass Sie mir wichtige Informationen vorenthalten. Wie soll ich so arbeiten?«, herrschte sie ihn an. »Am Ende wissen Sie auch noch, wer aus Eifersucht gemordet haben könnte? Zuerst die Berger und dann Delacour?«

»Nun«, Philippe nestelte nervös an seiner Fliege herum, »ich fürchte, ich habe einen Verdacht, ja.«

»Lassen Sie mich raten: Die Berger hat einen Verflossenen, der zuerst sie und dann seinen Nebenbuhler um die Ecke bringt? Schema ›Wenn ich dich nicht kriege, dann kriegt dich auch kein anderer‹?« Maigret stand der Zweifel ins Gesicht geschrieben. »Monsieur du Pléssis, sind Sie wirklich so naiv oder völlig übergeschnappt? Ihre Theorie ist absoluter Quatsch. Julia Bergers Ex reist ihr aus Deutschland hinterher? Natürlich. 1.000 Kilometer für einen Mord, den er auch vor der Haustür erledigen kann. Woher haben Sie Ihre banalen Ermittlungsmethoden? Echte Polizeiarbeit sieht anders aus. Nichts als Hirngespinste sind das«, schnaubte sie. »So kommen wir keinen Schritt weiter.«

»Ich gebe Ihnen recht«, fuhr Philippe unbeirrt fort. »Das Schema stimmt meistens. Es sieht nach einem Mann aus. Mit Verlaub: Ich werde das Gefühl nicht los, dass Sie etwas gegen Männer haben, Madame.«

»Ihr Verdacht, Baron!«

Die Kommissarin holte tief Luft. Philippe hob beschwichtigend die Hände. Tatsächlich trat ein Moment der Stille ein. In Philippes Gehirn begann es, fieberhaft zu arbeiten. Diazepam war nichts anderes als Valium. Der Mörder hatte Julia Berger betäubt, bevor er zugeschlagen hatte. Das sprach für eine geplante Tat und nicht für Mord im Affekt, was es sicher gewesen wäre, wenn die Berger den Dieb auf frischer Tat ertappt hätte. Diazepam bekam man nur auf Rezept. Wenn nicht Idriss oder Ashrafi oder Delacour Julia Berger ermordet hätten, suchten sie hier von Neuem nach dem großen Unbekannten. Sie müssten weiter im Umfeld Delacours suchen. Hatte er vielleicht eine Bande Kleinkrimineller mit Diebstählen beauftragt? Oder war es ein Clan? Fieberhaft versuchte er, sich daran zu erinnern, was er alles in Delacours Büro gesehen hatte, als er dort unerlaubterweise nach Spuren gesucht hatte. Hatte er irgendetwas übersehen? Und plötzlich fiel es ihm ein. Der weiße Lieferwagen in Delacours Hof. Das Foto des Geschichtsvereins vor der Jeanne-d'Arc-Statue. Die

Medikamentenpackungen in dem bunten Baumwollbeutel. Die Briefe. Es passte alles zusammen. Nach Fassung ringend ließ er die Hände sinken, bevor er leise hervorbrachte: »Es muss nicht immer alles nach Schema F zugehen. Wir haben es nicht mit einem eifersüchtigen Mann als Mörder zu tun.«

»Ach nein? Wenn Sie einen bestimmten Verdacht haben, Monsieur le Baron, dann spucken Sie es aus!«, schäumte Maigret.

LC. Es stand nicht für »Laurent chéri, geliebter Laurent«. Die Briefe, die Philippe gefunden hatte, waren nicht von irgendeiner verflossenen Liebe oder Delacours Ex-Frau. Sie stammten von jemandem mit einer dementen Mutter. Von jemandem, der vom Arzt ein Rezept für Diazepam bekam. Von jemandem, der es mit einer benommenen, betäubten Julia Berger allemal aufnehmen konnte.

»Also kein eifersüchtiger Mann als Mörder. Sondern?«, fauchte die Kommissarin.

Er sah Maigret direkt in ihre grünen Augen:

»Sondern mit einer eifersüchtigen Mörderin. Wir müssen nach Chinon.«

LC. Es stand nicht für »Laurent chéri«. Es stand für »Laurent & Christelle«. Christelle Albert.

KAPITEL 29

Charlotte Maigret war Philippes Aufruf nur widerwillig gefolgt. Sie hatte seinen Einfall als Schnapsidee bezeichnet und als Beweis dafür genommen, dass Philippe keine Ahnung von zielstrebigem, linearem Ermitteln hatte. Er selbst sei es schließlich gewesen, der Ashrafi als Hauptverdächtigen ins Spiel gebracht hatte. Und diese Spur zu verfolgen, lohne sich auch aus ihrer Sicht. Die Archivarin hatte sie als graues Mäuschen bezeichnet und Philippes Idee als Holzweg. Schließlich war sie nur mit ihm losgefahren, um ihm genau das zu beweisen.

Im Gegensatz zu Philippe glaubte sie nach wie vor an ein gemeinsames Motiv für den Diebstahl und die Morde und suchte nach dem Tatmuster. Doch genau diese Denkweise der Kommissarin hatte Philippe auf die Mörderin von Julia Berger gebracht. Denn er hatte prinzipiell etwas gegen das Schema F. Wie immer im Leben suchte er nach der individuellen, mitunter auch exzentrischen Abweichung davon.

Die Schimpfkanonaden der Kommissarin hatte er unterwegs wortlos über sich ergehen lassen und sich währenddessen mental auf das Gespräch mit Christelle Albert vorbereitet. Die beruhigende Wirkung des Flusses, der neben dem Autofenster seine gewaltigen Wassermassen in Richtung Atlantik schob, hatte ihm dabei geholfen, sich zu konzentrieren.

Erleichterung. Das traf es wohl am besten, was Christelle Albert ausstrahlte, als Philippe sie mit seinem Verdacht konfrontierte. Die Ermittler hatten sie im Archiv angetroffen. Christelle hatte keinen Widerstand geleistet und ihre Schuld am Tod von Julia Berger zugegeben.

Nun saßen sie im selben Konferenzraum, in dem sie auch schon mit Idriss gesprochen hatten. Und nach und nach hatte sich durch Philippes behutsame Fragen ein Bild vor ihrem geistigen Auge zusammengebaut, das zeigte, wie es zum Tod der Deutschen gekommen war.

Dass Julia Berger vor dem Event in Cotignac ihren Liebhaber überraschen wollte, war ihr zum Verhängnis geworden. Wäre sie nicht nach Chinon, sondern direkt nach Cotignac gefahren, wäre sie ihrer Mörderin nicht begegnet. Der Zufall spielte oft eine Rolle in Verbrechen, denn er war es, der die Gelegenheiten für Taten schuf.

Zufällig hatte sich Julia Berger allein im Laden aufgehalten, während Delacour bei einem Banktermin gewesen war. Zufällig hatte Christelle Albert, die sich gerade auf den Rückweg von einigen Besorgungen in ihr Archiv gemacht hatte, an der Place Charles de Gaulle beobachtet, wie eine Ladung Amerikaner aus einem Touristenbus in die Gassen der Stadt geschwappt war. Sie hatte spontan beschlossen, Laurent in seinem Laden zu helfen, dessen Souvenirs die Reisenden in Scharen anzogen. Sie sei im ersten Moment perplex gewesen, als sie statt Laurent Delacour die Deutsche angetroffen hatte. Aber geistesgegenwärtig genug, um zu erkennen, dass das ihre Chance war, die Konkurrentin ein für alle Mal aus dem Weg zu räumen. Dass ihr geliebter Laurent eine andere hatte, hatte sie ihm schon vor Monaten angemerkt. Er hatte oft abwesend gewirkt, wenn sie mit etwas Leckerem aus der Pâtisserie zu ihm gekommen war, um mit ihm in seinem Laden einen Petit Café zu trinken. Hatte ständig auf sein Handy gesehen. Das Gerät angelächelt, wenn er etwas darauf las. In seinen E-Mails hatte sie es herausgefunden. Er war so dumm gewesen. Naiv. Denn dass sie sein Passwort kannte, wusste er. Er schien es gar nicht vor ihr verbergen zu wollen. Und eines Tages hatte er sie ins Vertrauen gezogen. Laurent hatte der Archivarin erzählt, dass er seine große Liebe gefunden habe. Sie hatte für einen kurzen Moment geglaubt, er würde ihr endlich ein Liebesgeständnis machen. Sie hatte es verdient, nach all den Jahren, in denen sie ihn heimlich geliebt hatte. Nach all ihren Bemühungen um ihn in den letzten Monaten. Doch nicht ihren Namen hatte er ausgesprochen, als er von der Frau sprach, mit der er den Rest seines Lebens verbringen wollte. Der Mann, den sie liebte, zog sie ins Vertrauen wie eine beste Freundin. Er schien überhaupt nicht auf die Idee zu kommen, dass zwischen ihnen mehr als freundschaftliche Gefühle bestehen könnten. Er hatte sein Glück mit ihr teilen wollen, ohne zu spüren, dass er sie damit ins Unglück stieß. Es war die größte Demütigung gewesen, die sie sich vorstellen konnte. Für alle ihre Signale war er blind gewesen, weil er in Wahrheit eine andere liebte. Dieses deutsche Miststück, das sie aus der Confrérie kannte. Als ob es mit der Demütigung noch nicht genug gewesen wäre, erzählte er ihr freudestrahlend, dass er schon bald zu Julia Berger nach Deutschland übersiedeln wolle. Der Narr. Sie, Christelle, war sein Glück auf Erden. Wenn sie ihn nicht haben konnte, dann sollte ihn auch keine andere haben. Das Diazepam hatte Christelle zufällig zuvor in der Apotheke für ihre Mutter abgeholt. Die alte Frau war dement und bekam das Medikament zur Beruhigung gegen ihre Halluzinationen und Angstzustände.

»Wie haben Sie Julia Berger das Medikament verabreicht?«, fragte Maigret.

»Sie hat es nicht einmal gemerkt, das blöde Trampel. Ein ordentlicher Schuss Grenadinesirup und sie hat das Glas in einem Zug runtergestürzt.« Christelle Albert verzog ihr zartes Gesicht zu einer verächtlichen Grimasse. Die Erleichterung bei ihrem Geständnis hatte zu der schüchternen Frau gepasst, die Philippe im »Le Lysandre« bei einem Tee gegenübergesessen hatte. Aber jetzt hatte er eine andere Person vor sich. Die zarte Archivarin im Blümchenkleid hatte sich in eine von Eifersucht getriebene Mörderin verwandelt, die ohne eine Gefühlsregung weitererzählte: »Es war genauso, wie man es im Beipackzettel nachlesen kann. Zuerst leichter Schwindel, dann Kreislaufprobleme. Sie hat das auf die Müdigkeit von der Reise geschoben. Und mir trotzdem geholfen, die Bücherkisten, die mir angeblich zu schwer waren, in den Lieferwagen zu schleppen. Im Hof fing sie an zu taumeln, hatte Gehschwierigkeiten, als sie in den Lieferwagen stieg. Und dann habe ich es einfach getan.«

Christelle Albert sah zuerst Maigret, dann Philippe an. Ihr Gesicht sah müde aus.

»Mademoiselle Albert, Sie haben die Tat bereits gestanden. Erzählen Sie uns, wie Sie es gemacht haben. Sie ist schließlich nicht an einer Überdosis Diazepam gestorben«, herrschte Maigret sie an.

Die Archivarin schien wie erstarrt. Sie sah vom Boden auf ins Leere, hatte die Augen weit aufgerissen zu einem ungläubigen Staunen. Um ihre Mundwinkel zuckte es nervös. Ihr Brustkorb hob und senkte sich schnell.

»Mademoiselle? Wie kam es zu Julia Bergers Tod?« Philippe sprach einfühlsam.

Die junge Frau hatte sich wieder gefasst. Sie verkrampfte ihre Hände im Schoß ineinander und richtete mühsam den Kopf wieder auf. Dann wandte sie sich direkt an Charlotte Maigret: »Verhaften Sie mich, Madame la Commissaire. Ich habe sie erschlagen. Mit der Encyclopédie généalogique de la noblesse française.«

»Mit dem Adelslexikon?« Charlotte Maigret sah mit fragendem Blick zu Philippe.

»Mord im Affekt. Oder Totschlag. Das überlassen wir dem Richter«, erklärte er, ein wenig blass um die Nase ob der Kaltblütigkeit der Archivarin.

»Und das soll ich Ihnen glauben? Mit einem Buch? Dem Verzeichnis der französischen Adelsgeschlechter? Seit der Revolution kann es sich dabei doch nur noch um ein schmales Büchlein handeln. Dank der Citoyens, die uns von Ihresgleichen befreit haben, Monsieur le Baron«, platzte es aus Maigret heraus.

»Die Wucht der Geschichte, sozusagen. Allein der erste Band hat mehrere Hundert Seiten«, erklärte Philippe, ohne auf Maigrets Seitenhieb einzugehen.

Der Rest war schnell erzählt. Die Leiche hatte Christelle in Delacours Lieferwagen zum Château gefahren und unbemerkt in den Schlossgraben geworfen. Aus der erhöhten Position der Ladefläche heraus kein Problem. Wegen des Events wimmelte es dort von Leuten und Transportern. Gerade deswegen hatte sich niemand über den etwas abseits geparkten Wagen gewundert. Niemand hatte etwas bemerkt. Auch nicht Delacour selbst. Als er aus der Bank zurückgekommen war, hatte sein Wagen wieder im Hof gestanden, als ob nichts gewesen wäre. Das Geschäft war in der Mittagspause wie immer abgeschlossen und Christelle hatte ihm eine Notiz auf dem Schreibtisch hinterlassen, dass Julia Berger zu einem Termin in Cotignac gefahren sei und sie, die zufällig vorbeigekommen war, im Laden alles geregelt habe.

Mit dem Mord an ihm habe sie aber nichts zu tun, beschwor Christelle Albert. Sie habe Laurent geliebt.

L&C. Laurent und Christelle, dachte Philippe und reichte ihr sein Taschentuch.

KAPITEL 30

Nachdem Christelle Albert von einem Beamten aus dem Zimmer geführt und die Spurensicherung damit beauftragt worden war, Delacours Lieferwagen sicherzustellen und kriminaltechnisch zu untersuchen, saß Philippe einer nachdenklichen Charlotte Maigret in ihrem Büro gegenüber, die in ihrem Stuhl zusammengesunken war. Sie hatte sich schweigend hinter ihrem Schreibtisch verschanzt. Der Aktenstapel, der sich am Vormittag über den Fußboden verteilt hatte, lag unverändert davor. Sie trank in großen Schlucken aus einer Kaffeetasse.

Philippe freute sich wie ein kleiner Junge darüber, dass er den richtigen Riecher gehabt hatte. Er konnte sich einen Kommentar nicht verkneifen:

»Tja, das war's dann wohl endgültig mit Ihrem Verdächtigen, Madame Maigret. Idriss Boulaied ist aus dem Schneider. Ich wusste gleich, dass der arme Kerl unschuldig war. Wer den ganzen Tag über so leckeres Essen herstellt, der kann einfach kein Bösewicht sein.«

»Na und? Zugegeben: Im Fall Julia Berger haben wir ein Geständnis. Zugegeben: Ich bin überrascht. Mord aus Eifersucht. Noch dazu haben wir es mit einer Täterin zu tun, der man es auf den ersten Blick niemals zugetraut hätte.« Ihre grünen Augen funkelten ihn an. »Noch ist aber nicht überprüft, ob sie wirklich die Wahrheit gesagt hat. Und Delacours Mord ist auch noch nicht geklärt. Überlassen Sie mir die Mordermittlungen und kümmern Sie sich lieber um Ihre eigenen Angelegenheiten. Wie steht es mit dem Diebstahl? Gibt es was Neues in Sachen dieses grässlichen alten Schinkens?« Sie legte ihre Cowboystiefel auf das letzte freie Plätzchen an der Schreibtischkante.

Philippe war sprachlos. Nach allem, was er für die Aufklärung der Morde beigetragen hatte, sollte er sich nun wieder um die unliebsamen Ermittlungen um das verschwundene Gemälde kümmern. »Sagen Sie es mir«, konterte er frech und lehnte sich in seinem Stuhl zurück. Er schlug die Beine übereinander und zupfte sein Einstecktuch zurecht. »Was macht unser Freund Ashrafi und das Zollfreilager?«

»In Arbeit«, gab sie zurück.

»Sie haben also noch nichts Neues in meinem Fall erreicht. Während ich Ihren gelöst habe.«

Maigret kniff ihre Lippen zusammen und atmete ein paarmal tief durch. »Bitte, wenn Sie sich so für die Mordfälle interessieren: Bezüglich Delacour haben wir einen neuen Hinweis. Die Gendarmerie von Chinon hat eine Waffe aus der Vienne gefischt, die genau zur Wunde in Delacours Körper passt. Es handelt sich um ein Templerschwert.«

»Eine Antiquität aus dem 13. Jahrhundert? Das nenne ich einmal eine originelle Tatwaffe, finden Sie nicht, Madame?«

»Unsinn. Eine Replik, wahrscheinlich made in China. Der Einstichwinkel der Klinge und die Wucht des Stoßes sprechen für einen Täter mit einer Körpergröße von mindestens einem Meter achtzig.«

»Damit scheidet Christelle als Täterin wohl aus.«

»*Christelle?* Waren Sie mit der Archivarin etwa auch im Bett?«, fragte Maigret süffisant.

Philippe bewahrte die Fassung und überging den Seitenhieb. »Auch wenn eine Frau im Blutrausch gewaltige Kräfte entwickeln kann, spricht die Körpergröße eher für einen Mann. Ich hätte da durchaus einen Verdächtigen im Angebot, wie Sie ja wissen.«

»Einer wie Ashrafi macht sich doch nicht selbst die Hände schmutzig. Für so was hat er seine Leute. Leute wie Idriss.

Es ist wie verhext. Wieso gibt es keinen einzigen Zeugen, der etwas gesehen hat?«, wandte die Kommissarin ein.

»Ja, das ist merkwürdig. Wo Delacours Laden mitten in der Stadt liegt, in einer belebten Straße.«

Mit einem Ruck zog Maigret ihren Stuhl zurück, beugte sich nach vorne und holte ihr Handy aus der Gesäßtasche ihrer Jeans. Während sie durch ihre Kontakte scrollte, sinnierte sie laut:

»Es bleibt mir nichts anderes übrig. Es ist der einzige Anhaltspunkt, den wir haben.«

Philippe verstand nicht, wovon die Kommissarin gerade sprach. Stattdessen erkundigte er sich: »Haben Sie schon die Auswertungen des Kryptohandys?«

»Nein. Die Kollegen in der Hauptstadt sind angeblich total überlastet. Da muss ein Fall aus der Provinz warten«, schnaubte sie.

»Keinerlei Hinweise, wann sie erste Ergebnisse schicken können?«

»Wenn Sie glauben, ich hätte nicht genug Druck gemacht, können Sie es ja gerne einmal selbst probieren, Herr Oberermittler.« Demonstrativ wandte sich Maigret von ihm ab und klappte ihren Laptop auf. Diese Frau strengte ihn an. Sein Magen knurrte und er sehnte sich danach, in Ruhe die Ereignisse zu verarbeiten. Die Tasse Kaffee, die Maigret ihm gebracht hatte, ließ er unberührt stehen. Am Rand klebte etwas Lippenstift. Gab es hier überhaupt eine Spülmaschine?

Philippe erhob sich.

»Ich gehe mal wieder meinen Oberermittlungen nach, Madame. Wenn Sie in meinem Fall mit Ashrafi und dem Zollfreilager vorangekommen sind, dann melden Sie sich bitte sofort bei mir.«

Dann brachte er die Bürotür zwischen sich und Maigrets schlechte Laune.

KAPITEL 31

Eine gute Flasche Rotwein von den Caves de la Rose und ein ordentliches Entrecôte hatten ihn nach dem aufwühlenden Tag gestern wiederhergestellt. Und heute Morgen sah die Welt für Philippe schon wieder deutlich besser aus. Er war wild entschlossen, den Fall zu Ende zu bringen. Er würde das Kästchen für den Duc finden. Auch wenn er noch nicht einmal eine Ahnung hatte, wie es genau aussah oder wie groß es war. Und die »Hirten auf dem Feld«. Damit würde er dem Namen der Familie Ehre machen. Und dem Cowgirl zeigen, was in ihm steckte.

Weil seine Déesse noch immer in der Werkstatt war, hatte Philippe sich Erics Auto geliehen. In dessen Transporter rumpelte er Richtung Cotignac – einem weißen Renault Master. Wie hatte der Duc gesagt? Jeder Handwerker hatte so einen Lieferwagen. Wieso waren die eigentlich alle weiß? Gab es die nicht in anderen Farben? Es nieselte mal wieder und der riesige Scheibenwischer fuhr rhythmisch über die Windschutzscheibe. Die Nachrichten hatten gemeldet, dass keine Wetterbesserung in Sicht war. Die Pegel von Loire und Cher stiegen unablässig. Sicher würde das Hochwasser bald dramatisch werden. In Candes-Saint-Martin, wo Vienne und Loire zusammenflossen, füllten die Bewohner schon Sandsäcke ab, um die Innenstadt zu schützen.

Diesmal ging er gleich um das Manoir herum. Doch im Wintergarten hinter dem Haus empfing ihn nicht Tante Aude, sondern ein fast gleichaltriger Mann, auf dessen Anwesenheit er hätte verzichten können. Er erkannte die dunkelblaue Wachsjacke sofort. Sein Halbbruder saß in einem der schweren Ledersessel mit dem Rücken zur Tür und machte sich nicht einmal die Mühe, sich umzudrehen, als Philippe ins Zimmer trat. Unter der Wachstuchjacke lugte der Kragen eines rosaroten Hemdes hervor. Seine dünnen Spinnenbeine steckten in Reiterhosen und edlen cognacfarbenen Stiefeln, die ihm etwas Herrschaftliches verliehen, genauso wie sein volles, in einer verschwenderischen Locke über die Stirn gewölbtes aschblondes Haar. Mit seiner weißen Porzellanhaut und den blauen Augen wirkte er wie einem Rokokogemälde entstiegen.

»Constant.«

»*Philip.* Deinem Gesichtsausdruck nach hast du mich wohl nicht hier erwartet. Nun, Tantchen hat mir gesagt, dass du kommst. Und da habe ich es mir nicht nehmen lassen, auf dich zu warten. Hat der Meisterdetektiv denn schon eine Spur von unserem Bild?«

Wie immer hatte Constant seinen Namen deutsch ausgesprochen. Aber Philippe war zu gut gelaunt, um sich von ihm provozieren zu lassen. Er konterte gelassen: »Du hast wohl Angst um eure Finanzen, Constant. Wenn ich's mir so überlege, verstehe ich auch, warum. Erst die großzügige Spende an das France-de-cœur-Projekt von Joséphine. Da käme es sehr ungelegen, wenn das Bild nicht wiederauftauchte. Die Versicherungssumme habt ihr sicher nicht eingeplant. Eine kostspielige Angelegenheit, aus Onkel Jean-Baptistes Schloss einen Rummelplatz zu machen.«

»Einen Rummelplatz? Mach dich nicht lächerlich. Du weißt ebenso gut wie ich, dass der alte Spieler knapp bei Kasse ist. Durch unsere Investition versuchen wir nur, größeren Schaden vom Ruf der Familie abzuwenden. Etwas, was dir mit deiner AAD ja ganz offensichtlich nicht zu gelingen scheint, *Philip.*«

»Lasst das Gezanke, Jungens!«, schnarrte es aus dem Salon. Zuerst wehte eine Alkoholfahne in den Wintergarten. Dann Tante Aude in einem seidenen Morgenrock.

»Keine Sorge, Tantchen«, entgegnete Constant und erhob sich mit einem Ruck aus dem Sessel, »ich wollte ohnehin gerade gehen. So kann ich unseren Geschäftspartnern jedenfalls nicht unter die Augen treten. Von einem echten du Pléssis wird mehr erwartet, nicht wahr?« Er deutete an seiner makellosen Reiterkleidung herunter und lachte gekünstelt. Zu Philippe gewandt sagte er: »Schaff das Bild bei, *Philip*. Wir stehen für das Projekt bei Trichet im Wort. Und ein du Pléssis hält sein Wort.«

»Au bout. Ich kenne den Leitspruch. Zur Genüge«, erwiderte Philippe und es gelang ihm dabei sogar ein sarkastisches Lächeln. Er klang so lässig, dass man ihm seine Überraschung nicht anmerkte. Er hatte nur einen Versuchsballon gestartet, als er Constant unterstellt hatte, mit dem zweifelhaften politischen Projekt zu tun zu haben. Und ins Schwarze getroffen.

»Wir wollen doch alle stolz auf dich sein, *Philip*«, setzte Constant noch einmal nach, bevor er sich mit einem Handkuss von Tante Aude verabschiedete und den Raum mit weit ausholenden Schritten seiner Spinnenbeine verließ.

Philippe riss ein Fenster auf und beugte sich weit hinaus. Nach ein paar tiefen Atemzügen spürte er eine Hand auf seiner Schulter.

Audes alkoholschwangerer Atem streifte seine Wange, als sie sich in zärtlichem Ton an ihn wandte: »Deine Mutter war immer sehr stolz auf dich, mein Junge. Du wirst das Bild schon finden, ich bin mir sicher.«

In ihren Augen lag etwas Rührseliges. Oh nein, dachte Philippe. Sie hat ordentlich getankt.

Immer wenn sie angetrunken war, fing sie mit seiner Mutter an. Es war ihm peinlich. Tante Aude musterte ihn aus ihren wachsamen blauen Augen. Er wich dem Blick aus. Aber dann sprach sie überraschend klar weiter: »Du hast noch keine Spur von dem Bild, oder?«

Er schüttelte den Kopf und rutschte in einen der schweren Clubsessel. Die alte Dame war ein Phänomen. Sie hatte ihn schon immer wortlos verstanden. War immer auf seiner Seite gewesen, hatte ihn verteidigt gegen seinen Bruder und die harte Hand des Vaters. Damals. Als es passiert war. Er kämpfte mit den Gefühlen, die aus seinem Unterbewusstsein hervordrängten wie die Blüte einer Sonnenblume, die sich nach dem letzten Licht des Tages reckt. Seine Traurigkeit. Ohnmacht. Verlassensein. Seine Scham, nicht einen Kratzer abbekommen zu haben. Dafür schämte er sich seither. Sie aber, seine Mutter, seine über alles geliebte Mama, hatte nicht überlebt. Philippes Mutter war bei einem Autounfall ums Leben gekommen. Bei einem Wochenendtrip mit ihm, Philippe, und ihrem Geliebten tödlich verunglückt. Sie hatte selbst am Steuer gesessen. Hatte sich auf der schmalen Landstraße nach ihm umgedreht. Er sah ihr Lachen. Die Scheinwerfer des Lkw. Das sich überschlagende Auto. Ihre leblose Hand. All dies brach sich in seinem Inneren Bahn, weil Constant ihn *Philip* genannt hatte. Und Tante Aude sie erwähnt hatte. Er konnte sich nicht dagegen wehren. Philippe schluckte mehrmals schwer.

Ein Unwetter aus Trauer, Erniedrigung und Zorn des Comte hatte sich nach dem Unfall über ihn, den zwölfjährigen Jungen, ergossen. Weil er lebte. Aber sie tot war. Er glaubte damals, aus dem Leben seines Vaters verschwinden zu müssen. Ein Internat in der Schweiz. Er hatte es sich selbst gesucht. Und hatte dem Comte und Constant das Feld überlassen.

Einzig Tante Aude hatte damals für ihn Partei ergriffen. Für ihn, den Zweitgeborenen. Den Sohn der Ehebrecherin.

Als er in die Schweiz ins Internat gekommen war, war das Verhältnis insofern besser geworden, als es so gut wie keines mehr gegeben hatte. Die großen Familienzusammenkünfte an Weihnachten und Ostern – nichts als Fassade. Dennoch: Tante Aude hatte für ihn den Platz an der Seite des Vaters beansprucht.

»Du bist ein rechtmäßiger du Pléssis«, war sie nicht müde geworden zu betonen. Hatte dafür gesorgt, dass er genauso wie Constant bei den Festen des Touraine-Adels eingeladen wurde. Und sie hatte ihm Care-Pakete geschickt, wenn die Zeit zwischen den Ferien zu lang wurde und Philippe Heimweh nach Frankreich bekam.

Auch damals hatte sie schon zu viel getrunken. Aber immer hatte sie gewusst, dass man sich sein Stück vom Kuchen abtrotzen musste in dieser Familie aus Selbstsucht und Standesdünkel.

Er nahm einen Schluck von dem Drink, den sie ihm nun reichte. Der Alkohol schärfte seine Sinne.

»Tante Aude, hat Onkel Jean-Baptiste mit dir über das Bild gesprochen? Warum ist es so wertvoll, dass es jemand stiehlt? Der Maler, dieser Rousseau, ist nicht ganz unbekannt. Seine Bilder erzielen hohe Preise, aber keine Höchstpreise. Weißt du mehr über das Gemälde als ich? Du musst mir helfen.«

Tante Aude ging nicht darauf ein. Stattdessen antwortete sie: »Andouillettes. Donnerstags kocht Madeleine immer Andouillettes. Das ist sein Leibgericht.« Sie nahm einen kräftigen Schluck aus ihrem Ginglas und stierte traurig auf die Eiswürfel darinnen.

Obwohl Philippe fürchtete, dass sie an diesem Morgen bereits so betrunken war, dass von ihr keine klare Antwort mehr zu erwarten war, redete er weiter auf sie ein: »Tante Aude, was redest du denn da? Der Künstler, der die ›Hirten auf dem Feld‹ gemalt hat, dieser Rousseau. Hatte er eine besondere Beziehung zu Cotignac? Und warum ist im Hintergrund Chinon zu sehen?«

»Ausgerechnet heute«, stöhnte Aude und schüttelte den Kopf, »wo es sein Leibgericht gibt.«

Philippe beugte sich nach vorne und packte Aude am Arm, um ihre Aufmerksamkeit zurückzuerlangen. »Du musst mir helfen. Ich muss das Bild finden. Es darf einfach nicht verschwunden bleiben!«

Endlich sah sie ihn an. Dann legte sie den Finger auf ihre Lippen, wie um ihn zum Schweigen zu bringen, und sagte: »Jean-Baptiste ist verschwunden. Wie das Bild. Alle verschwunden. Er ist gestern nicht zum Essen erschienen. Obwohl es Andouillettes gab.« Sie machte eine ausholende Armbewegung. Dann trank sie in einem Zug den restlichen Gin aus.

»Tante Aude, reiß dich zusammen. Was erzählst du mir da? Onkel Jean-Baptiste ist nicht zum Abendessen erschienen. Na und? Die alte Madeleine hat sicher etwas durcheinandergebracht.«

Philippe versuchte, seine Tante, die nun wild den Kopf schüttelte, zu beruhigen. Ihr Alkoholkonsum nahm wirklich bedenkliche Ausmaße an. Das Beste wäre es wohl, sie ins Bett zurückzubringen. Dabei hatte er sie nur nach dem Gemälde ausfragen wollen, um einen neuen Ansatzpunkt für seine Ermittlungen zu finden.

»Ich habe kein gutes Gefühl! Ausgerechnet donnerstags«, lallte Aude.

Wie zur Bekräftigung schenkte sie sich aus den beiden Flaschen auf dem Beistelltisch nach. Dann fischte sie zwei Eiswürfel aus dem silbernen Behälter und ließ sie in ihren Drink gleiten. »Es ist ihm etwas zugestoßen, da bin ich sicher. Du musst sofort los und ihn suchen.« Ihre Zunge wurde immer schwerer. Wieder nahm sie einen tiefen Schluck. »Etwas Schreckliches ist passiert. Der Mörder. Er hat ein weiteres Mal zugeschlagen. Erst die Deutsche, dann Laurent Delacour und jetzt …« Sie machte eine Pause und flüsterte dann mit ausdruckslosem Blick: »Philippe, du musst sofort ins Château. Die ganze Sache ist ihm über den Kopf gewachsen.«

»Welche Sache? Wovon um Himmels willen sprichst du die ganze Zeit, Tante Aude?«

»Ich habe es ihm gleich gesagt. Jean-Baptiste, habe ich gesagt, sei nicht dumm. Die alten Geschichten aus der Confrérie. Alles Quatsch. Lass die Finger davon.«

Tante Audes Glas war so gut wie geleert.

Philippe probierte es noch einmal. »Die Finger wovon? Meinst du die ›Hirten auf dem Feld‹? Wieso hat Onkel Jean-Baptiste nie etwas unternommen, um das Gemälde in Deutschland zu finden und zurückzufordern, wenn es für ihn so wichtig ist? Er kannte doch den Namen des Deutschen, der es mitgenommen hat.«

»Es ist der Fluch von Cotignac.« Düster starrte die alte, zerbrechlich wirkende Dame durch Philippe hindurch. Nun war sie völlig in ihre eigene Gedankenwelt abgetaucht. Sie redete wirres Zeug.

»Du musst ihn unbedingt finden, hörst du? Lebend.« Sie beugte sich mit einem Ruck zu ihm hinunter und packte Philippe bei beiden Armen. Wie Schraubzwingen umklammerten ihre knochigen Finger seine Oberarme. Sie bohrten sich schmerzhaft in seinen Bizeps. Philippe versuchte, sich aus dem Griff der greisen Tante zu winden. Das hier war Zeitverschwendung für ihn. Am besten war es wohl, so schnell wie möglich nach Cotignac zu fahren. Sicher saß Onkel Jean-Baptiste friedlich in der Bibliothek und arbeitete mit Bayol an seiner Chronik. Da fistelte Tante Aude unheilvoll: »Es ist ein Fluch. Ein Fluch liegt auf dem Schatz.«

KAPITEL 32

»Schatz?« Philippe starrte seine alte Tante fassungslos an. Sie war in den Sessel neben Philippe gesunken und jammerte unverständlich vor sich hin. Meinte sie die Holzschatulle des Duc, die sich Delacour hatte stehlen lassen? Diese Geschichte wurde immer verworrener. Was wusste sie über einen Schatz? Er holte den Umschlag, den er bei Delacour gefunden hatte, aus seinem Jackett. Er hatte ihn mitgenommen, um dem Duc einige Fragen zu stellen. Als sie die Fotos der Templer-Graffitis sah, wurde ihr Jammern noch größer. Die Münze hingegen beachtete sie kaum, auch nicht die Fotos des Kästchens.

»Tante Aude, bitte konzentriere dich. Was weißt du über diese Gegenstände? Hast du sie schon einmal gesehen?«, drängte Philippe sie. Er kniete jetzt vor ihrem Sessel und fasste sie an beiden Handgelenken.

Sie besah sich die Fotos. Nahm die Münze in die Hand und musterte sie genau. Dann legte sie alles zurück und antwortete erstaunlich klar: »Die Graffitis kennt hier in der Gegend jeder. Und auch die Münze ist kein Einzelstück. Solche wurden in der ganzen Region schon mehrfach gefunden, im Sand der Vienne, an den Ufern der Loire, auf den alten Treidelwegen. Sie stammen aus dem 16. Jahrhundert. Und sind keine Seltenheit. Und das Kästchen ist natürlich das der Cotignacs. Aber was die Inschriften darauf bedeuten, keine Ahnung.« Erschöpft ließ sie sich zurückfallen.

»Von welchem Schatz hast du eben gesprochen? Dem Templerschatz?«

»Du musst Jean-Baptiste finden. Er weiß mehr als ich. Ich kenne nur die übliche Geschichte. Die von den Großmeistern.

Kannst du in jedem Geschichtsbuch nachlesen. Aber Jean-Baptiste. Er hat etwas herausgefunden. Er glaubt, dass der Templerschatz wirklich existiert.« Und nach einer theatralischen Pause ergänzte sie: »Und dass er irgendwo in Cotignac liegt.«

Philippes Gedanken rasten. Wenn Aude nicht völlig unzurechnungsfähig war, dann hatte sie ihm eben erklärt, dass sich der sagenumwobene Templerschatz in Cotignac befand, auf ihm ein Fluch lastete und außerdem das Leben seines Onkels in Gefahr war.

Er rief sich ins Gedächtnis, was der Duc ihm über das Kästchen erzählt hatte. Es stammte aus dem frühen 16. Jahrhundert. Es konnte also kaum den Templern gehört haben. Keine Templer-Schatzkiste also. Auf dem Deckel stand auf Französisch: »Je garde vos secrets. Je protège les miens. Ich berge eure Geheimnisse. Ich schütze die meinen.« Außerdem waren auf dem Deckel zwei Vertiefungen zu sehen, eine rechts und eine links. Sie waren gleich groß und hatten eine rätselhafte Form. Es sah aus wie ein Fünfeck, aber hatte keine geraden Linien, wie es für eine geometrische Figur typisch wäre. Damit würde Philippe nicht weiterkommen. Er hatte sich schon den Kopf darüber zerbrochen, was die Geheimschrift, die auf den vier Innenseiten eingeschnitzt war, wohl bedeuten mochte. Warum war das Kästchen dann auf den Fotos abgebildet? Und warum waren die Fotos so brisant, dass Delacour sie versteckt hatte? Er musste unbedingt hinter das Geheimnis der Schatulle kommen. Als Antwort auf die Frage, wer mehr über das Kästchen wissen konnte als das, was er in der Bibliothèque municipale und im Internet herausgefunden hatte, fiel ihm außer dem Duc selbst nur eine Person ein: Christelle Albert. Mörderin Julia Bergers und Vertraute Delacours.

Wieder im Auto rief Philippe sofort bei Charlotte Maigret an. Eine gute halbe Stunde später saß er in ihrem Büro. Der Kommissarin und ihm gegenüber eine mehr denn je verschüchterte Christelle Albert. Maigret hatte sie aus der Untersuchungshaft holen lassen, denn die Papiere für die Haftunterbringung waren noch nicht vollständig. Das war Philippes Glück und ersparte ihm einen Besuch im Gefängnis. Vor der Tür war ein junger Beamter postiert, der mit verschränkten Armen und ernstem Blick keinen Zweifel daran ließ, dass er seinen Job ernst nahm.

»Bitte, Monsieur du Pléssis. Fragen Sie Mademoiselle Albert, was Sie fragen wollen. Lassen Sie sich nicht durch mich stören, ich schreibe weiter an meinem Bericht«, lud ihn Maigret ein. Dann zog sie ihren Computer unter ein paar Blättern hervor und legte ihn einfach quer über die Akten, die die Schreibtischplatte vor ihr fast völlig bedeckten. Eine Coladose, die inmitten des Papierchaos stand, kam bedenklich ins Wanken, hielt sich aber aufrecht.

Philippe legte das Foto des Kästchens vor der Archivarin ab, wie er es bei Tante Aude schon getan hatte. Er beobachtete, wie Christelle Alberts blasse Wangen die letzte Farbe verloren.

»Mademoiselle Albert«, begann er zaghaft und erntete für seinen milden Tonfall einen Seitenblick von Maigret, »würden Sie mir freundlicherweise sagen, was es aus wissenschaftlicher Sicht mit diesem Kästchen auf sich hat? Sie kennen es aus dem Museum …«

»Und wir werden auch noch klären, wann und wie Sie es aus dem Museum entwendet und Laurent Delacour in die Hände gespielt haben«, fuhr Charlotte vehement dazwischen. »Ich bitte Sie, Monsieur, diese Frau hat Julia Berger auf dem Gewissen. In diesem Ton können Sie mit einer gebrechlichen alten Dame sprechen, aber nicht mit einer Mörderin.«

Christelle Albert stieg die Schamesröte ins Gesicht. Ihre Augen füllten sich mit Tränen. Unbeirrt fuhr Philippe sanft fort: »Es wurde auf das 16. Jahrhundert datiert, nicht wahr?«

Sie nickte.

»Ich habe ein wenig darüber geforscht und dabei herausgefunden, dass es immer wieder in Zusammenhang mit den Templern gebracht wird.«

Sie nickte wieder. Charlotte Maigret tippte auf ihrer Tastatur herum und schüttelte den Kopf. Aber Philippe blieb bei seiner Linie. Christelle Albert hatte Vertrauen zu ihm, aus welchem Grund auch immer. Er fuhr fort.

»Die Templer gab es aber im 16. Jahrhundert nicht mehr. Können Sie mir erklären, woher sich diese Sagen speisen?«

»Nun, Monsieur. Sie wissen sicherlich, dass die letzten drei Großmeister der Templer in der Forteresse de Chinon inhaftiert waren. Soll ich die ganze Geschichte erzählen?«

Charlotte Maigret hörte auf zu tippen und sah mit hochgezogenen Augenbrauen auf Albert und ihn. Philippe nickte und die Archivarin begann: »Die Geschichte der Templer beginnt nach dem ersten Kreuzzug. Eine christliche löste die muslimische Besatzung Jerusalems ab und eine große Zahl an Menschen aus dem Westen zog in die Stadt. Die Umgebung Jerusalems und der anderen heiligen Stätten war durch Räuberbanden sehr gefährlich. Es gibt Tagebücher, in denen von Leichenbergen berichtet wird, die sich am Wegesrand stapelten und den wilden Tieren überlassen wurden. Es war dann eine Gruppe von Franzosen, hauptsächlich aus der Champagne stammend, die beschloss, dem ein Ende zu bereiten, und eine Art Schutztruppe für die Jerusalem-Pilger aufstellte. Das war ungefähr im Jahr 1119. Sie wuchsen mit der Zeit zu einer Art militärischer Einheit und gaben sich Regeln, die sie aus dem Zisterzienserorden übernommen hatten. Daher glauben auch heute noch viele Menschen, sie hätten gelebt wie

Mönche. Auch wegen des Namens. ›Tempelritter‹ heißen sie übrigens, weil sie eine Unterkunft auf dem Tempelberg hatten. Das Gebäude kennen wir heute als al-Aqsa-Moschee.«

Christelle Albert hielt inne und räusperte sich. Schüchtern blickte sie zu Philippe, der aufsprang und ihr ein Glas Wasser aus dem Wasserspender im Flur holte. Sie trank dankbar. Dann fuhr sie fort: »Sie wurden mit der Zeit immer professioneller, so eine Art paramilitärische Einheit. Und sie beherrschten noch etwas perfekt: Finanzen. Man könnte sie als die Vorläufer des Bankenwesens bezeichnen. Fromme Christen, die nicht selbst kämpfen wollten, spendeten ihnen große Summen und erhofften sich davon einen Platz im Paradies. Die Angst vor dem Fegefeuer hatte im Mittelalter geradezu lebensbestimmende Ausmaße, wissen Sie? Die Templer waren unermesslich reich, konnten Königen Kredite geben. Ludwig den IX. befreiten sie auf dem siebten Kreuzzug mit einer Lösegeldzahlung aus der Gefangenschaft. Sie hatten riesigen Grundbesitz, den sie sehr effizient verwalteten: Die Ländereien mussten größtmöglichen Gewinn einbringen. Als Steuereintreiber spülten sie viel Geld in die Kassen von Königen und Päpsten.«

Charlotte Maigret, die inzwischen das Tippen ganz aufgegeben und gebannt zugehört hatte, fragte interessiert dazwischen: »Klingt doch alles nach einem erfolgreichen Geschäftsmodell. Wieso wurde der Orden aufgelöst? Hat sich der König damit nicht selbst ins Knie geschossen?«

»Der Erfolg war genau das Problem. Neid. Und ein früher Fall von dem, was wir heute als Fake News bezeichnen, nicht wahr, Mademoiselle Albert?«, warf Philippe lässig ein.

»Genau, das könnte man so sagen. Fake News. Im Jahr 1291 gingen die Kreuzfahrergebiete im Nahen Osten verloren. Man beschloss, die Militärorden neu zu ordnen und den Templerorden aufzulösen. Der französische König, Philipp der IV., wollte sich das Geld der Templer unter den Nagel reißen.«

»Das war Philipp der Schöne, oder, Mademoiselle Albert?«, grinste Maigret.

»Ich fühle mich geschmeichelt, das Adjektiv ›schön‹ in Zusammenhang mit meinem Namen zu hören, Madame la Commissaire«, grinste Philippe zurück.

»Ich habe in Geschichte eben gut aufgepasst.« Charlotte Maigret zuckte mit den Achseln.

Christelle Albert schien nicht zu verstehen. Etwas irritiert sprach sie weiter: »Jetzt nähern wir uns dem Zeitraum, der für Chinon interessant ist. König Philipp also lässt die letzten drei Großmeister der Templer, darunter der berühmte Jacques de Molay, verhaften und in Chinon in der Festung einsperren, obwohl er sie dem Papst ausliefern soll. Im ganzen Land werden Templer verhaftet und gefoltert. Es wird ihnen der Vorwurf gemacht, Ketzer zu sein. Der Friedenskuss oder auch eines ihrer Zeichen, zwei Ritter auf einem Pferd, werden ihnen zum Beispiel als homosexuelle Praktiken ausgelegt. Unter Folter gestehen die Templer. Die Zeit der Verfolgung dauert fünf Jahre, vom 13. Oktober 1307 bis 1312. Dann werden die drei Großmeister von einem Gericht verurteilt und öffentlich verbrannt. Dabei soll Jacques de Molay sein Geständnis zurückgezogen und gerufen haben, dass Gott die bestrafen möge, die ihm so übel mitgespielt haben. Wenige Monate später waren sowohl Papst Clemens als auch Philipp IV. tot.«

»Die Templer aber auch«, warf Charlotte Maigret trocken ein.

Philippe musste lachen. Dann ergänzte er: »Aus der Zeit der Gefangenschaft stammen auch die berühmten Fresken in der Forteresse de Chinon. Korrigieren Sie mich, wenn ich mich irre, Mademoiselle Albert. Sie wurden von den drei Großmeistern in die Steine ihrer Zelle in der Tour du Coudray geritzt. Was ich aber immer noch nicht verstehe – und das war der Ausgang meiner Frage nach den Templern – was hat die Geschichte der Templer mit unserem Kästchen zu tun? Der Templerschatz wird dort ja wohl nicht hineingepasst haben.«

»Oh nein, Monsieur du Pléssis, jetzt kommen Sie mir bitte nicht mit dem Heiligen Gral. Wir sind hier doch nicht im Computerspiel Assassin's Creed. Und auch die Rolle als Indiana Jones steht Ihnen nicht«, machte sich Charlotte Maigret lustig.

Christelle Albert schüttelte den Kopf. »Aber nein, Madame. Das Kästchen ist jünger. Es wurde lange in der Kirche von Lerné aufbewahrt. Dennoch wird es mit den Templern in Verbindung gebracht, wegen der Inschrift: ›Je garde vos secrets. Je protège les miens‹. Es soll sich dabei um die Geheimnisse der Templer handeln. Außerdem gibt es neben dieser Inschrift noch einige Felder mit Buchstaben. Womöglich ein verschlüsselter Text.«

»Mit Hinweisen auf den Schatz?«, fragte Philippe.

»Möglicherweise. Es gibt ein Pergament, das besagt, dass hier in der Gegend die Templer ihr Gold und Silber in der Nacht der Festnahme der Großmeister auf achtzehn Karren haben verschwinden lassen. Hier in der Gegend von Chinon und Cotignac.«

Erschöpft von ihrem Vortrag sank Christelle Albert in sich zusammen. Philippe hatte wie Charlotte Maigret gespannt gelauscht. Der Templerschatz, wirklich und wahrhaftig, hier in der Gegend?

»Hat Laurent Delacour den Text entschlüsselt?«, wollte er wissen.

»Ich weiß es nicht. Er hat es auf jeden Fall versucht. Ich weiß es wirklich nicht.«

Philippe sah Charlotte Maigret an. Dann ergänzte er:

»Wenn Delacour den Text entschlüsselt hat, wurde er möglicherweise deswegen umgebracht. Der Mörder muss das herausgefunden haben. Deswegen auch der Einbruch. Der Mörder fordert den entschlüsselten Text, es kommt zu einem Handgemenge, er greift nach dem Erstbesten, womit er Delacour ausschalten kann, und rammt ihm das Made-in-China-Schwert in den Bauch.«

Christelle Albert schluchzte auf und hielt sich die Hände vors Gesicht. Aber Philippe ließ nicht locker: »Mademoiselle Albert, wer außer Ihnen wusste, dass Monsieur Delacour versucht hat, den Text zu entschlüsseln?«

»Aber ich sage Ihnen doch, ich weiß es nicht. Niemand.«

Die zerbrechlich wirkende Frau wurde wieder von einem Schluchzen geschüttelt und zog ihre Strickjacke wieder enger um sich. Kaum zu glauben, dass sie vor ihnen saß, weil sie sich wegen Mordes zu verantworten hatte. Er hielt inne. Dann beantwortete er sich seine letzte Frage selbst: »Julia Berger.«

KAPITEL 33

Christelle Albert war aus dem Raum gebracht worden. In Charlotte Maigrets Büro herrschte absolute Stille. Dann räusperte sich die Kommissarin und rang sichtlich nach Worten. Sie setzte sich aufrecht hin und hielt einen Moment inne, bevor sie sagte: »Vorhin habe ich Ihre Idee mit den Templern noch für ein Hirngespinst gehalten. Aber jetzt … Alle Achtung, Monsieur le Détective privé.«

»Aber jetzt glauben Sie, ich bin völlig verrückt geworden«, konstatierte Philippe.

»Nein. Ehrlich. Ich meine es ernst. Sie bringen die Ermittlungen voran. Wenn auch dieser neue Aspekt einen Haufen Arbeit bedeutet. Es wäre auch zu schön gewesen, wenn wir den Täter bereits überführt hätten.«

Zum ersten Mal kam Zustimmung von ihrer Seite. Und obwohl Philippe die ganze Zeit über auf einen solchen Moment der Anerkennung gewartet hatte, war es kein Triumphgefühl, das er bei ihren Worten empfand. Es fühlte sich gut an, nicht mehr und nicht weniger.

Ermittlungen gemeinsam und auf Augenhöhe – wenn sie wirklich bevorstanden, freute er sich auf alles, was der Fall noch zu bieten hatte. Er nutzte die gute Stimmung zwischen ihnen und wagte einen Vorstoß in seiner eigenen Sache. Wieder legte er die Fotos von der Holzschatulle vor und kam auf die Buchstaben zu sprechen. »Wenn das ein Geheimcode ist, dann einer, der im 16. Jahrhundert entwickelt wurde. Da kommt eine eher einfache Codierung in Frage. Vielleicht das Cäsar-Alphabet«, mutmaßte Philippe.

»Zum Beispiel. Bleibt die Frage, an welcher Stelle der Text

beginnt oder ob man die einzelnen Buchstaben auch noch zu Wörtern zusammensetzen muss. Schließlich ist das Kästchen mit Lettern übersät«, stellte Maigret fest.

»Wenn es stimmt, was Mademoiselle Albert gesagt hat, und das Kästchen aus Lerné stammt, dann hat mir mein Onkel schon einmal davon erzählt. Es bildete dort in der Dorfkirche ein Ensemble mit einer kleinen Skulptur, die genau in die Vertiefungen des Kästchens gepasst haben könnte. Als die Kirche geplündert und abgebrannt wurde, kam es ins Château de Chavigny. Es muss also jemandem sehr wichtig gewesen sein. Oder wieso rettet man ausgerechnet eine Holzschatulle aus der brennenden Kirche und nicht das Altarbild? Ich kenne Lerné. Hat einmal zum Gebiet von Cotignac gehört. Vor der Revolution selbstverständlich.« Entschuldigend blickte Philippe Maigret an. Die grinste. »Aber wo ist diese Skulptur jetzt?«, dachte Philippe weiter laut nach. »Und was hat es mit ihr auf sich? Bei meinen Recherchen wusste ich noch nicht, dass Kästchen und Skulptur ursprünglich eine Einheit gebildet haben. Sehen Sie? Hier! Die Einkerbungen. Sie könnten für den Sockel der Figur gewesen sein.«

Philippe deutete auf die beiden Vertiefungen im Holzdeckel rechts und links.

»Liegt das an der Form des Sockels oder hatte die Skulptur zwei verschiedene Standmöglichkeiten? Vielleicht eine weitere Codierung. Ich werde sehen, was ich über die Skulptur herausfinden kann.«

Charlotte Maigret öffnete eine Suchmaschine in ihrem Computer. Schon beim ersten Suchbegriff hatte sie dank des Schlagworts »Lerné« zahlreiche Treffer. Philippe tat es ihr auf seinem Handy gleich. Eine Weile lasen sie schweigend. Dann sagte Maigret laut: »Ich glaube, ich habe einen Hinweis gefunden. Sehen Sie, Monsieur du Pléssis.«

Sie drehte ihren Laptop herum und reichte ihn Philippe über den Tisch. Es war die Homepage eines Hobbyhistorikers. Dem Seitenmenü nach beschäftigte er sich mit experimenteller Archäologie und dem frühen Mittelalter. Leute wie er waren im Sommer auf Mittelaltermärkten anzutreffen, wo sie zeigten, wie man Kettenhemden selbst herstellte oder wie es sich in einem gallischen Dorf hatte leben lassen. Diese Hobbyforscher knieten sich in Details der Regionalgeschichte oft sehr tief hinein und konnten es in manchen Teilgebieten mit einem Geschichtsprofessor aufnehmen. Dieser stammte aus Fontevraud und forschte vor allem über das berühmte Kloster und dessen ehemalige Besitzungen. Mehrere Einträge widmeten sich den Überresten ehemaliger Templerkommanderien in der Gegend. Und einer Lerné. Dort gab es eine besondere Heilige, die noch heute in der Region fest verankert und im Rest Frankreichs unbekannt war. Die Heilige Némoise. Die Legende, die sich um sie rankte, besagte, dass die schöne junge Schäferin Némoise eines Tages vom Seigneur de Montsoreau, dem die Ländereien rund um Lerné gehörten, verfolgt wurde. Er war auf der Jagd, als er das hübsche Mädchen erblickte und ihm nachging. Weil ihm ein schrecklicher Ruf vorauseilte, versuchte sie, vor ihm zu fliehen, und als sie keine Möglichkeit mehr sah, ihm zu entkommen, warf sie sich auf die Knie und betete zu Gott, dass er sie vor dem Seigneur beschützen möge. Dies geschah auch, aber auf ungewöhnliche Weise. Ihr wuchs statt des rechten Fußes ein Gänsefuß mit Schwimmhäuten. Der Burgherr erschrak bei diesem Anblick so, dass er umkehrte und sie in Ruhe ließ. Bald wurden der Quelle, in deren Nähe alles geschehen war, Heilkräfte nachgesagt und Némoise wurde später heiliggesprochen. Die interessanteste Information für Philippe aber war, dass eben diese Skulptur, die aus der brennenden Kirche gerettet worden und im Château de

Chavigny bis zum Kirchenneubau in Lerné aufbewahrt worden war, im linken Seitenschiff der Kirche Saint-Martin stand.

»Wir müssen nach Lerné und die Skulptur untersuchen.«

Philippe war aufgeregt. Endlich eine Spur. Aber Maigret winkte ab.

»Lesen Sie weiter auf dem Tab rechts neben dem geöffneten.«

Philippe klickte auf das Fenster. Die Seite hieß »Touraine insolite« und machte auf Sehenswürdigkeiten abseits der Touristenpfade aufmerksam. Auch hier fand sich die gleiche Legende von der schönen Schäferin mit dem Gänsefuß. Aber eine Information war ergänzt worden, die auf der anderen Webseite nicht stand. Die Skulptur war vor einem halben Jahr verschwunden.

KAPITEL 34

Philippe war aus dem Kommissariat nach Hause geeilt und durchsuchte seinen Computer nach der E-Mail, die ihm Stefanie Billinger geschickt hatte. Darin fand er in zahlreichen Anhängen alles, woran Julia Berger in der Zeit vor ihrem Tod gearbeitet hatte. Philippe scrollte durch die Dateinamen. Beim Buchstaben T wurde er prompt fündig. Es gab tatsächlich einen Ordner namens »Templer«, den er sofort öffnete.

Er klickte auf das erste Foto. Sicher eine Aufnahme des Kästchens oder Nahaufnahmen des Geheimcodes. Doch er wurde enttäuscht. Das Bild zeigte ein altes Pergament in Minuskelschrift. Er konnte es kaum entziffern. Latein. Er vergrößerte einige Ausschnitte. Vielleicht fand er Markierungen. Eine geheime Botschaft, möglicherweise ein Hinweis auf den Schatz. Sorgfältig ging er Zeile für Zeile durch. Nichts.

Das nächste Foto. Wieder Enttäuschung. Eine weitere Pergamentseite mit lateinischem Text in derselben Schrift. Keine Sondermarkierungen. Und vor allem kein Hinweis auf die Heilige Némoise oder die Holzschatulle.

So ging es noch mit mehreren Bildern weiter. Dann ein paar gespeicherte E-Mails von Julia Berger an das Vatikanische Museum in Rom. Philippe ließ die Finger von der Tastatur gleiten und lehnte sich in seinem Schreibtischstuhl zurück.

Statt näher an das Geheimnis von Cotignac und Chinon zu kommen, entfernte er sich. Er hatte nicht nur die Touraine, sondern sogar gleich Frankreich verlassen. Rom! Woran auch immer Julia Berger geforscht hatte, mit dem verschwundenen Bild und dem Schatz hatte das Ganze nichts zu tun.

Ratlos ging Philippe in die Küche und machte sich einen Petit Café. Er brauchte einen klaren Kopf. Musste noch einmal systematisch nachdenken. Er sog den angenehmen Duft der Röstaromen ein, als er die Arabicabohnen in seine Kaffeemühle gleiten ließ. Sie klimperten hell an der Glaswand. In Sekundenschnelle verwandelten sie sich in Pulver. Er schüttete es direkt in den Filtereinsatz seiner alten Bialetti und häufte es in der Mitte zu einem kleinen Hügel. Wasser. Er schraubte die Alukanne zusammen und stellte sie auf die kleinste Gasflamme seines Herds. Dann holte er eine Tasse und Zucker und wartete, bis der köstliche heiße Kaffee in dem Espressobereiter langsam nach oben blubberte. Der Espresso sammelte sich im oberen Teil der Kanne. Er rührte mit einem Teelöffel um und goss dann das heiße Getränk in die bereitgestellte Tasse. Die Zubereitung war für ihn Kult. Schade, dass der Kaffee mit einem Schluck weg war. Dennoch verfehlte er seine Wirkung nicht. Philippe fühlte sich neu belebt. Mit einem Glas Wasser ging er zurück an seinen Laptop.

Mit einer Tastenberührung ließ er das Schwarz-Weiß-Foto von Serge Gainsbourg, der gerade einen Fünfhundert-Franc-Schein anzündete, verschwinden und der Bildschirmschoner gab wieder die Dateiübersicht frei. Er zwang sich, die Nerven zu bewahren und systematisch von vorne zu beginnen. Nochmals las er die E-Mails. Julia Berger bedankte sich bei einer Mitarbeiterin der Vatikanischen Museen für die Zusendung des Textes und dessen englischer Übersetzung. Mit dem Text waren sicherlich die Pergamentseiten gemeint. Aber wo war die Übersetzung? Ausgerechnet diese Datei konnte er nirgends finden. Er ging zurück in sein E-Mail-Programm und suchte nach der Nachricht von Stefanie Billinger. Besah sich den Anhang. Drei Zeilen erschienen. Eine einzelne Datei in der letzten Zeile. Die hatte er zuvor übersehen. Elektrisiert las Philippe deren Namen: »Parchemin de Chinon«. Pergament von Chinon.

Er öffnete sie. Wieder erschienen Pergamentseiten, diesmal acht Stück. Und im Anschluss daran endlich die englische Übersetzung. Philippe begann zu lesen.

Den Einstieg bildete eine Art Präambel. Etliche Namen wurden aufgeführt. Drei Kardinäle, fünf päpstliche Notare, etliche Zeugen, von denen weitere namentlich genannt wurden. Philippe quälte sich durch den altertümlichen Text. Der Satzbau war umständlich. Aber der Inhalt weckte sein Interesse. Es ging um eine Befragung der fünf Großmeister der Templer. Am 17. August 1308. In der Castra Caynona. Caynona war der lateinische Name für Chinon, das hatte Philippe bereits in der Schule gelernt, im Heimatunterricht der Grundschule. Er kämpfte sich weiter durch die englische Übersetzung, gründlich Satz für Satz. Am Ende der ersten Seite griff er zum Telefon.

»Ja, bitte!«, meldete sich Charlotte Maigret. Ihre Stimme klang müde.

»Madame la Commissaire, ich habe etwas Wichtiges gefunden«, begann Philippe.

Es ging in dem Schriftstück um nichts weniger als die Absolution der Templer durch Papst Clemens. Im Jahr 2001 waren diese Erkenntnisse eine wissenschaftliche Sensation in der Templerforschung gewesen. Das Schriftstück war Anfang der Nullerjahre im Geheimen Vatikanischen Archiv gefunden worden. 2007 veröffentlichte die Wissenschaftlerin, die den Fund gemacht hatte, ein Buch darüber. »Wenn das eine Sensation war, dann sicherlich nur für ein paar Geschichts-Nerds. An mir ist sie jedenfalls spurlos vorübergegangen, Monsieur le Baron«, reagierte Maigret auf seine Ausführungen.

»Julia Berger hatte diese Dateien auf ihrem Laptop. Sie hat sich ausführlich mit den Templern und ihrem Aufenthalt in

Chinon beschäftigt. Bei Delacour finde ich die Münze aus dem 16. Jahrhundert und die Fotos von den Templerfresken, die die gefangenen Großmeister in ihre Kerkerwände geritzt haben. Ich bin mir sicher, der Mörder Delacours war bei ihm im Laden, um die Holzschatulle zu stehlen. Die Mordfälle hängen mit den Templern zusammen. Der Diebstahl des Gemäldes vielleicht auch. Wir sollten uns unbedingt die Graffitis genauer ansehen. Am besten vor Ort, in der Forteresse de Chinon.«

Sie mussten unbedingt diese Spur weiterverfolgen. Aber seine Templer-Theorie blieb vorerst eine, denn die Kommissarin sagte stattdessen: »Wir haben gerade keine Zeit für Tourismus, Monsieur du Pléssis. Die Nachricht, auf die ich die ganze Zeit gewartet habe, um loslegen zu können, liegt uns vor. Die Jungs von der TRACFIN haben einige auffällige Kontenbewegungen gefunden, so wie schon bei Joséphine de Crécy. Diesmal bei Trichet. Und bei einem weiteren unserer Freunde: Khaled Ashrafi. Können Sie vorbeikommen? Ich will Ihnen etwas zeigen.«

KAPITEL 35

»Das heißt, die Beamten von TRACFIN haben einen zeitlichen Zusammenhang zwischen den beiden Überweisungen festgestellt. Aber soweit ich verstanden habe, ist die Überweisung, die bei Trichet eingegangen ist, von Ashrafis Schweizer Konto aus getätigt worden. Das beweist doch noch nichts, Madame«, fasste Philippe, der mitsamt seinem Laptop ins Kommissariat geeilt war, zusammen.

»Typisch für Geldwäsche. Die Summen laufen so lange über verschiedene Konten, bis man nicht mehr nachvollziehen kann, woher das Geld ursprünglich kam. Und nach dem, was wir über Ashrafi wissen, ist er mit allen Wassern gewaschen. Geldgewaschen, sozusagen. Aber unser Freund hat sich dieses Mal die Mühe nicht einmal gemacht. Er fühlt sich absolut sicher. Zu sicher.«

Sie drehte ihren Bildschirm so, dass Philippe ihn gut sehen konnte, und öffnete nacheinander mehrere Tabs.

»Sehen Sie, Monsieur? Hier. 450.000 Euro gehen auf Trichets Konto ein. Am dritten Mai um 8.17 Uhr.«

»Aber das war am Morgen vor dem Diebstahl. Heißt das etwa –?«

»Genau, Monsieur. Das Ganze war eine abgekartete Sache. Der Auftraggeber hat im Voraus bezahlt. Khaled Ashrafi hat sofort an Trichet überwiesen.«

»Und wann hat Ashrafi selbst das Geld bekommen?«

»Wir haben hier eine Überweisung über 500.000 Euro von einem Konto aus Luzern. Auch am dritten Mai, um 3.28 Uhr. Die Jungs von der TRACFIN sind noch dran. Bis jetzt wissen wir nicht, wem das Konto gehört. Ashrafi hat von seinem

Konto die 450.000 an Trichet überwiesen und die anderen 50.000 abgehoben. Es kann also nicht nachvollzogen werden, ob oder wann er sie auf ein anderes, nicht auf ihn laufendes Konto eingezahlt hat.«

»Oder sich eine neue Rolex gekauft hat«, spottete Philippe. Dafür erntete er einen strengen Blick von Charlotte Maigret. »Und jetzt?«, fragte Philippe.

»Jetzt nehmen wir die Herren auseinander. Das reicht für die Staatsanwältin. Wir können loslegen. Zuerst Ashrafis Schweizer Konten. Und was für Sie von besonderem Interesse sein dürfte: Er besitzt tatsächlich auch ein Zollfreilager.«

Philippe horchte auf. Dann ließ er sich seinen nächsten Satz auf der Zunge zergehen: »Und das ist groß genug für ein Renaissancegemälde.«

Diesmal grinste Maigret ihn an. »Dann geht's jetzt los!«, sagte sie und ließ ihren Polizeiapparat hochfahren. Sie telefonierte mit ihrem Vorgesetzten. Mit der Staatsanwältin. Dem Préfet. Der Zugriff sollte so konzertiert erfolgen, dass Ashrafi und Trichet gleichzeitig festgenommen und das Zollfreilager geöffnet wurden. Für Philippe als Privatdetektiv gab es nichts mehr zu tun, als abzuwarten.

Als er Maigrets Büro verließ, schossen ihm viele Gedanken gleichzeitig durch den Kopf. Wegen seiner Templer-Theorie hatte er bei ihr angerufen. Sie ergab auch nach wie vor einen Sinn. Aber die Überweisung aus der Schweiz und Ashrafi als Dirigent übler Machenschaften auf dem internationalen Kunstmarkt ergab noch mehr Sinn. Das könnte die Lösung sein. Es ging doch nicht um die Templer. Schade. Diese Spur hätte er interessant gefunden. Um das Kästchen für den Duc aufzutreiben, musste er auf jeden Fall dranbleiben.

Es war alles so, wie von Anfang an vermutet. Trichet und Joséphine de Crécy steckten hinter dem Diebstahl, aber nicht, weil sie das Bild selbst unbedingt als Ausstellungsstück für ihr

»France de cœur – Cœur de France«-Projekt haben wollten, wie die Comtesse behauptet hatte. Sondern vielmehr, weil ihr Freund und Geschäftspartner Ashrafi dafür einen Käufer gefunden hatte, der bereit war, eine hohe Summe zu zahlen.

Philippe atmete auf. Der Fall stand kurz vor der Auflösung. Es war jetzt eine Sache der Polizei. Das Lager öffnen lassen. Ashrafi verhaften. Vielleicht würde es sogar für eine kleine Freiheitsstrafe für den grässlichen Trichet reichen. Und für Joséphine? Keine Ahnung, wie tief sie in das Ganze verstrickt war. Sein Vater und Constant würden sicher ungestraft davonkommen. Bestimmt hatten sie eine ordentliche Spende an Trichet und seine Action Nationale in ihrer Buchführung stehen. Obwohl auch das im Grunde Schmiergeld war. Die Anwälte würden den Rest erledigen.

Für ihn selbst brachte diese Wendung im Fall eine positive Bilanz: Mit seinen Recherchen hatte er maßgeblich dazu beigetragen, das Augenmerk auf Ashrafi zu lenken. Er hatte den Mord an Julia Berger gelöst. Den an Delacour würden sie durch ein Geständnis Ashrafis aufklären. Dass der Antiquitätenhändler ihm auf die Schliche gekommen war, lag auf der Hand. Und was das Beste war: Er, Philippe du Pléssis, bisher kleiner Privatdetektiv mit Apanage des Vaters, hatte sich bewiesen. Er hatte dafür gesorgt, dass das Gemälde zurück in den Schoß der Familie kam. Die Familienehre war gerettet. Au bout, bis zum Ende hatte er seine Aufgabe gebracht. Würde er jetzt auch noch vollends die Sympathien der Kommissarin gewinnen?

Blieb die Sache mit dem versteckten Umschlag in Delacours Büro und dessen Machenschaften mit dem Museum und der Archivarin in Chinon. Aber angesichts des Kunstdeals war das eine Lappalie – wer hatte keine kleinen Geheimnisse, die er vor anderen verstecken wollte? Delacour hatte in der Lokalgeschichte geforscht. Mehr nicht. Vielleicht könnte er, Philippe, über Chinon, Cotignac und die Templer mit Hélène Simon eine kleine Reportage in der Nouvelle République schreiben, wenn es nun, da der Fall gelöst war, wieder ruhiger wurde.

Er war vom Kommissariat durch die Stadt gelaufen und bog nun auf die belebte Place Plumereau ein. Zahlreiche Nachtschwärmer trotzten den kühlen Temperaturen unter Heizpilzen und mit leichten Decken, die sie sich über den Schoß gelegt hatten. Daniel und Eric winkten ihm quer durch das von Lärm und Musik erfüllte Lokal zu, als er die Tür zum »Café du Roi« aufdrückte. Er ließ sich von der guten Stimmung im Bistrot schlucken.

KAPITEL 36

Philippe wachte von dem gleichmäßigen Summen seines Handys auf. Es musste aus der Tasche gerutscht sein und drehte sich auf dem Parkettboden. Charlotte Maigret? Hatte sie das Lager in der Schweiz schon geräumt? Er griff sich hastig den Apparat. Anonym. Er ging dennoch ran.

»Philippe? Ich bin's, Claire. Es gibt Neuigkeiten für dich.«

Claire. Er hatte sie und ihre Spezialisten darauf angesetzt herauszufinden, wo die Skulptur abgeblieben war, die ursprünglich mit dem Kästchen eine Einheit gebildet hatte. Es hatte Philippe keine Ruhe gelassen, dass die Gegenstände zunächst aus der brennenden Pfarrkirche gerettet und dann im Laufe der Geschichte mehrfach entwendet worden waren, zuletzt vor einem halben Jahr. Es musste wichtig sein. Wer, wenn nicht das OCBC, könnte Informationen darüber haben?

»Erst mal vorweg: Die Skulptur haben wir nicht auftreiben können. Sie bleibt verschwunden. Aber wir haben Fotos in der Datenbank. Ich habe sie dir geschickt, schau mal in deine Mails.«

Philippe fuhr seinen Laptop hoch und öffnete die beiden Bilddateien, die Claire angehängt hatte. Er sah eine Holzskulptur, die reichlich beschädigt war. Der halbe Kopf und die rechte Hand der Frauengestalt fehlten. Die Skulptur musste einmal farblich gefasst gewesen sein, an manchen Stellen des fußlangen Gewands waren noch Farbreste zu erkennen. Auf dem zweiten Bild stand sie neben einer Messlatte, die zeigte, dass sie nur etwa dreißig Zentimeter groß war.

»Ist sie das? Die Heilige Némoise? Sieht aus wie eine Madonna.«

»Wenn du genau hinschaust, kannst du den Gänsefuß erkennen. Links der Schuh und rechts schaut die Gänseflosse unter dem Gewand hervor.«

Philippe vergrößerte das Foto.

»Tatsächlich. Ein Gänsefuß. Merkwürdige Geschichte«, brachte er hervor und klickte zurück auf das Foto mit der Messlatte.

»Sie gilt als eine Schutzheilige der Schäfer und war in der Volksreligion eine sehr beliebte Figur. Kein Wunder bei uns Franzosen, besonders an der Loire. Schließlich hat sie sich gegen adelige Ausbeuter wie dich gewehrt«, neckte Claire ihn, aber Philippe ging nicht darauf ein.

Er öffnete die Fotos des Kästchens und verglich sie mit der Skulptur. Da fiel es ihm auf.

»Claire«, sagte er aufgeregt, »dieser Gänsefuß. Er erklärt die merkwürdige Form der Vertiefungen auf dem Deckel des Holzkästchens. Ich wette, die Figur passt genau in die Einkerbungen.«

»Ja, du hast recht. Aber wir wussten ja schon die ganze Zeit, dass Skulptur und Kästchen eine Einheit bildeten. Wieso erzählst du mir das?«

Philippe erklärte: »Das heißt, die Skulptur hatte zwei verschiedene Positionen auf dem Kästchen. Das muss etwas zu bedeuten haben. Diese Positionen haben eine Funktion.«

»Eine Funktion? Ich verstehe dich nicht, Philippe. Was meinst du?«

Philippe starrte auf die Fotos, sprang zwischen der Skulptur und dem Kästchen hin und her.

»Ja, genau. Das ist es!«, schrie er nun auf. »Claire, ich habe den Schlüssel zu unserem Geheimalphabet vielleicht gefunden. Wir müssen mit den Buchstaben beginnen, auf die der

Gänsefuß mit seiner Spitze zeigt. Sieh doch! Er zeigt auf ein I in der ersten Reihe und ein N in der zweiten Reihe. I und N, das könnte der Beginn eines Wortes sein.«

Claire war skeptisch. »Das muss nicht stimmen. Aber gut, wenn du meinst, dann gebe ich das mal an meine Kollegen von der Kryptologie weiter«, versprach sie ihm.

Philippe verspürte eine fiebrige Unruhe. Etwas sagte ihm, dass er der Frage, was es mit dem Kästchen und seiner geheimen Botschaft auf sich hatte, ganz nahe war.

Kaum hatte er aufgelegt, vibrierte sein Handy schon wieder. Diesmal war es Charlotte Maigret. Sie informierte ihn darüber, dass die Ermittlungen auf vollen Touren liefen und die Planung für die konzertierte Aktion die ganze Nacht gedauert hatte und kurz vor dem Abschluss stand. Die Spurensicherung hatte an dem Schwert-Artefakt, das zu den Wunden in Delacours Körper passte und das die Gendarmen in Chinon aus der Vienne gefischt hatten, keine Fingerabdrücke gefunden. Es hatte zu lange im Wasser gelegen.

Als Philippe zwei Stunden später nach einer ausgiebigen Dusche und einem leckeren Frühstück bei Daniel in seinem Tweedjackett mit einer neuen violetten Krawatte am Quai der Loire entlangschlenderte, klingelte sein Handy wieder. Anonym. Es war tatsächlich schon Claire.

»Du hattest recht. Es war eine Art Cäsar-Code. Aber mit einer Besonderheit: Die Buchstaben mussten reihum immer um eine Zeile versetzt zu Wörtern aneinandergehängt werden. Nachdem wir wussten, wo wir beginnen müssen, war das Entschlüsseln ein Kinderspiel. Ich muss schon sagen. Respekt für diesen Spürsinn! Ich hab dir das Ergebnis geschickt. Viel Spaß damit!«

Philippe konnte es nicht abwarten und öffnete die Mail noch am Handy. Er war der Lösung des Rätsels um den Templerschatz ein ganzes Stück näher gekommen. Während Maigret Ashrafi dingfest machte und die »Hirten auf dem Feld« aus ihrem Gefängnis in der Schweiz befreien ließ, würde er für den Duc das Kästchen finden. Er begann zu lesen.

KAPITEL 37

Claire hatte den Text, der auf Latein verfasst war, bereits von einer Software übersetzen lassen. Atemlos vor Anspannung las Philippe:

In dieser Zeit großer Unruhen vertraue ich das große Geheimnis, das wir schon so lange hüten, dieser Truhe an. Unsere Brüder, die Tempelherren, denen Papst Clemens die Absolution erteilt hat, haben mit der Hilfe des Zeugen Raymond die Güter gespendet, über die ihr Orden wachte, für den Kreuzzug des Heiligen Vaters. Von Saint Martin bis Coudray, von Trésor bis Rose, schläft tief das Geheimnis. Loys Bedent, Pfarrer von Lerné im Jahr 1568.

Ratlos sah Philippe vom Display seines Telefons auf. Die Loire glitt unbeirrt an ihm vorbei, jahrhundertealte Zeugin dessen, wovon der Text sprach. Ein Schwanenpaar zog eine friedliche Bahn. Er dachte an den Gänsefuß. Es war absurd. Der Text war entschlüsselt, aber leider wurde er aus ihm nicht schlau.

Von Saint Martin bis Coudray, von Trésor bis Rose? Er verstand nicht. Der einzige Begriff, den er erkannte, war Coudray. Der Teil der Festungsanlage, das Fort du Coudray mit seinem massiven Turm, in dem die Templer gefangen genommen waren. Immerhin bestand nun kein Zweifel mehr daran, dass das Kästchen etwas mit dem Templerschatz zu tun hatte. Also auch Delacours Nachforschungen. Philippe musste mit Onkel Jean-Baptiste sprechen. Der Duc kannte die Geschichte der Festung und die von Cotignac in- und auswendig. Vielleicht konnte er etwas mit den Begriffen anfangen. Ein neuer Gedanke kam Philippe: Wenn Onkel Jean-Baptiste den entschlüsselten Text kannte, dann würde sich der Fall schon wieder in eine andere Richtung drehen. Angenommen, der Duc hatte zusammen mit Delacour den Code des Texts geknackt. Schließlich hatten sie intensiv daran im Archiv gearbeitet. Das hatte Christelle Albert bestätigt. Mit Julia Berger hatte Delacour jemanden an seiner Seite gehabt, der weitere Informationen zum Templerschatz beisteuern konnte. Wenn es dem Trio gelungen war, mithilfe der Fotos von der verschwundenen Holzschatulle das Geheimnis zu entschlüsseln, dann gab es drei Möglichkeiten. Sie hatten es mit ins Grab genommen. Oder, was viel wahrscheinlicher war, Delacours Mörder hatte es ihm entlockt, bevor er ihn tötete. Dann befand sich der Täter jetzt in einem Wettlauf mit dem Duc und es ging nur noch darum, wer von beiden den Schatz schneller finden würde. Die dritte Möglichkeit wollte sich Philippe lieber gar nicht vorstellen. Der Duc war verschwunden, hatte Tante Aude gesagt. Was, wenn der Mörder ihn in seine Gewalt gebracht hatte und sich von ihm zum Schatz führen ließ? Dann schwebte Onkel Jean-Baptiste in größter Gefahr.

Das Adrenalin fuhr Philippe in jedes Blutgefäß seines Körpers. Wenn er Onkel Jean-Baptiste retten wollte, dann musste er den Sinn dieser Inschrift verstehen.

Weil seine Déesse noch immer in der Werkstatt war, lieh er sich wieder Erics Auto. In dessen weißen Renault Master raste er aus der Stadt heraus und die Loire entlang. Inzwischen waren sämtliche Sandbänke überspült und das Wasser reichte bis weit an den Damm bei Langeais heran. Es sah nach einem Jahrhunderthochwasser aus. Und schon wieder regnete es. Die Taktung des alten Scheibenwischers kam kaum dagegen an. Seine fünfundzwanzig Jahre sah man dem Wagen deutlich an. Erst neulich hatte sich Eric damit gebrüstet, dass er und sein Lieferwagen Silberhochzeit feiern würden.

Philippe dachte über die weißen Lieferwagen nach. Ein Zeuge hatte einen weißen Lieferwagen am Schloss gesehen. Dadurch war der Caterer in Verdacht geraten. Dieser Fahrzeugtyp war so häufig, dass es gar keiner Kennzeichenfälschung bedurfte, um Verwirrung zu stiften. Wäre Eric an diesem Tag am Schloss von Cotignac gewesen, wäre er genauso verdächtig worden.

Philippe erkannte nun glasklar, dass Onkel Jean-Baptiste hinter dem Templerschatz her war. Da war ihm der ganze Trubel um das verschwundene Bild sicher so gelegen gekommen wie ein Hund in ein Kegelspiel, wie es in einem französischen Sprichwort hieß.

Ihm fiel die emotionale Reaktion des Duc nach dem Diebstahl ein. Was, wenn das Bild mehr als nur sentimentalen Wert für Onkel Jean-Baptiste hatte? Was, wenn es irgendwie mit dem Templerschatz in Verbindung stand?

Philippe starrte durch die regennasse Frontscheibe. Der Fahrtwind trieb die Tropfen, die das Wischerblatt nicht traf, in Strahlen rechts und links nach außen. Die Landschaft verschwamm zu einer konturlosen Soße.

Beinahe hätte er die Auffahrt zum Schloss verpasst. In der Platanenallee war es düster und auch das Château wirkte in diesem nassen Wetter trostlos.

Mit einem gequälten Schrei öffnete sich das schwere Holzportal, als Philippe sich dagegenlehnte. In der großen Halle war es stockfinster.

»Hallo? Ist jemand da?«, rief Philippe. Doch statt einer Antwort hallte nur seine eigene Stimme von den kalten Steinwänden wider. Schnell verließ er den ungemütlichen Ort und nahm die Stufen zur Küche. Aber auch hier fand er niemanden. Der Raum, in dem er sich als Kind so gerne gewärmt und von Madeleine mit Leckereien hatte verwöhnen lassen, war leer. Auch im Salon war niemand.

Philippe ging durch den düsteren Gang in Richtung Bibliothek. Das Klacken seiner Ledersohlen war in der Stille des Gemäuers überlaut. Aus dem Halbdunkel blickten ihn die weißen Gesichter seiner Ahnen streng an, als wollten sie ihn ermahnen. Dazwischen zeugten still die Harnische und Rüstungen vom Selbstbewusstsein derer von Cotignac.

Es waren nur noch wenige Meter bis zur Bibliothek, als ihn das Gefühl beschlich, dass er beobachtet wurde. Ruckartig drehte er sich um.

»Hallo? Onkel Jean-Baptiste? Madeleine?«

Reglos wartete er auf eine Reaktion. Er bemühte sich, ruhig zu atmen. Lauschte angespannt ins Halbdunkel hinein. Es blieb still. Und doch, er hätte schwören können, nicht allein zu sein.

Die Tür zur Bibliothek war nur angelehnt. Ein schwacher Schein fiel in den Flur. Philippe lugte hinein. Am Schreibtisch des Duc brannte Licht. Aber ansonsten war auch dieses Zimmer menschenleer. Er sah sich um. Die Bibliothek wirkte wie immer. Die beeindruckenden Lederrücken des uralten Buchbestands türmten sich bis unter die Holzdecke, einem Prunkstück der Renaissance. Der Schreibtisch schien merkwürdig aufgeräumt. Normalerweise hatte Onkel Jean-Baptiste immer allerhand Papiere über die Tischplatte verstreut und alles war voll mit aufgeschlagenen dicken Wälzern. Doch heute lag auch auf dem Stehpult nichts. Hätte Philippe es nicht besser gewusst, hätte er geglaubt, hier habe schon lange niemand mehr gearbeitet. Die Bibliothek sah aus wie ein Museumsraum. Beklemmung breitete sich in ihm aus. Irgendetwas stimmte nicht.

Er verdrängte das ungute Gefühl und besann sich darauf, warum er eigentlich hergekommen war. Er musste nach Hinweisen suchen. Wo war der Duc? Einer Eingebung folgend tastete er auf der Unterseite des Schreibtischs herum. Vergeblich. Die alten Pläne, über die sich vor wenigen Tagen noch der Duc und der sympathische Winzer Michel Bayol gebeugt hatten, waren ebenfalls verschwunden. Ob es einen Safe gab? Wo zum Teufel bewahrte Onkel Jean-Baptiste seine Unterlagen auf?

In der Schublade fand er nur den üblichen Plunder, einen Brieföffner, Büroklammern, einige Stifte. Er zog sie ganz heraus. Nichts. Was hatte er erwartet? Dass sein Onkel das Ergebnis seiner Forschungen in einen Umschlag gepackt und den unter die Tischplatte geklebt hatte? Das wäre zu schön gewesen.

Ratlos ließ er sich in den Schreibtischstuhl sinken. Da spürte er wieder dieses Gefühl, nicht allein zu sein. Dazu einen kalten Lufthauch im Nacken.

Er drehte sich um. Hinter ihm befand sich eine Regalwand. Die Reihen lederner Buchrücken beugten sich unter der schweren Last jahrhundertealten Wissens. Ein Regal wirkte besonders schief. Philippe stand auf und betrachtete es genauer. Die Regalböden standen ein wenig weiter vor als die anderen. Es ragte rechts weiter in den Raum hinein als links. Philippe drückte gegen den rechten Regalholm. Zu seiner Überraschung gab er nach. Das Regal ließ sich mühelos zurückdrücken, obwohl es voller schwerer Bücher stand. Es schloss nun wieder plan mit dem Nachbarregal ab. Neugierig lehnte sich Philippe nun an den linken Regalholm. Und tatsächlich: Das Regal bewegte sich nach hinten. Wie eine Drehtür schwenkte das Möbel zur Seite.

Ein eisiger Luftstrom kam Philippe entgegen. Vor ihm gähnte ein grob behauener Stollen. Ein paar steile Stufen führten bergab, bis sie von der Dunkelheit geschluckt wurden. Philippe starrte wie versteinert hinein. Ein geheimer Gang in Onkel Jean-Baptistes Bibliothek. War er in einem Mantel-und-Degen-Film gelandet?

KAPITEL 38

Philippes Herz pochte gegen seinen Brustkorb. Nur langsam gelang es ihm, genügend Luft zu holen, um nach seinem Onkel zu rufen. Er lauschte angestrengt in die gähnende Öffnung hinein. Das Blut rauschte so laut in seinen Ohren, dass er seine Wahrnehmungen nicht trennen konnte. Hatte er entfernte Schritte gehört?

Noch mal rief er nach dem Duc. Er zwang sich, einen Schritt nach vorne in den Stollen zu machen. Seine Beine fühlten sich bleiern an. Zuerst setzte er den rechten Fuß hinein. Dann den linken. Doch dieser wollte nicht reagieren. Er schien wie mit dem Untergrund verwachsen. »Dir kann nichts passieren«, versuchte er, sich zu beruhigen. Es roch modrig. Nach Staub und Erde und nach feuchtem Gestein.

Dieser Geruch. Eine uralte Furcht stieg in ihm hoch. Wie damals, als Constant ihn als Kind aus Spaß ins Verlies des Schlosses Pléssis gesperrt hatte. Es hatte einen ganzen Tag gedauert, bis man ihn gefunden hatte. Einen Tag, den Philippe in panischer Angst in der Dunkelheit verbracht hatte. Und der bis heute Spuren hinterlassen hatte. In dunkle, enge Räume ging Philippe freiwillig nie wieder hinein. Schon gar nicht, wenn sie unter der Erde lagen.

Es war damals sein Vater gewesen, der ihn befreit hatte. Aber nicht Constant hatte den Ärger bekommen, sondern er. Dafür, dass er allen Sorgen bereitet hatte. Philippe hatte sich machtlos gefühlt.

Es war dieses Gefühl von Ohnmacht, dass ihn auch jetzt zu lähmen schien. Er merkte, wie sich auf seiner Stirn Schweißtropfen bildeten. Mit größter Kraftanstrengung gelang ihm ein weiterer Schritt in den Gang hinein. Die feuchte Kühle hüllte ihn ein.

Mit der Taschenlampe seines Handys leuchtete er in den schmalen Tunnel, der steil nach unten zeigte. Er tastete sich vorsichtig mit seinen Füßen voran. Die Stufen waren grob in den Tuffstein getrieben worden. Ungleichmäßig und uneben. Mit den Ledersohlen seiner Brogues rutschte er ab, konnte sich gerade noch an der Wand abstützen. Wieder hielt er inne, um seinen hüpfenden Puls unter Kontrolle zu bringen und zu lauschen.

»Du bist in Cotignac. Du kannst jederzeit umkehren«, sagte er sich wieder und wieder. Im schwachen Lichtschein erkannte er nun ein paar Meter vor sich einige Stufen und eine alte, schrohe Holztür. Philippe hielt den Atem an. War dies das Ende des Geheimgangs? Er hatte Onkel Jean-Baptiste gefunden! Er war hinter dieser Tür. Philippe rüttelte daran, drückte mit Kraft dagegen, bis sie endlich nachgab. Und er im Süderker stand. Der Stollen war eine Verbindung zu dem Raum, in dem vor ein paar Tagen das Event in Cotignac ein jähes Ende vor einem leeren Prunkbilderrahmen gefunden hatte. Das Zimmer war leer. Kein Bilderrahmen mehr. Und vor allem kein Duc. Die Tür sah von innen aus wie eines der spitzbogigen Fenster mit den Butzenscheiben. Wenn man es nicht wusste, war der Unterschied zu den echten bemalten Glasfenstern nicht zu erkennen. Sie war perfekt getarnt. Und der Gang offenbar auch aktuell noch in Benutzung. Philippe überlegte, ob er etwas übersehen hatte. Lieber wäre er auf normalem Weg zurück in die Bibliothek gegangen. Aber sicherheitshalber nahm er wieder den Stollen. Vielleicht gab es eine Abzweigung, die der Duc genommen haben könnte. Irgendeine Spur von ihm.

Auf dem Rückweg war sein Tempo langsamer als auf dem Hinweg. Aber er wollte auch nicht mehr Zeit als nötig in dem unheimlichen Tuffsteinstollen verbringen. Er leuchtete nach links und rechts. Nichts. Keine weiteren Tunnel, kein Hinweis auf den Duc. Fast war er schon wieder am Ausgang zur Bibliothek. Da fiel der Lichtkegel auf einen Fuß, der aus einer Nische in der Felswand hervorragte. Der Schrecken ließ Philippe erstarren. »Onkel Jean-Baptiste!«, rief er laut. Endlich. Doch der Fuß bewegte sich nicht. Lag dort ein Toter? Philippe erkannte schwarzes Leder, einen zierlichen Leisten. Er tastete sich näher heran, wurde wie magnetisch in die Schwärze hineingezogen, obwohl alles in ihm rebellierte. Der Schweiß seiner Schläfen rann ihm in den Kragen, sein Hemd klebte ihm am Körper. Er ließ den Lichtkegel jetzt um den Vorsprung wandern. In dem schwarzen Lederschuh stecke ein knorriges Frauenbein, ein zweites daneben, unnatürlich verrenkt. Schwarze Strümpfe unter einem schwarzen Rock. Eine unförmige Masse. Atemlos stierte Philippe auf das, was er in der Düsternis erblicken konnte. Kein Zweifel, wer hier vor ihm lag.

»Madeleine!«

Mit einem Aufschrei ließ sich Philippe neben ihr auf die Knie sinken, drehte vorsichtig mit seinen beiden Händen ihren Kopf zu sich herum. Die alte Köchin seines Onkels war bewusstlos. An ihrer linken Schläfe über dem Ohr hatte sie eine große, blutige Wunde. Die Lache um sie herum deutete darauf hin, dass sie schon eine Weile so gelegen haben musste, das Blut um die Wunde war bereits angetrocknet.

»Madeleine! Hörst du mich?«, versuchte Philippe, sie zu Bewusstsein zu bringen. Aber sie reagierte nicht. Ihr Gesicht war fahl und blass. Philippe tastete nach ihrem Puls. Er war ganz schwach. Ein Rettungswagen, schnell, dachte Philippe.

Vorsichtig bettete er ihren Kopf zurück auf den felsigen Untergrund. Dann stolperte und schlitterte er, so schnell er konnte, die ungleichmäßigen Stufen wieder hinauf, hinaus

aus dem dunklen, engen Verlies. In der Bibliothek versuchte er, Maigret anzurufen. Er fluchte. Kein Empfang, wie immer in Cotignac. Wenigstens der Notruf funktionierte. Schon eine Viertelstunde später rasten die Sanitäter auf den Schlosshof.

KAPITEL 39

Die Bibliothek war hell erleuchtet. Charlotte Maigret war noch nicht angekommen, aber die Spurensicherung arbeitete bereits im Geheimgang. Einer der Spezialisten nahm Fingerabdrücke am Regal.

»Da sind meine auch dabei«, sprach Philippe ihn an.

»Oh, ich habe schon ein gutes Dutzend verschiedene Abdrücke gefunden. Ist nicht mein Problem. Ich mach hier nur meinen Job. Die Auswertung interessiert mich nicht«, erwiderte der Mann und machte seelenruhig weiter.

»Haben Sie etwas gefunden? Zum Beispiel den Gegenstand, mit dem die arme Madeleine niedergeschlagen wurde?«

Der Mann nickte und deutete mit dem gleichen emotionslosen Gesichtsausdruck wie bei seiner ersten Antwort hinter sich in den Gang hinein.

»Klar. Da hinten, der Stein. Wenn die Alte nicht damit eine Ratte erschlagen hat, dann ist das Blut wahrscheinlich von ihr und der Täter hat sich bei seinem Angriff den nächstbesten Stein gegriffen. Nicht sehr originell, wenn Sie mich fragen. Aber ich bin ja nur hier, um meinen Job zu machen.«

Philippe besah sich überrascht den Stein. Er war nicht behauen, schien irgendwann aus der Felswand herausgebrochen zu sein. Als er die Blutspuren sah, fühlte er ein Frösteln. Die arme Madeleine. Wer mochte ihr das angetan haben? Wem war sie in die Quere gekommen? Wie viele Opfer sollte es noch geben? Es war höchste Zeit, dass er den Fall löste. Er würde Madeleine erst fragen können, wer sie angegriffen hatte, wenn sie wieder bei Bewusstsein war. Der Notarzt hatte ihm wenig Hoffnungen gemacht, dass das so bald sein würde, angesichts von Madeleines Alter. Doch sie war zäh. »Unkraut vergeht nicht«, sagte sie immer. Philippe wünschte sich inständig, dass sie sich von dem Überfall erholte. Wieder wanderten seine Augen über die Blutspuren, die tief in den Tuff eingedrungen waren. Der Täter hatte sich nicht einmal die Mühe gemacht, seine Tatwaffe verschwinden zu lassen. Bei der bewusstlosen Madeleine musste er gedacht oder zumindest in Kauf genommen haben, dass er sie getötet hatte. Der Stein. Das Schwert. Die Encyclopédie. Alle drei Tatwaffen waren zufällig in der Nähe des Täters gewesen. Griffbereit, sozusagen. Das sprach dafür, dass die Morde nicht geplant, sondern im Affekt begangen worden waren. Wenn Christelle Albert die Wahrheit sagte, wie sie beteuerte, dann ging nur der Mord an Julia Berger auf ihre Kappe und sie hatte mit dem Mord an Delacour und den übrigen Geschehnissen nichts zu tun. Was, wenn sie doch hinter dem Mord an dem Mann steckte, den sie vergeblich geliebt hatte? So schnell wie er ihm gekommen war, verwarf Philippe diesen Gedanken wieder. Denn den Überfall auf die gute alte Madeleine und die Frage, wo der Duc geblieben war, konnte auch dieser Verdacht nicht aufklären.

Er sah sich in der Bibliothek um. Er musste etwas übersehen haben. Etwas, was mit dem Verschwinden des Duc zusammenhing. Wieder zog es ihn zu dem merkwürdig ordentlichen Schreibtisch.

»He, immer langsam mit den jungen Pferden. An dem Schreibtisch da war ich noch nicht, lassen Sie bitte die Finger davon«, ermahnte ihn ein Polizist.

Philippe hob abwehrend die Hände und wandte sich um, um aus dem Koffer der Spurensicherungsbeamten ein paar Gummihandschuhe herauszuholen. Dabei fiel sein Blick auf die Fotowand hinter der Arbeitsecke seines Onkels. Sie zeigte den Duc bei der Jagd, den Duc als jungen Mann mit seinen

Geschwistern. Den Duc zusammen mit einigen alten Männern in dunklen Anzügen bei einem Empfang. Und daneben – Philippe starrte auf das Foto. Ungläubig zunächst. Ging näher heran. Doch er hatte sich nicht geirrt. Er hatte das Foto schon einmal gesehen. Bei Joséphine im Büro. Das Foto zeigte einige Leute in langen roten Umhängen, mit roten, altertümlich aussehenden Hüten auf dem Kopf. Es war eine flache, quadratische Mütze ähnlich einem Doktorhut, wie sie Philippe von der Rabelais-Statue in Chinon kannte. Die Umhänge waren bodenlang und hatten vorne zwei breite goldene Streifen. Über die Schultern war eine Art Cape eingearbeitet. Die Träger dieser Umhänge hatten weiße Glacéhandschuhe an. Auf der Brust trugen sie eine Art Orden mit einer Abbildung des Namensgebers, François Rabelais, dem Autor des »Gargantua«. Es waren die Mitglieder der berühmten Weinbruderschaft von Chinon. Sie standen vor den berüchtigten Caves Painctes. Ein Gewirr aus unterirdischen Stollen, die in den Tuffstein gegraben waren. Man hatte den Stein zum Bau der Schlösser gebraucht. Und die durch den Abbau entstandenen Stollen als Weinlager genutzt. Heute waren die Caves Painctes der Versammlungsort der Confrérie de Chinon. Sie hielten dort viermal im Jahr ihr Kapitel ab, um den guten Wein von Chinon zu feiern. Philippe kannte zwar nicht alle auf dem Foto, aber er sah seinen Onkel Jean-Baptiste, den Duc von Cotignac. Neben ihm stand kein Geringerer als Laurent Delacour, daneben Charles Trichet. Und auf der anderen Seite des Duc Michel Bayol. Dass sich alle kannten, war klar. Dass aber alle in derselben Weinbruderschaft waren, war ihm nicht bewusst gewesen. Vor allem nicht Michel Bayol. Das Foto war beim letzten Kapitel zu Ehren des Heiligen Vincent aufgenommen worden. Er war der Schutzheilige der Winzer, fiel Philippe ein. So wie Nepomuk der Brückenheilige war und Sankt Florian der Schutzheilige der Feuerwehrleute. Und – so wie die Heilige Némoise die Schutzheilige der Hirten war.

Und plötzlich ergab alles einen Sinn. Die »Hirten auf dem Feld«. Sainte Némoise. Die unterirdischen Gänge der Caves Painctes. Die Heilige Némoise war das Glied, das alles miteinander verband. Der Geheimtext. Die Leute auf dem Foto mussten alle etwas damit zu tun haben. Sein Onkel, Trichet, Delacour. Philippe erinnerte sich, dass Onkel Jean-Baptiste mit Bayol Pläne der unterirdischen Gänge studiert hatte. Dazu die Arbeit an der Chronik.

Philippe sah sich um. Irgendwo hier mussten die Aufzeichnungen des Duc doch stecken. Er streifte die Handschuhe über und durchsuchte den Schreibtisch. Nichts. Dann ging er die Regale durch. Als er den Deckel des Stehpults hochklappte, wurde er endlich fündig.

Es waren nicht die Pläne, die er sich erhofft hatte. In einem Notizbuch hatte Onkel Jean-Baptiste Stichpunkte zur Familiengeschichte notiert, feinsäuberlich nach Jahrhunderten geordnet.

Philippe suchte nach dem 16. Jahrhundert, dem Jahrhundert, aus dem der verschlüsselte Geheimtext stammte. Doch er fand bei den Notizen nichts von Bedeutung. Dann suchte er nach dem 14. Jahrhundert, dem der Templerverfolgung. Auch hier war es nur eine Auflistung von Namen und Jahreszahlen und eine Art Stammbaum, die der Duc notiert hatte.

Philippe überflog die altertümlichen Namen. Radegonde, Sylvestre, Hyppolite, Raymond. Er stutzte. Raymond? Dieser Name löste etwas in ihm aus. Er erinnerte sich daran, dass er ihn erst kurz zuvor gelesen hatte. Und zwar im Parchemin de Chinon. Ein gewisser Raymond de Cotignac war in dem Geheimtext als Zeuge des päpstlichen Verhörs im Templerverlies aufgeführt. Einer derjenigen also, die dabei gewesen waren, als der Papst den Templern die Absolution versprach.

Und als Gegenleistung ihren Schatz forderte. Zur Finanzierung eines weiteren Kreuzzugs, um das verlorene Jerusalem erneut zu befreien. Dieser Raymond war einer von Philippes Vorfahren. Es gab tatsächlich eine Verbindung zwischen seiner Familie und dem Templerschatz.

Philippe wurde durch den Ruf eines der Experten von der Spurensicherung aus seinen Gedanken gerissen:

»Monsieur? Kommen Sie, Monsieur! Wir haben hier noch etwas gefunden«, rief er ihm aus dem Stollen zu.

»Hier, sehen Sie! Es war in der Nische versteckt«, erklärte der junge Mann und zog eine große Rolle aus dem Halbdunkel. Philippes Herz schlug schneller. Es waren tatsächlich die »Hirten auf dem Feld«. Das Bild, das seit Tagen als verschollen galt. Das er wie ein Verrückter gesucht hatte. Und seit dessen Diebstahl zwei Morde geschehen waren. Dieses Bild war die ganze Zeit in Cotignac selbst versteckt gewesen, da, wo niemand es vermutet hatte! In einem Geheimgang zwischen Süderker und Bibliothek. Das ließ nur eine mögliche Erklärung zu. Nur jemand, der diesen Stollen kannte, konnte es gestohlen haben. Deshalb waren an der Sicherheitsverriegelung keine Spuren gefunden worden. Weil der vermeintliche Dieb es gar nicht nötig gehabt hatte, die Tür aufzubrechen. Onkel Jean-Baptiste selbst hatte es verschwinden lassen. Seine Bestürzung nach dem Diebstahl, der Zusammenbruch, alles nur vorgetäuscht. Er war ein verdammt guter Schauspieler. Niemand hatte ihn verdächtigt. Ihn, das Opfer.

Er selbst hatte es aus dem Prunkrahmen geschnitten und zusammengerollt. Und in Kauf genommen, es zu beschädigen. Denn wenn es so war, wie Philippe glaubte, dann wog die Beschädigung nur gering gegenüber dem Wert, den derjenige erhielt, der es lesen konnte. Das Bild hatte Cotignac nie verlassen. Für all das gab es nur eine einzige Erklärung:

Es musste irgendeinen Hinweis auf den Templerschatz enthalten. Denn um nichts anderes ging es.

»Hierher«, wies Philippe nun hektisch die umstehenden Polizisten an, »bringen Sie es hierher, ins Licht. Schnell, wir dürfen keine Zeit verlieren!«

Philippe sah das Bild, das er zuvor nur auf Fotos gesehen hatte, zum ersten Mal in echt. Und mit anderen Augen. Es war typisch für die Renaissance. Eine christliche Szene, Zentralperspektive, ein Blick auf eine reale Landschaft. Im Vordergrund: drei Hirten und fünf Schafe. Im Hintergrund gut zu erkennen die Festung von Chinon. Darunter das Schloss und eine Art kleiner Weiler, dort, wo heute das Weingut war. Ein eindeutiger örtlicher Bezug auf Cotignac. Drei Hirten und fünf Schafe. Drei Großmeister und fünf Zeugen bei der Vernehmung der Templer. Zufall?

Die Hirten knieten vor einer Frauengestalt mit Heiligenschein. Auf den ersten Blick eine Madonna. Aber Philippe würde den gleichen Fehler nicht ein zweites Mal machen. Er wusste, wo er hinsehen musste. Und in der Tat. Es war keine Maria, der die Hirten Respekt zollten. Es war eine Darstellung der Heiligen Némoise. Man konnte den Gänsefuß unter ihrem Gewand hervorlugen sehen. Was hatte das alles zu bedeuten? Gebannt und sprachlos starrte er auf das Gemälde. In seinem Kopf überschlugen sich die Gedanken.

»Ist alles in Ordnung, Monsieur?«, fragte einer der Gendarme, die er herbeigewunken hatte, und riss Philippe damit aus seinen Überlegungen.

»Wenn es stimmt, was ich denke, dann ist auf diesem Bild eine geheime Botschaft versteckt. Helfen Sie mir suchen. Irgendwo muss ein Hinweis sein, ein kleiner Text, ein Wort, eine Nachricht«, forderte Philippe die Männer auf. Diese sahen ihn ungläubig an, beugten sich dann aber über das Gemälde.

Die beiden Männer von der Spurensicherung kamen neugierig dazu und nahmen die verhältnismäßig kleine Landschaftsdarstellung von Chinon unter die Lupe. Im wahrsten Sinne des Wortes, zogen sie doch dabei einige Gerätschaften aus ihrem Werkzeugkoffer. Einer hatte sich sogar ein kleines Okular ins rechte Auge geklemmt und fuhr damit direkt auf der Leinwand entlang. Fieberhaft suchten sie jeden Quadratzentimeter ab.

Philippe nahm sich die Heilige mit dem Gänsefuß vor. Zuerst den Fuß. Nichts. Im Gegensatz zur Position auf dem Kästchen wies die Fußspitze diesmal ins Leere. Auch aus der Haltung der Hände konnte er nichts interpretieren. Bis er schließlich auf dem Gewand etwas entdeckte.

»Da! Ich habe es gefunden! Sehen Sie nur her! Das Muster hier. Es sind keine Blümchen oder Ornamente. Es sind Buchstaben, winzige Buchstaben. Geben Sie mir Ihre Lupe, schnell!«

Er entzifferte die Buchstaben und notierte sie in Onkel Jean-Baptistes Notizbuch. Auf den ersten Blick ergaben sie keinen Sinn. Es war wie bei dem Kästchen. Philippe versuchte, aus dem Gewirr einzelne Wörter zu lesen. Er fand »source«, »Quelle«. Aber der Rest bildete keine neuen Wörter. Er kombinierte weiter. »Lache«, »feige«. Auch dieses Wort wollte sich nicht mit den übrigen Lettern zu einem sinnvollen Ausdruck fügen. Das Z brachte ihn endlich zur Lösung. Es war die Endung von »cherchez«, »sucht«. Aus den restlichen Lettern ergab sich schnell »rose«, »la« und »sous«. »Cherchez sous la rose«. »Sucht unter der Rose«.

Von Saint-Martin bis Coudray, von Trésor bis Rose. Rose war eine Ortsangabe. Der Schatz lag unter der Rose. Der Schlüssel zum Schatz war das Gemälde. Onkel Jean-Baptiste hatte das gewusst. Deshalb hatte er selbst es verschwinden lassen und vor der Öffentlichkeit so getan, als ob es gestohlen worden sei. Für alle, die hinter dem Bild her waren, musste das eine Hiobsbotschaft gewesen sein. Trichet, Delacour, Tante Aude, sein Onkel. Sie alle waren in der Confrérie de Chinon, die so manches Geheimnis um ihre unterirdischen Gänge und den berühmten Wein hütete. Warum nicht auch das um den Templerschatz?

Ohne ein weiteres Wort stürzte Philippe aus der Bibliothek, den Gang entlang und zum Auto. Er schwang sich hinters Steuer und drosch den Wagen durch die Schlossauffahrt so weit in den Ort hinein, bis er endlich Empfang hatte, und hielt am Straßenrand. Charlotte Maigret hob sofort ab.

»Monsieur du Pléssis? Gerade wollte ich Sie anrufen. Es gibt etwas Neues. Das Bild. Wir haben es bei Christelle Albert nicht gefunden. Wir haben alles durchsucht, aber …«

»Ich weiß. Deshalb rufe ich an, Madame. Sie konnten es dort gar nicht finden. Denn es ist die ganze Zeit hier gewesen, auf Schloss Cotignac. Ich habe es gefunden.«

»Was?«, begann die Kommissarin ungläubig.

»Erklär ich Ihnen später. Madame Maigret, ich habe das Bild untersucht. Es enthält eine geheime Botschaft.«

Philippe erklärte hastig, wie er zu dem Schluss gekommen war, dass der Templerschatz »unter der Rose« lag. Dass es um Leben und Tod ging, weil der Duc verschwunden und vermutlich auf dem Weg zur Rose war. Sie müsse eine Fahndung nach ihm herausgeben. Er hatte rasend schnell gesprochen und musste tief Luft holen. Diese Pause nutzte Maigret.

»Die Heilige Némoise? Mit Verlaub, Sie reden wirres Zeug, Monsieur. Auf dem Bild ist doch eine Madonna mit den Hirten … Ich verstehe überhaupt nichts mehr«, zischte Charlotte Maigret in ihr Telefon. »Eben ging es doch noch um Khaled Ashrafi und seine Machenschaften mit Trichet. Wir sollten uns lieber eine Taktik überlegen, wie wir Ashrafi zu einem Geständnis bringen können, als Ihren angeblichen geheimen Botschaften nachzuspüren. Was hat das alles mit …«

»Aber ich weiß, was das alles miteinander zu tun hat, Madame. Vertrauen Sie mir. Auch wenn ich in Ihren Augen ein Möchtegern-Detektiv bin. Wir müssen mit Michel Bayol sprechen. Er ist der Einzige, der uns mit den Ortsangaben helfen kann. Er hat mit meinem Onkel an einer Chronik von Cotignac gearbeitet und kennt die Geschichte meiner Familie vermutlich besser als ich. Kommen Sie so schnell wie möglich nach Cotignac. Wir treffen uns am Weingut.«

Die Kommissarin schien zu zögern. »Das ist wirklich das letzte Mal, dass ich mich auf Ihre verrückten Ideen einlasse. Aber in Ordnung. Ich komme«, willigte sie schließlich ein.

Philippe legte auf und steuerte den Wagen auf die schmale Straße, die ihn zu seinem nächsten Puzzleteil führen würde. Zum entscheidenden, letzten Puzzleteil, das die Lösung für alles war. Er war sich ganz sicher.

KAPITEL 40

Philippe raste durch die schmale Ortsmitte, ein paar alte Herren, die vor dem Rathaus plauderten, zeigten ihm den Vogel und beschimpften ihn wild gestikulierend. Am Ende der Hauptstraße bog er links ab und folgte der Vienne ein Stück. Im Grunde genommen bestand Cotignac nur aus dieser einen Straße, gesäumt von wenigen Häusern auf der Flussseite und etlichen troglodytischen Gebäuden auf der linken Seite. Sie waren halb in den Felsen hineingebaut und wirkten wie Hobbit-Häuser mit ihren halben Fassaden.

Er näherte sich der Stelle, an der die Vienne sich mit der Loire vereinigte. Das Wasser hatte aufgrund des vielen Regens der letzten Tage und Wochen bereits die Wiesen überflutet, die bis an die Straße heranreichten. Wie mit einem Aquarellpinsel verwischte der über die Ufer getretene Fluss die Landschaft zu farbigen Streifen in Grün, Blau und Beige. Alles schien sich zu bewegen. Die regenschweren Wolken, die über Philippe vom Westwind vorangetrieben wurden, das Strömen des Flusswassers in Richtung Straßendamm. Dazwischen schoss er pfeilschnell in Erics weißem Lieferwagen dahin. Panta rhei, dachte er, alles fließt. Die letzten Stunden hatten eine unglaubliche Dynamik in den Fall gebracht. Die endgültige Aufklärung stand unmittelbar bevor.

Andererseits wurde alles immer rätselhafter. Schon gab es ein neues Verbrechen. Jemand hatte die arme Madeleine niedergeschlagen. Wie war sie in diesen Geheimgang gelangt?

Sie war nicht ansprechbar gewesen. Die Sanitäter hatten sie noch im Stollen an einen Tropf gehängt und ins Centre Hospitalier gebracht. Ihr Zustand war ihrem Alter gemäß kritisch. Philippe hatte ihr das Familienmotto ins Ohr geflüstert und ihr gut zugesprochen, sie müsse durchhalten. Er brauche sie noch. Dem jungen Arzt hatte er das Versprechen abgenommen, ihn sofort zu informieren, wenn sich ihr Zustand änderte.

In einiger Entfernung sah er Blaulicht. Ein paar Fahrzeuge standen auf der Fahrbahn, ein Verkehrspolizist winkte mit einer Kelle. Philippe drosselte die Geschwindigkeit und fluchte. Ein Unfall, ausgerechnet jetzt. Dies war der direkteste Weg zum Weingut. Er fuhr das Seitenfenster herunter, als der Gendarme auf seinen Wagen zukam.

»Das Hochwasser, Monsieur. Die Vienne hat die ganze Straße unterspült. Sie können hier nicht weiterfahren. Zu gefährlich.«

Noch bevor Philippe etwas fragen konnte, war der Polizist schon weitergelaufen zum nächsten Auto hinter ihm. Philippe hatte keine Zeit zu verlieren und wendete. Dann raste er den Weg zurück, den er gekommen war. Um das Weingut zu erreichen, musste er einen riesigen Umweg fahren. All das kostete wertvolle Zeit. So schnell es auf der kleinen Landstraße ging, fuhr er zurück zum Kreisel am Ortseingang. Dort hatte sich inzwischen ein Verkehrschaos aufgebaut. In der anderen Richtung schien die Straße durch das Hochwasser ebenfalls unpassierbar zu sein. Er steckte fest.

»Madame Maigret? Sind Sie schon unterwegs? Hier in Cotignac ist Hochwasser, ich komme nicht weiter, verflixt noch mal.«

»Keine Sorge. Ich bin gleich da. Was auch immer ihre Aktion bringen soll … Hören Sie, Philippe, dieser Templer-Irrsinn. Wir haben Ashrafi, er sitzt in Untersuchungshaft. Die Frage ist aber, wie lange. Wir können ihn nicht ewig festhalten. Sein Anwalt wird ihn früher oder später rausholen. Wir konnten zurückverfolgen, woher das Geld stammt, das auf Ashrafis Schweizer Konto überwiesen wurde. Es kommt tatsächlich aus einem Immobilienverkauf.«

»Wusste ich's doch. Geldwäsche. Der Typ kam mir schon verdächtig vor, als ich sein Patek-Philippe-Handgelenk auf dem Event in Cotignac zum ersten Mal gesehen habe«, feixte Philippe.

»Freuen Sie sich nicht zu früh, Monsieur. Wir haben Khaled Ashrafi natürlich nach der Summe gefragt. Er behauptet, das Geld stamme aus einer Erbschaft. Es ist sehr schwer, diesen Kapitalisten das Handwerk zu legen. Le peuple aux abois, tuons les bourgeois.«

»Lächerlich!«, schnaubte Philippe. Maigret hatte den Schlachtruf der Gelbwesten-Proteste zitiert. »Lasst uns die Reichen töten.« Fehlte nur noch, dass sie die Marseillaise anstimmte.

»Was man auf jeden Fall schon sagen kann: Sein Vater ist vor circa drei Monaten verstorben. Und der besaß etliche Immobilien in der Schweiz. Es könnte also tatsächlich eine harmlose Erklärung für die Summe geben. Und was er mit diesem Geld macht, ist seine Sache. Er könnte es zum Beispiel einem befreundeten Politiker schenken. Dass das Zollfreilager leer war, macht es nicht unbedingt einfacher, Ashrafi hierzubehalten. Ich würde diesen schmierigen Kerl nur zu gern hinter Schloss und Riegel sehen. Der ist ein Kapitalistenschwein, genauso wie Trichet.«

»Um die beiden Herren kümmern wir uns noch. Jetzt müssen Sie mir helfen, meinen Onkel zu retten. Ich glaube, dass er in Lebensgefahr schwebt. Wir müssen ihn finden. Wenn Sie früher als ich bei Bayol sein sollten, dann fragen Sie ihn danach, was ›cherchez sous la rose‹ bedeuten könnte. Und lassen Sie sich von ihm die Pläne zeigen, an denen er mit meinem Onkel gearbeitet hat. Er kann uns helfen.«

Draußen stiegen die ersten Fahrer aus ihren Autos aus und diskutierten heftig mit den beiden Verkehrspolizisten auf Motorrädern, die inzwischen hier aufgetaucht waren.

Immer mehr Autos drängten von hinten nach. Philippe hatte keine Ausweichmöglichkeit, die nicht wieder in einer Schleife auf die einzige Hauptverkehrsstraße zurückführte. Wenn das so weiterging, war Maigret trotz der weiteren Strecke wirklich noch vor ihm bei Bayol.

Er machte aus der Not eine Tugend und durchsuchte noch einmal das Notizbuch des Duc. Er ließ die Blätter wie in einem Daumenkino vorbeirauschen. Dabei stieß er auf eine Skizze. Er schlug die Seite auf. Was er sah, war jedoch enttäuschend. Ein Gewirr aus Linien und Beschriftungen ohne jeglichen Sinn. Die Handschrift des Duc war kaum zu entziffern.

Es sah aus wie eine der Kinderzeichnungen von Straßen und Kreuzungen, die er früher für seine Spielzeugautos angefertigt hatte, um sie darauf fahren zu lassen. Endlich begriff er, worauf er gestoßen war. Der Duc hatte eine Skizze der Pläne angefertigt. Was er hier vor sich sah, waren keine Straßen, sondern die unterirdischen Gänge von Chinon. Und vermutlich auch die von Cotignac. Und den Caves Painctes. Die einzelnen Gänge trugen die Namen berühmter Könige aus dem Mittelalter und ihrer Mätressen. Neben einigen Sackgassen gab es auch einen Ausgang, neben dem der Duc »Caves Painctes« notiert hatte. Aber mit dem Plan allein konnte Philippe nichts anfangen. Ein Ein- oder Ausgang namens »Rose« war nirgends eingezeichnet.

Während um ihn herum ein Hupkonzert begann, das sinnlos war, weil es den Verkehr auch nicht wieder zum Laufen brachte, vertiefte sich Philippe weiter in das Notizbuch.

Er fand eine Art Grundriss der Festung von Chinon. Soweit er das beurteilen konnte, war er ziemlich exakt gezeichnet. Rechts das Fort Saint-Georges mit der Chapelle

Saint-Georges und dem massiven Uhrenturm. In der Mitte das Fort du Milieu. Eine Brücke verband die beiden Festungsteile über den ersten tiefen Burggraben hinweg. Es gab noch einen dritten Festungsteil, das Fort du Coudray mit dem Turm, der Tour du Coudray, in dessen Verlies die Templer gesessen hatten. Der Turm mit den berühmten Fresken. Im Fort du Milieu waren die königlichen Gemächer eingezeichnet, in denen die Begegnung Johanna von Orléans' mit dem französischen König Charles stattgefunden hatte. Daneben ein Turm auf dem äußeren Wehrgang, der Talseite zugewandt. Philippe wunderte sich. Er war sich ziemlich sicher, dass dort kein Turm stand. Oder nicht mehr? »Tour du Trésor«, war daneben zu lesen. Schatzturm. Von Saint Martin bis Coudray, von Trésor bis Rose. Von Trésor bis Rose. Die Worte aus der Geheimbotschaft waren reale Orte. Es waren Teile der Festung von Chinon. Sucht unter der Rose. Philippe war sich jetzt endgültig sicher. Die Geheimbotschaft aus dem Kästchen bezog sich auf die unterirdischen Gänge unter der Festung von Chinon. Und die verliefen bekanntlich kilometerweit durch den Tuffsteinfelsen. Warum nicht auch bis zum Château de Cotignac? Stand »Rose« für Cotignac?

In diesem Moment kam Bewegung in die Autoschlange vor ihm. Er musste das Notizbuch beiseitelegen und den Motor starten. Langsam ruckelten die Autos vorwärts, aus dem Örtchen hinaus. Endlich war der Weg wieder frei. Philippe drückte aufs Gas.

KAPITEL 41

Das letzte Stück der Straße, die zum Weingut führte, war kaum befestigt und Philippe schaukelte im hohen Führerhaus hin und her. Er rekapitulierte.

Auf einmal ergab alles einen Zusammenhang. Den sagenumwobenen Schatz der Templer hatte man in der Festung von Chinon schon unzählige Male gesucht, die Templerfresken genau studiert, ob sie einen Hinweis darauf geben konnten. Denn wer würde nicht gerne einen Schatz aus der Vergangenheit finden, der ihn unermesslich reich machen würde? Die Lösung lag in dem Gemälde »Hirten auf dem Feld« und nicht in den alten Graffitis. Vielleicht hatten die Schatzsucher sich zu sehr auf die Tour du Coudray versteift.

Der Einzige, der etwas wissen könnte, war Michel Bayol.

Charlotte Maigrets Wagen parkte auf dem Besucherparkplatz. Der Motor knisterte noch. Sie musste kurz vor ihm angekommen sein.

Philippe stand jetzt unter dem mächtigen Tor, das den Eingang zum Weingut markierte. Und was er bei seinem letzten Besuch nicht registriert hatte, sprang ihm jetzt geradezu ins Auge. Die Gebäude des Weinguts hatten die typische Anordnung. Ein massives Tor, ein Turm, ein Haupt- und mehrere Nebengebäude. Er konnte sich nicht erklären, warum er nicht schon vorher darauf gekommen war. Das Weingut war eine alte Commanderie. Eine lokale Niederlassung der Templer, um Geld für den Orden zu generieren. Eine von Hunderten, ja Tausenden in Frankreich und dem westlichen Europa. Aber vielleicht war es auch *die* eine. Dann würde alles einen Sinn ergeben. Er hob den Kopf und erkannte über dem Torbogen ein Tatzenkreuz. Genauso geformt wie das, das Bayol um den Hals trug. Das Tatzenkreuz. Die sechsblättrige Rosette. Kennzeichen der Templer. Cotignac war Templergebiet. Irgendwo hier hatten sie vor Jahrhunderten ihren Schatz in Sicherheit gebracht. Dem Papst für ihre Absolution in Aussicht gestellt. Und sein Vorfahr Raymond war Zeuge gewesen.

Cherchez sous la rose. Dies hier waren die Caves de la Rose. Er musste es zu Ende bringen. Philippe beschleunigte seine Schritte und lief in den Hof, um den sich die Gebäude gruppierten. Es war niemand zu sehen, aber das rote Holztor zum Weinkeller stand offen. Darüber, von einer dichten Kletterrose fast überdeckt, ein weiterer verzierter Stein: eine sechsblättrige Rosette. Darunter lehnte Bayols Metallsonde neben dem Eingang. Eine merkwürdige Stille lag über dem ganzen Anwesen. Keine Spur von Maigret.

Es geschah so schnell, dass Philippe nicht hätte sagen können, aus welcher Richtung das Vieh gekommen war. Das schwarze Ungetüm schoss auf ihn zu und sprang so hoch, dass die geifernden Lefzen direkt vor Philippes Gesicht auftauchten. Der Atem des Hundes roch übel. Er schlug mit seinen Pfoten nach Philippe, der beide Arme hochgerissen hatte, um sich zu wehren. Das Tier rutschte ab. Philippe schrie auf. Der Hund hatte ihm einen tiefen Kratzer auf der linken Wange zugefügt, er blutete. Wieder sprang er bis zum Kopf hoch und Philippe trat nach ihm, traf jedoch ins Leere. Er suchte nach etwas, was er nach ihm werfen könnte. Der Hund bellte ihn an, die Ohren angelegt, und duckte sich. Zum Sprung bereit, ohne sein Opfer aus den Augen zu lassen. Seine langen weißen Zähne und die rote Zunge blitzten hervor. Philippe wich zurück, einen Schritt nach dem anderen. Das Bellen des Hundes hatte sich in ein grimmiges Knurren verwandelt. Von den Lefzen tropfte ihm die Mordlust.

Philippe tastete an der Wand hinter sich entlang. Endlich bekam er die Sonde zu fassen. Damit hielt er den Hund auf Abstand. Der bellte wie von Sinnen, geriet mehr und mehr in Rage. Er fixierte Philippe und schnappte. Aber diesmal war Philippe schneller. Er hechtete durch das rote Tor und es gelang ihm gerade noch, es zuzuschieben, bevor der Hund ihm ins Innere folgen konnte. Das Untier kläffte draußen weiter, kratzte mit den Krallen am Holz herum.

Philippe schlug das Herz bis zum Hals. Er versuchte, seinen Atem zu beruhigen. Er tastete nach dem Kratzer auf der Wange und drückte sein Stofftaschentuch darauf. Sein schönes neues Hemd musste er wohl verloren geben. Blutstropfen und ein Riss auf der Brust, stellte er bedauernd fest. Dieser Fall ruinierte ihm noch seine gesamte Garderobe.

Noch einige Augenblicke blieb er regungslos stehen. Langsam normalisierte sich sein Puls wieder. Er lauschte angespannt in den dämmrigen Raum. Nichts. Keine Jazzmusik diesmal. Dieselbe merkwürdige Atmosphäre wie draußen. Aus der Öffnung zum Weinkeller schimmerte schwaches Licht. War Bayol dort unten?

Gerade als er überlegte hinunterzusteigen, hörte er draußen Stimmen. Der Hund ließ vom Tor ab und es wurde aufgeschoben.

»Florence hat mir gesagt, dass mich jemand sucht, aber sie hat nicht dazu gesagt, dass Sie das sind, Monsieur du Pléssis. Bonjour! Was führt Sie zu mir? Brauchen Sie Nachschub?«

»Der Hund, wo ist dieses Untier?«, stieß Philippe hervor. »Ihr Hund hat mich angegriffen. Er wollte mich zerfleischen.«

»Aber, aber, mein lieber Baron. Hector würde keiner Fliege etwas zuleide tun.«

Michel Bayol streckte Philippe seine Hand entgegen und lächelte ihn an. Er füllte den Raum sofort mit seiner sympathischen Ausstrahlung. Wieder trug er ein sportliches Polo-Shirt, das die Farbe seiner Augen unterstrich, und eine legere Chino. Darüber eine lederne Winzerschürze. Philippe kam sich mit seinem zerrissenen, schmutzigen Hemd neben ihm vor wie jemand, der in Jeans zu einem Dîner erschien. Da half auch die kostbare Krawattennadel mit der Tahitiperle nichts, mit der er das hellgrüne Einstecktuch in der Brusttasche seines Tweedjacketts fixiert hatte.

Bayol entschuldigte sich nicht weiter für seinen Hund Hector. Philippe hatte Mühe, seinen Atem wieder unter Kontrolle zu bringen. Er ärgerte sich, denn der Angriff Hectors war alles andere als harmlos gewesen. Dann besann er sich darauf, dass es keine Zeit zu verlieren gab, wenn er den Duc finden wollte. Er erklärte Bayol, worum es ging. Dieser schien einen Moment nachzudenken, dann sagte er in seinem verbindlichen Ton: »Tut mir leid, Ihren Onkel habe ich seit unserer letzten Begegnung in der Bibliothek nicht mehr gesehen. Aber dass wir zusammen die Pläne studiert haben, ist richtig, ja. Gibt es denn etwas Neues in dem vertrackten Fall? Eine Spur von dem Gemälde, das Ihrem Onkel so sehr am Herzen liegt?«

»Madame la Commissaire und ich stehen kurz vor Abschluss des Falls. Wo ist Sie übrigens? Ihr Wagen steht draußen«, erklärte Philippe.

»Florence zeigt ihr die Weinfelder«, antwortete Bayol.

Philippe wunderte sich, aber schließlich war er hier, um Onkel Jean-Baptiste zu finden. Daher erklärte er dem Winzer, dass er das Gemälde gefunden habe und dringend seinen Onkel sprechen müsse.

»Wegen der geheimen Botschaft, die es enthält?«, fragte Bayol ohne Umschweife.

Philippe war perplex. »Woher wissen Sie …?«

Michel Bayol lächelte wieder. »Wenn man so nah zusammenarbeitet wie der Duc und ich, dann erfährt man so einiges vom anderen. Der Duc vermutet schon lange, dass das Bild eine geheime Botschaft enthält. Umso betrübter war er über dessen Verlust. Dass Sie das Gemälde gefunden haben, ist eine Sensation! Wo war es?«

Philippe berichtete ihm, was sich im Schloss zugetragen hatte und wie er die Botschaft auf dem Bild entschlüsselt hatte.

»Haben Sie eine Idee, was sie bedeuten könnte?«

»Aber Monsieur le Baron, wollen Sie mir wirklich sagen, dass Sie nichts davon wussten, warum Ihr Onkel die Arbeit an der Chronik in den letzten Monaten so intensiv betrieben hat?«

Bayol öffnete eine Schublade unter der Theke für die Weinverkostungen und kam mit einem Tablet zurück. Es war dasselbe Gerät, das er in der Bibliothek gehabt hatte, als ihm Philippe zum ersten Mal begegnet war. Er legte es auf einem der Weinfässer ab und öffnete eine Datei.

»Sehen Sie: Hier ist eine Art Übersichtsplan über das Stollensystem. Ich habe ihn selbst gezeichnet, er ist nicht besonders genau, zeigt aber das Wesentliche. Der ganze Felsen ist durchlöchert, wenn man so will. Wie ein Schweizer Käse.«

Philippe beugte sich über den Plan und wunderte sich. Er sah aus wie der aus Jean-Baptistes Notizbuch. Mit den Erklärungen von Bayol gelang es ihm, sich zu orientieren. Das Gängesystem war noch weitläufiger, als er vermutet hatte, und umfasste mehrere unterirdische Stockwerke. Wieder fiel ihm auf, dass die einzelnen Gänge Namen geschichtlicher Persönlichkeiten trugen.

»Agnès Sorel? Was hat die Mätresse eines Königs mit den Gängen zu tun?«, fragte Philippe erstaunt.

»Eine delikate Frage, Monsieur le Baron. Man sagt, der König und sie hätten die unterirdischen Gänge genutzt, um sich heimlich zu treffen. Dass rachsüchtige Königsgemahlinnen einen Giftschrank besaßen, ist keine Legende, sondern historisch belegt. Grund genug für Agnès, die Treffen mit deren Ehemann im Verborgenen stattfinden zu lassen. Wäre auch heute für Ehebrecher noch ganz praktisch, nicht wahr, wenn sie über ein solches Gangsystem verfügten?«

Bayol hatte einen weiteren Plan geöffnet. Er zeigte die Grundrisse der Festung von Chinon.

»Nun, die Forteresse gliedert sich im Grunde genommen in drei Teile, die unterschiedlich alt sind. Es gibt das Fort Saint-Georges mit der Chapelle Saint-Georges. Dann das Fort du Milieu mit den königlichen Gemächern. Sehen Sie? Hier! Der dritte Teil, auf dem Felsen ganz vorne, ist das Fort du Coudray. Mit der Tour du Coudray.«

Philippe nickte bestätigend. Die Tour du Trésor, die ihm in den Aufzeichnungen des Duc aufgefallen war, fiel ihm ein. Er fragte: »Was ist das hier? Ich sehe im Plan einen weiteren Turm eingezeichnet. Aber ich kenne die Festung seit meiner Kindheit. Einen solchen Turm gibt es an dieser Mauer zur Talseite hin doch gar nicht.«

»Einiges, was in diesem Plan rekonstruiert ist, ist heute nicht mehr zu sehen. Die Chapelle Sainte-Marie zum Beispiel. Die königlichen Gemächer selbst sind ja ebenfalls zur Hälfte zerstört. Dieser Turm ist die Tour du Trésor«, erklärte Bayol weiter.

Philippe stierte auf Bayols Kragenausschnitt. Dort baumelte seine Kette, die mit dem Templerkreuz. Er dachte darüber nach, was Bayol ihm über die Festung gesagt hatte, und sprach seine Gedanken laut aus: »Und diese Gänge. Wie weit muss man sich deren Ausdehnung vorstellen? Ich weiß, dass es eine Verbindung zwischen der Festung und den Caves Painctes gibt. Auf Ihrem Plan ist kein Maßstab angegeben.«

»Ja, aber die Verbindung zu den Caves Painctes ist durch

ein massives Gitter versperrt. Man müsste es schon wegflexen, wenn man da hindurchwollte. Und auch am tiefsten Punkt unter der Tour du Coudray, dem Templerverlies, ist ein solches Gitter angebracht. Ebenfalls Endstation für alle Schatzsucher und Templerforscher. Die Gänge dehnen sich aber noch viel weiter aus.« In seinem Ton lag Bedauern. Aber er kannte sich noch besser aus, als Philippe es erhofft hatte.

»Monsieur Bayol, was verstehen Sie unter der Formulierung ›von Saint Martin bis Coudray, von Trésor bis Rose‹?«

Philippe beobachtete Michel Bayol genau, als er diese Frage stellte. Er glaubte, ein Zucken um die Mundwinkel des Winzers wahrzunehmen. Dieser wiederholte die Frage, wie um Zeit zu gewinnen.

»Nun, Saint Martin, das könnte die ehemalige Chapelle Saint-Martin sein, sehen Sie, hier.«

Er deutete auf eine Stelle im Grundriss der Festung.

Philippe verstand endlich. Coudray, Saint Martin, Trésor, Rose.

»Glauben Sie, es gibt eine unterirdische Verbindung zwischen der Festung von Chinon, dem Château de Cotignac und dem Weingut, den Caves de la Rose?«

Aus dem Augenwinkel sah er, wie Michel Bayol zwei Schritte zurücktrat und unter seine Schürze griff.

»Wir wissen es doch beide ganz genau«, sagte Michel Bayol und sein Tonfall war nicht mehr verbindlich. Als Philippe aufsah, blickte er in den Lauf einer Beretta.

KAPITEL 42

»Ich vermute schon lange, dass der Templerschatz hier versteckt ist. Schon in Marseille wusste ich, dass es eine lukrative Idee wäre, das Weingut zu pachten. Ihr Onkel war schnell überredet. Von Weinbau habe ich keine Ahnung. Aber mit den Templern beschäftige ich mich seit Ewigkeiten. Ich bin ein Kollege von Laurent Delacour, habe eine unbedeutende kleine Galerie in Marseille betrieben, mehr Hobby als Broterwerb. Viel zu zutraulich, dieser Trottel von Delacour. Und auch der Duc de Cotignac hat mir alles geglaubt. Leider waren beide nicht besonders kooperativ bei der Herausgabe ihrer Geheimnisse. Ich musste ihnen ein bisschen wehtun.«

Philippe schluckte. Was hatte Bayol dem Duc angetan? Und wo war Charlotte Maigret?

»Alles, was ich für meine Schatzsuche noch brauchte, war die Information, die Sie mir gerade selbst gegeben haben, Monsieur. Sie leichtfertiger Beau.« Michel Bayol lachte wie ein Bösewicht aus einem Spielfilm. »Los, rein da!« Bayol machte mit der Beretta eine Bewegung in Richtung Weinkeller und zwang Philippe vorwärts in den dunklen, engen Gang, der sich in den Felsen hineinfraß.

Der Winzer hatte Philippe mit seinem sympathischen Auftreten getäuscht. Dabei war er skrupellos. Bisher hatte er alle Mitwisser aus dem Weg geräumt. Laurent Delacour war tot, der Duc verschwunden; das Schlimmste war zu befürchten. Philippe schwebte in Lebensgefahr. Und die Kommissarin auch.

Er hatte das Gefühl, keine Luft mehr zu bekommen. Bayol hielt die Waffe auf ihn gerichtet. In der anderen Hand hatte er eine Taschenlampe. Ihre Körper warfen lange Schatten in den schmalen Stollen. Philippe zwang sich, ruhig zu bleiben, während er fieberhaft überlegte, wie er der Situation entkommen könnte. Sein Puls pochte durch die Schläfen, ein peitschender Rhythmus. Seine bleiernen Beine bewegten sich nur im Zeitlupentempo vorwärts, hinein in die dunkle Enge, gefolgt von Bayol. Seine Schuhe knirschten über den sandigen Felsuntergrund. Er tastete heimlich nach seinem Telefon, aber vergebens. Es musste ihm bei dem Gerangel mit dem Hund aus der Tasche gefallen sein. Sein Herzschlag stolperte.

Tiefer und tiefer ging es in den Felsen hinein. Hatten am Anfang noch Weinfässer und abgefüllter Wein in riesigen Flaschenregalen rechts und links des Gangs gelegen, so war es inzwischen eine nackte Röhre, die sich nach unten vorarbeitete.

Das Gelände war abschüssig, es ging vermutlich in Richtung Vienne. Die Beleuchtung wurde spärlicher. Klamme Kälte umfing ihn. Plötzlich weitete sich der Raum um sie ein wenig. Sie kamen an eine Art Kreuzung, von der mehrere Gänge abzweigten. Philippe hielt den Atem an. Lauschte wiederum angespannt. Im Hintergrund vernahm er ein leises Rauschen. Bayol stieß ihm den Lauf der Beretta in den Rücken. Es ging weiter bergab. Wenn die Gänge von der Burg hinunter nach Cotignac und weiter hierher führten, dann mussten sie unter der Vienne verlaufen.

Nicht nachdenken, versuchte er, sich zu beruhigen. Nicht nachdenken, wo du bist. Und was über dir ist.

Vor seinem geistigen Auge blitzte die Metrostation Cité in Paris auf. Mit ihren Kugellampen und der schier endlosen Treppe in die Tiefe. Weil sie unter der Seine durchführte, war sie eine der tiefsten in Paris, an der Linie 4 gelegen. An seiner Linie. Er hatte es stets gemieden, hier ein- oder auszusteigen. Sich vorgestellt, wie es wäre, wenn die Decke nachgäbe und die Wasser der Seine über die Gleise fluten und alle Passagiere mit unaufhaltsamer Macht hinwegspülen würden. Seine alte Angst. Paris. Juliette. Und plötzlich lag er wieder in dieser Bar, hinter dem Tresen, das Gesicht auf die Erde gedrückt. Ohne Luft. Damit sein Atmen ihn nicht verriet.

Ein Platschen riss Philippe aus seinen Gedanken. Ein kaltes Gefühl an seiner rechten Fußspitze. Er sah nach unten. Der Boden vor ihm war mit Wasser bedeckt. Panik stieg in ihm auf. Das Rauschen. Es musste das Hochwasser sein, das sich seinen Weg auch in den unterirdischen Stollen suchte. Bayol trieb ihn ins Hochwasser. Er würde ersaufen wie eine Kanalratte.

Schweiß rann ihm den Rücken hinunter, gleichzeitig fröstelte ihn. Er schnappte nach Luft wie ein Fisch auf dem Trockenen. Zwang sich durchzuhalten. Die Kommissarin und der Duc. Er musste sie finden und ihr Leben retten. Der Mörder durfte nicht noch mehr Menschen töten. Also weiter. Er schob die Erinnerungen an die Nacht in Paris weg.

Das Wasser schwappte etwa kniehoch. Sie mussten sich jetzt schon meterweit unter der Erdoberfläche befinden. Der Modergeruch wurde unerträglich.

Er riss sich seine hellgrün karierte Fliege herunter und stopfte sie in die Jackentasche, öffnete den Hemdkragen.

»Los, da rein!«

Bayol deutete mit der Waffe auf eine Nische, die halb verschüttet war. Philippe watete darauf zu, das Wasser ging ihm bereits bis an die Oberschenkel. Im Schein der Taschenlampe sah er eine reglose Gestalt, die an der Stollenwand lehnte. Der Kopf war nach vorne gesackt, die Beine ausgestreckt. Sie endeten in Cowboystiefeln. Charlotte Maigret. Bayol hatte die Kommissarin hierher geschleppt und außer Gefecht gesetzt.

Das Wasser stieg unaufhaltsam, es hatte fast auch die leicht erhöhte Nische erreicht. Nicht mehr lange, und die bewusstlose Kommissarin drohte zu ertrinken. Oder war sie bereits tot? Rasende Wut erfasste Philippe. Er musste handeln. Mit einem Ruck drehte er sich um und stürzte wie entfesselt auf den Winzer zu. Mit einer ungeahnten Kraft sprang er Bayol auf den Rücken.

Ihr Schatten schwankte übergroß wie der des Riesen Pantagruel auf den Wänden, beleuchtet von Bayols Stirnlampe.

Die beiden Männer wanden sich über den Boden, grässlich ineinander verschlungen wie zwei kämpfende Schlangen. Bayol bekam Philippe am Hals zu fassen und drückte zu. War seine Atemnot bisher nur Ausdruck seiner Angst gewesen, so wurde sie jetzt für Philippe bittere Realität. Er versuchte verzweifelt, unter Wasser die Hände Bayols von seiner Kehle zu lösen, aber der Winzer entwickelte schier unüberwindliche Kräfte. Er hockte jetzt auf Philippe, drückte dessen rechten Arm mit dem Knie auf den Boden. Die Lage schien aussichtslos. Philippe konnte nichts sehen, streckte seine linke Hand aus dem eisigen Wasser heraus und presste sie Bayol ins Gesicht. Er schob ihn nach hinten, sodass dieser endlich von seinem Hals abließ und Philippe den Kopf wieder über Wasser heben und Luft schnappen konnte.

Er hätte ein Königreich für eine Waffe gegeben. Einen Revolver, ein Messer oder wenigstens einen Steinbrocken. Aber es war keiner in Reichweite. Eine letzte Möglichkeit gab es. Er zog seine Krawattennadel heraus. Mit aller Kraft rammte er sie in Bayols Hals. Bis auf die Perle verschwand das acht Zentimeter lange Schmuckstück neben der Halsschlagader. Der Winzer schrie auf und versuchte, Philippes Hand wegzuschlagen. Im selben Augenblick drehte sich Philippe, bekam endlich einen Stein zu fassen. Er holte aus und hieb ihn mit Gewalt gegen Bayols Schläfe. Es knackte knöchern. Dann sackte der Winzer in sich zusammen, die Augen zu einem irren Blick verdreht. Als Philippe die Nadel mit der Tahitiperle herauszog, schoss das Blut in einem warmen Strahl aus der Halswunde. Michel Bayol kippte zur Seite weg ins Wasser. Die Luft wich in Blasen aus seiner Lunge.

Außer Atem stürzte Philippe zu Charlotte Maigret. Das Wasser reichte in der erhöhten Nische schon an sie heran. Er riss ihren Oberkörper nach oben.

»Charlotte!«, rief er und tätschelte ihre Wangen, doch sie blieb bewusstlos. Hinter ihm stöhnte der Winzer. Schnell zog Philippe seine Fliege aus der Tasche und fesselte damit dem noch immer wehrlosen Bayol die Hände auf den Rücken. Sein Blut bildete im Wasser rote Schlieren. Er schleifte ihn an den höchsten Punkt der Nische und lehnte ihn sitzend gegen die Wand.

Dann wuchtete Philippe Charlotte Maigret auf seine Schultern und schleppte sie Richtung Ausgang, immer aufwärts durch das kniehohe Wasser. Die Abstände zwischen den Baustellenlampen an der Stollenwand wurden kürzer. Das Wasser nahm ab. Er war jetzt weit genug … Am Ende seiner Kräfte taumelte er zum Kellerausgang, durch die rote Holztür und in den Hof und brach vor den erstaunten Augen von Florence, die gerade in Latzhosen, Gummistiefeln und kariertem Hemd Hector an die Kette gelegt hatte, zusammen.

KAPITEL 43

Es reichte noch für einen Kaffee bei Daniel. Um diese Tageszeit war nicht viel los im »Café du Roi«. Auf dem Tresen lagen ein paar Zeitungen. Sowohl die Ouest-France als auch die Nouvelle République machten mit den Vorfällen in Cotignac auf. Es war ein gefundenes Fressen für die Presse. »Duc de Cotignac ertrinkt in den Caves Painctes«, »Adeliger Ermittler stellt Mörder von Chinon«. Danach folgte ein Bericht in allen Einzelheiten. Es war genau die Art von Schlagzeilen, die Constant und Philippes Vater unbedingt hatten vermeiden wollen. Doch die Trauer um den Duc überwog. Tante Aude war untröstlich über den Verlust ihres Bruders. Niemand hatte Lust, sich über etwas zu streiten, was man ohnehin nicht mehr aus der Welt schaffen konnte.

Daniel kam um die Bar herum und nahm seinen Freund kurz in den Arm.

»Mein Beileid, Philippe. Ich weiß, dass du deinen Onkel sehr gemocht hast.«

Dankbar nickte Philippe seinem Freund zu.

Man hatte Onkel Jean-Baptistes Leiche am Ufer der Vienne gefunden. Nach allem, was sie wussten, war er allein in den unterirdischen Gängen unter der Tour du Coudray unterwegs gewesen. Dort gab es eine Quelle, die die Burgbewohner bei Belagerungen mit Trinkwasser versorgt hatte. Sie war dem Duc zum Verhängnis geworden. Das Hochwasser hatte ihn durch den Kanal gespült, durch den die Quelle mit der Vienne verbunden war. Es war ein tragischer Unfalltod. Was die Öffentlichkeit nicht erfuhr, war der Grund für seine Eskapade in den Stollen. Die Schatzsuche hatte ihn das Leben gekostet.

Philippe spürte tiefe Traurigkeit darüber, dass er den Duc nicht hatte retten können. Der falsche Bayol jedoch hatte überlebt. Er hatte Madeleine niedergeschlagen und in den Stollen gezerrt. Sie war zum falschen Zeitpunkt am falschen Ort gewesen. Sie hatte nach Onkel Jean-Baptiste gesucht und vor dem offenen Gang gestanden, als Bayol in die Bibliothek gekommen war, um nach Informationen über den Schatz zu suchen. Wie durch ein Wunder hatte er dabei die »Hirten auf dem Feld« in ihrem Versteck nicht entdeckt. Und wie durch ein Wunder ging es Madeleine wieder besser.

»Du brauchst einen Brûlot«, sagte Daniel und löffelte ein wenig Zucker in ein Glas. Dann gab er einen ordentlichen Schuss Cognac dazu, rührte beides um und zündete den Alkohol an. Er löschte mit einem doppelten Espresso ab und ließ die Mischung in zwei kleine Kaffeetassen gleiten.

»Woher kommt eigentlich der Name deines Ladens, ›Café du Roi‹? Von François I, dem Erbauer von Chambord? Oder Ludwig dem XIV.?«, fragte Philippe, um vom Thema abzulenken.

»Natürlich ist der Laden nach dir benannt, Chéri«, antwortete Daniel grinsend und schob Philippe eine der beiden Tassen hinüber. »Nach deinem Namensvetter. Philipp dem Schönen.«

»Hör mir bloß auf«, stöhnte Philippe, »ich will nichts mehr von den Templern wissen.«

»Sag mal, Philippe. Jetzt, wo der Fall gelöst ist, gehst du wieder zurück nach Paris?«, fragte Daniel behutsam. »Oder bleibst du bei uns in der mörderischen Provinz? Unsere Guinguette könnte dich gebrauchen. Und einen neuen Weinlieferanten müsstest du uns auch besorgen. Ich will damit sagen: Bleib hier, mein Freund. Geh nicht zurück in deine Pariser Einsamkeit. Deine Familie braucht dich.«

Philippe schüttelte den Kopf. »Die ganz bestimmt nicht. Die sind froh, wenn ich wieder weit weg bin.«

»Aber wir sind doch deine Familie, Eric und ich!«

Daniel musste es gespürt haben. Auch wenn Philippe noch nicht wieder Wurzeln gefasst hatte in seiner alten Heimat. Zurück zu all den schrecklichen Erinnerungen an Paris, an Juliette und den 15. November, konnte und wollte er auch nicht.

Die beiden Freunde schwiegen sich an. Das hatten sie schon früher gut gekonnt, zusammen schweigen.

»Um 14 Uhr, oder?«, fragte Daniel.

Philippe nickte und rührte gedankenverloren in seinem Café Brûlot. Er trank mit einem Schluck das starke Getränk aus. Dann griff er nach seiner ledernen Messenger-Bag.

»Aber vorher muss ich noch etwas erledigen.«

Charlotte Maigret trug Jeans und Cowboystiefel, dazu eine enge schwarze Bluse, darüber ihr Pistolenhalfter. Der Look war einfallslos, brachte aber ihren durchtrainierten, sportlichen Körper perfekt zur Geltung, wie er zugeben musste. An ihrem Unterkiefer hatte sich ein riesiger Bluterguss breit gemacht. Und da, wo Bayols Faust sie an der Wange getroffen hatte, klebte ein Pflaster, das die Platzwunde zusammenklammerte. Ansonsten war ihr von den Strapazen der vergangenen Tage nichts mehr anzumerken.

»Monsieur le Baron! Der Meister-Ermittler persönlich. Ich fühle mich geehrt.«

»Die Freude ist ganz meinerseits, Madame«, flötete Philippe und führte ihre Hand zu einem galanten Handkuss an den Mund.

Zum ersten Mal leistete sie keinen Widerstand. Sie ließ ihre Hand sogar einen Hauch zu lange in seiner.

»Sind die für die Comtesse de Crécy?«, fragte sie spöttisch und deutete auf den Rosenstrauß, den er hinter seinem Rücken hervorgezogen hatte.

»Für Sie, Charlotte. Nur eine kleine Geste. Zur Entschuldigung, weil ich Sie in die Höhle des Löwen gelockt habe.«

Ein Dank kam ihm trotz Bemühungen nicht über die Lippen. Schließlich hatte er sie retten müssen.

»Rosen? Na, Sie haben Nerven!«

»Der Wert von Rosen kann gar nicht hoch genug eingeschätzt werden.«

Philippe grinste. Dann räusperte er sich und begann: »L'important, c'est la rose, sozusagen.«

»Verschonen Sie mich, Monsieur le Baron. Das Letzte, was ich jetzt gebrauchen kann, ist ein adeliger Geck, der einen alten Schlager von Dalida singt.«

Ihr Blick fiel auf Philippes Revers, in dem, frisch poliert, wieder die Nadel mit der dunklen Tahitiperle steckte. Die, die er Bayol in den Hals gerammt hatte.

»Überaus makaber, Ihr Humor. Wirklich.« Die Kommissarin grinste.

Sie sah sich in ihrem chaotischen Büro um und ging schließlich entschlossen auf die vertrocknete Topfpflanze zu. Kurzerhand kippte sie den traurigen Pflanzenrest in den überfüllten Mülleimer, öffnete eine Tür in ihrem Aktenschrank, hinter der sich ein Handwaschbecken verbarg, und füllte den Übertopf mit Wasser. Die Rosen steckte sie hinein und stellte das schiefe Ensemble auf die Fensterbank zurück. Dann ließ sie sich in ihren Schreibtischstuhl fallen und schlug ein Bein über das andere.

»Setzen Sie sich doch, Monsieur.«

»Ich ziehe es vor, stehen zu bleiben. Wie Sie sicherlich der Presse entnommen haben, habe ich gleich noch einen Termin«, entgegnete Philippe. In Wahrheit wollte er auf keinen Fall seinen schwarzen Anzug schmutzig machen.

»Die Presse kann mich mal. Schließlich haben Sie den Fall nicht allein gelöst. Das hat sich zu den Schmierfinken von der Presse wohl nicht rumgesprochen. Aber klar, so ein adeliger Baron auf dem Titelblatt, das macht sich doch viel besser als eine namenlose Kommissarin, die sich tagtäglich für die Citoyens abrackert.«

»Nicht doch, Charlotte. Der Neid steht Ihnen nicht«, überging Philippe ihr Schimpfen und zauberte eine Baby und zwei Gläser aus seiner Umhängetasche. Er füllte den Champagner ein und reichte der verdutzten Kommissarin einen Kelch.

»Lassen Sie uns mit diesem Göttergetränk auf unseren Fall anstoßen. Die Perlage ist herrlich.«

Sie lächelte ihn an. »Warum nicht. Begießen wir unsere Zusammenarbeit. Unseren ersten und hoffentlich letzten gemeinsamen Fall. Aber ich nehme nur einen kleinen Schluck. Schließlich …«

»Sind Sie im Dienst. Ich weiß.« Ungerührt erhob Philippe sein Glas. Er war mit sich zufrieden. Seine Bilanz konnte sich sehen lassen. Das Gemälde war wieder da. Er hatte nicht nur den Diebstahl aufgeklärt, sondern auch den Mord an Julia Berger. Und er hatte wesentlich dazu beigetragen, dass auch der Mordfall Delacour erfolgreich zum Abschluss gebracht worden war. Was aber am wichtigsten war: Nicht nur Delacours Handy und Laptop hatte man in Michel Bayols Wohnung gefunden. Sondern auch das Wichtigste an dem ganzen Fall: Onkel Jean-Baptistes Kästchen. Sie stießen an und tranken.

»Bayol hat den Mord an Delacour gestanden. Der Fall ist gelöst. Und damit habe ich mal wieder recht behalten. Die Großen lässt man laufen, weil man sie aus Mangel an Beweisen laufen lassen muss. Trichet und Ashrafi können wir nichts nachweisen. Kapitalistische Verbrecher sind das. Gut, dass ihnen nicht auch noch der Schatz in die Hände gefallen ist. Es bleiben noch einige offene Fragen. Warum hat die Comtesse ein Kryptohandy? Und Khaled Ashrafi ein Zollfreilager? Gibt es den Templerschatz wirklich? Und wenn ja, wo ist er? Aber immerhin ist Ihr Gemälde wieder da.« Maigret stellte ihr Glas nach einem winzigen Schluck ab.

Philippe nickte. Der Schatz war nicht gefunden worden. Vielleicht noch nicht. Vielleicht blieb er aber auch Legende. Eine Legende, für die so viele Menschen ihr Leben gelassen hatten.

Philippe trank seinen Champagner mit einem Zug aus. »Haken wir den Fall einfach ab, Sie haben recht, Charlotte. Kommen wir zu etwas völlig Anderem. Ich habe nämlich noch etwas für Sie dabei. Etwas, was ich Ihnen schon lange schulde.«

Wieder griff er in seine Umhängetasche, während die Kommissarin ihn fragend ansah. Er reichte ihr einen Schuhkarton.

»Ihre Stiefeletten. Sie erinnern sich an unsere erste Begegnung? Ich habe sie beim Schuhmacher meines Vertrauens professionell reinigen lassen. Sie sehen wieder aus wie neu.«

Charlotte Maigret entgegnete, um Coolness bemüht: »Wäre auch schade drum gewesen. Die haben mich schließlich ein Vermögen gekostet.«

»Apropos schade drum. Darf ich?«, trieb es Philippe auf die Spitze und trank auch ihr Champagnerglas in einem Zug aus. Dann sagte er in das sprachlose Gesicht der Kommissarin: »Nur noch kurz, bevor ich losmuss. Vielleicht ist das für Sie interessant: Der Schuster ist sich ziemlich sicher, dass Ihre Louboutins Fälschungen sind.« Die Kommissarin sah ihn sprachlos an und Philippe ergänzte: »Ebay?«

KAPITEL 44

Der Kontrast zu Charlotte Maigrets Büro hätte nicht größer sein können. Vor dem wuchtigen Schreibtisch des Notars saß Tante Aude in einem schwarzen Seidenkleid, das Gesicht halb verdeckt durch ein Netz, das von einem Pillbox-Hütchen herunterhing. Es war elegant, wenn auch etwas aus der Mode gekommen, wie man es häufig bei Beerdigungen und anderen Traueranlässen an der Kleidung der Gäste beobachten konnte.

Sein Vater und Constant daneben trugen gut sitzende schwarze Businessanzüge. Sie hatten Philippe nur knapp begrüßt. Sein Vater hatte ihm immerhin zu dem gelösten Fall gratuliert. Constant war Ähnliches nicht über die Lippen gekommen. War es Neid oder Verachtung?

Während Tante Aude und Philippe aufrichtig um den Duc trauerten, hatten sein Vater und Constant sicherlich schon einen Plan in der Schublade, was sie mit dem Erbe machen würden. Dem »France de cœur – Cœur de France«-Projekt stand nun nichts mehr im Wege. Da der Duc keine Erben hatte, würde sein Vermögen an seine nächsten Verwandten fallen, also an Philippes Vater und Tante Aude. Philippes Vater musste Tante Aude nur ausbezahlen, für ihn eine Kleinigkeit. Dann konnten sie zusammen mit Trichet und der Comtesse loslegen. Das Château de Cotignac würde zum Zentrum eines Vergnügungsparks. Die übelsten Befürchtungen des Duc würden wahr werden.

Der Notar betrat nun den Raum. Er hatte die blau-weiß-rote Schärpe umgelegt und begrüßte die Anwesenden. Als alter Freund der Familie war er mit allen per Du. Philippe saß am Rand der kleinen Trauergesellschaft, neben Tante Aude, die heute ausnahmsweise einmal nüchtern zu sein schien. Wie symbolisch, dachte er. Mein Platz in der Familie du Pléssis. Eine Randerscheinung. Der Notar brach das Siegel und begann, Onkel Jean-Baptistes Testament vorzulesen. Philippe hörte kaum hin.

Der Onkel hatte seinen letzten Willen dazu genutzt, die Bedeutung von Cotignac und seiner Familie für die Gegend herauszustellen. Constant und sein Vater nickten ununterbrochen aus lauter Zustimmung und Selbstgefälligkeit. Von dem Schatz hatte der Duc kein Wort erwähnt. Er blieb ein Mysterium. Ein Mysterium, um das sich Philippe noch kümmern konnte.

Der Notar machte nun, vor dem letzten Absatz des Testaments eine theatralische Pause. Constant streckte seinen Rücken durch und lauschte angespannt, als der Notar weiterlas: »Und daher bestimme ich, Jean-Baptiste Duc de Cotignac, einen Alleinerben. Mein ganzer Besitz soll an meinen rechtmäßigen Neffen fallen.«

Wieder machte der Notar eine Pause und sah von dem Dokument auf und allen Anwesenden ins Gesicht. Constant lächelte seinen Vater an, der ihm aufmunternd zunickte. Dann fuhr der Notar fort: »Philippe Auguste Louis, Vicomte du Pléssis, Baron de Beaumarchais.«

REZEPT CROQUE MONSIEUR

für 2 Croques:

4 Scheiben Weißbrot oder Pain de mie
2 oder mehr Scheiben Kochschinken
geriebener Gruyère
25 g Süßrahmbutter
25 g Mehl
ca. 30 cl Milch
Muskatnuss

Zubereitung:

Zwei der vier Brotscheiben auf beiden Seiten buttern und sie dann auf ein Blech mit Backpapier legen.

Jedes Brot mit einer Scheibe Schinken belegen (wer mag, kann auch mehr oder gar keinen Schinken nehmen) und mit geriebenem Gruyère bestreuen.

Mit den beiden übrigen Brotscheiben bedecken.

für die Béchamelsauce:
Butter in einer Pfanne zerlassen, unter ständigem Rühren Mehl hinzufügen und das Ganze gut vermengen, bis eine Art trockener Teig entsteht. Dann schluckweise die Milch hinzufügen und weiterrühren, bis sich eine recht dicke Sauce ergibt. Etwas geriebenen Gruyère darin schmelzen lassen. Mit Salz, Pfeffer und Muskatnuss vorsichtig würzen. Nach Belieben einen Schuss Weißwein dazugeben.

Die Sauce über dem Toast verteilen und etwas Gruyère darüberstreuen.

Im Ofen 15 Minuten bei 180 Grad Celsius backen.

Mit einem frischen Salat servieren.

Variation: Tomate in feine Scheiben schneiden, abtrocknen, auf der Sauce verteilen und dann mit Gruyère bestreuen; eine kleine Nuss Butter in die Mitte setzen.

PLAYLIST ZUM KOCHEN – CHANSONS, DIE IM BUCH ERWÄHNT WERDEN

Yves Montand/ Dean Martin	C’est si bon
Serge Gainbsourg	Les femmes, c’est du chinois
Serge Gainsbourg	Jukebox
Johnny Hallyday	Je te promets
Johnny Hallyday	Allumer le feu
Johnny Hallyday	Quelque chose de Tennessee
Téléphone	Ça (C’est vraiment toi)
Les Rita Mitsouko	Marcia Baïla
Dalida	La rose que j’aimais